# Alain Robbe-Grillet
# Der wiederkehrende Spiegel

Aus dem Französischen
von Andrea Spingler

Suhrkamp

Titel der Originalausgabe: *Le miroir qui revient*
Umschlagfoto: Man Ray
© VG Bild-Kunst, Bonn 1989

suhrkamp taschenbuch 1684
Erste Auflage 1989
© 1984 Les Éditions de Minuit, Paris
© der deutschsprachigen Ausgabe
Suhrkamp Verlag Frankfurt am Main 1986
Suhrkamp Taschenbuch Verlag
Alle Rechte vorbehalten, insbesondere das
des öffentlichen Vortrags, der Übertragung
durch Rundfunk und Fernsehen
sowie der Übersetzung, auch einzelner Teile.
Druck: Nomos Verlagsgesellschaft, Baden-Baden
Printed in Germany
Umschlag nach Entwürfen von
Willy Fleckhaus und Rolf Staudt

1 2 3 4 5 6 – 94 93 92 91 90 89

# Der wiederkehrende Spiegel

Wenn ich mich recht erinnere, habe ich mit der Niederschrift des vorliegenden Buches Ende des Jahres 76 oder Anfang 77 begonnen, das heißt einige Monate nach Erscheinen von *Topologie d'une cité fantôme* [*Ansichten einer Geisterstadt*]. Jetzt haben wir Herbst 83, und die Arbeit ist kaum vorangekommen (etwa vierzig Manuskriptseiten), weil sie immer wieder zugunsten von Aufgaben, die mir dringender erschienen, liegenblieb. So sind inzwischen zwei Romane entstanden und auch ein Film – *La belle captive* –, fertiggestellt im Januar dieses Jahres und seit Mitte Februar in den Kinos. Fast sieben Jahre sind also vergangen seit dem damals provokativen Incipit (»Ich habe nie über etwas anderes gesprochen als über mich...«). Das Licht hat sich verändert, die Perspektiven mögen sich gewandelt, in manchen Fällen sich verkehrt haben; in Wirklichkeit aber stellen sich immer noch die gleichen Fragen, hartnäckig, quälend, vielleicht unnütz... Versuchen wir es von neuem, noch einmal, ernsthaft, bevor es zu spät ist.

Wer war Henri de Corinthe? Ich glaube, wie schon gesagt, ich selbst bin nie mit ihm zusammengetroffen, außer vielleicht als ich noch ganz klein war. Aber die persönlichen Erinnerungen, die ich an diese kurzen Begegnungen zwischen Tür und Angel bewahrt zu haben meine, können sehr wohl nachträglich von meinem – trügerischen und eifrigen – Gedächtnis erfunden worden sein, wenn auch nicht völlig frei, so doch nur auf Grund der unzusammenhängenden Geschichten, von denen in meiner Familie oder in der Umgebung des alten Hauses gemunkelt wurde.

Monsieur de Corinthe, Graf Henri, wie ihn mein Vater in einer unbestimmten Mischung aus Ironie und Respekt meistens nannte, besuchte uns oft, das ist so gut wie sicher... Oft? Ich kann heute unmöglich sagen, in welchen Abständen das geschah. Kam er beispielsweise jeden

Monat? Oder öfter? Oder tauchte er kaum ein- oder zweimal im Jahr auf, und hinterließ sein – wenn auch flüchtiges – Erscheinen so starke, so dauerhafte Spuren bei uns allen, daß es von der Erinnerung sogleich vervielfacht wurde? Und wann haben diese Besuche eigentlich aufgehört?

Doch vor allem, was mochte er bei uns tun? Welche Geheimnisse, welches Vorhaben, welche Schuld, welcherlei Interessen oder Befürchtungen mochten ihn mit meinen Eltern verbinden, von denen alles – Herkunft wie Vermögen – ihn zu trennen schien? Wie und warum fand er mitten in einem abenteuerlichen und übervollen Leben die Zeit, ein paar Stunden (ein paar Tage?) in einem so bescheidenen Haushalt zu verbringen? Warum schien mein Vater sein unvorhersehbares Kommen mit einer Art beharrlicher Hoffnung, mit einer Art Inbrunst zu erwarten? Während seine Stirn sorgenvoll, seine Miene verzweifelt war, wenn ich ihn dann heimlich durch den Schlitz der schweren roten Vorhänge der Halle in Gesellschaft des erlauchten Besuchers beobachtete. Und aus welchem Grund suchte man auf so merkliche, wenn auch uneingestandene Weise zu verbieten, daß ich mich ihm näherte?

Wahrscheinlich nur in der – unbestimmten – Absicht, auf solche Fragen wenigstens den Anschein einer Antwort zu geben, habe ich es schon vor einiger Zeit unternommen, diese Autobiographie zu schreiben. Und nun, da ich nach einem schicksalhaften Zeitraum von sieben Jahren die ersten Seiten noch einmal lese, erkenne ich die Dinge kaum wieder, von denen ich so dringend sprechen wollte. So geht es mit dem Schreiben: einsame, eigensinnige, fast zeitlose Suche und zugleich höhnische Unterwerfung unter die in gewisser Weise »weltlichen« Sorgen des Augenblicks.

Anfang der achtziger Jahre ist die Reaktion gegen jeden Versuch, sich den Normen traditioneller Expression-Repräsentation zu entziehen, plötzlich wieder so heftig geworden, daß meine unvorsichtigen Bemerkungen, statt ihre klärende Rolle gegenüber einem damals aufkommenden neuen Dogma (dem Antihumanismus) zu spielen, heute nur noch auf der Glätte des restaurierten herrschenden Diskurses zu rutschen scheinen, des ewigen, guten, alten Diskurses von einst, den ich am Anfang so glühend bekämpft hatte. In der »Zurück-zu . . .«-Welle, die uns von allen Seiten überrollt, kann man leicht übersehen, daß ich im Gegenteil eine Überwindung, eine Ablösung erhoffte.

Sollte man jetzt also die terroristischen Aktionen der Jahre 55-60 wiederaufnehmen? Das sollte man ganz gewiß. Dennoch (und ich werde später erklären, warum) habe ich mich wütend entschlossen, hier unverändert, wie ich sie 77 geschrieben habe, diese ersten Seiten wiederzugeben, die meiner Ansicht nach bereits altmodisch sind, weil sie so schnell in Mode gekommen sind.

Ich habe nie über etwas anderes gesprochen als über mich. Da es das Innere betraf, hat man es kaum bemerkt. Zum Glück. Denn ich habe da in zwei Zeilen drei verdächtige, schändliche, erbärmliche Begriffe genannt, zu deren Ächtung ich nicht wenig beigetragen habe und die ausreichen würden, daß mich noch morgen mehrere meiner Weggenossen und die meisten meiner Nachkommen verdammen: »Ich«, »Inneres«, »sprechen über«.

Allein schon das zweite dieser kleinen Wörter mit dem harmlosen Aussehen erweckt fatal den humanistischen Mythos der Tiefe (diese alte Vettel von uns Schriftstellern) zu neuem Leben, während das letzte heimlich wieder den Mythos der Repräsentation einführt, deren schwieriger Prozeß stets verschleppt wurde. Und was das seit jeher hassenswerte *Ich* angeht, so bereitet es hier zweifellos eine

9

noch frivolere Wiederkehr vor: die des Biographismus. So ist es kein Zufall, wenn ich gerade jetzt zusage, einen »Robbe-Grillet par lui-même«* zu schreiben, was ich noch vor kurzem gewiß lieber anderen überlassen hätte. Jeder weiß inzwischen, daß der Begriff des Autors dem reaktionären Diskurs angehört – dem von Individuum, Privateigentum, Profit – und daß die Arbeit des Schreibenden hingegen anonym ist: ein einfaches kombinatorisches Spiel, das letzten Endes einer Maschine anvertraut werden könnte, so programmierbar erscheint es. Denn die menschliche Intention, die seinen Plan erstellt, ist ihrerseits derart entpersonalisiert, daß sie nur noch wie eine lokale Erscheinungsform des Klassenkampfes wirkt, der der Motor der Geschichte im allgemeinen, also auch der Geschichte des Romans ist.

Ich habe selbst diese beruhigenden Albernheiten sehr unterstützt. Wenn ich mich heute entschließe, sie zu bekämpfen, so weil sie mir ausgedient zu haben scheinen: sie haben in ein paar Jahren eingebüßt, was sie an Skandalösem, Ätzendem, also Revolutionärem besessen haben mochten, um sich fortan unter die Gemeinplätze einzureihen, die noch das lahme Engagement der Modejournale speisen und denen doch schon der Platz im glorreichen Familiengrab der literarischen Handbücher bereitet ist. Die stets maskierte Ideologie ändert leicht ihr Gesicht. Sie ist eine Spiegel-Hydra, deren abgetrennter Kopf sehr schnell wieder nachwächst und dem Gegner, der sich siegreich glaubte, sein eigenes Gesicht vorhält.

---

* Dieses Buch sollte ursprünglich in der Reihe *Ecrivains de toujours* im Verlag Seuil erscheinen (daher etwas weiter unten die Anspielung auf »das Haus gegenüber«). Ich hatte sogar einen, noch immer gültigen, Vertrag mit Paul Flamand unterzeichnet. Allein die unerwartete Wendung, die der Text im Lauf seiner Abfassung nahm, machte ihn ungeeignet für jene Reihe kleiner Bücher mit vorgeschriebenem Umfang und mit zahlreichen Abbildungen, für die ich daher etwas ganz anderes beginne.

Ich werde die List imitieren und mir dafür die Haut des Ungeheuers ausleihen: durch seine Augen sehen, durch die Öffnungen seiner Ohren hören und durch seinen Mund sprechen (meine Pfeile in sein Blut tauchen). Ich glaube nicht an die Wahrheit. Sie dient nur der Bürokratie, das heißt der Unterdrückung. Sobald eine abenteuerliche Theorie, aufgestellt in der Leidenschaft des Kampfes, Dogma geworden ist, verliert sie ihren Reiz und ihr Ungestüm und zugleich ihre Wirksamkeit. Sie hört auf, Ferment der Freiheit, der Entdeckung zu sein; sie setzt brav, leichtfertig einen weiteren Stein auf das Gebäude der etablierten Ordnung.

Dann ist der Augenblick gekommen, andere Wege zu gehen und die neu eingeführte schöne Theorie wie einen Handschuh umzudrehen, um die wiederauflebende Bürokratie, die sie insgeheim nährt, zu verdrängen. Nun, da der *nouveau roman* seine Werte positiv definiert, seine Gesetze diktiert, seine schlechten Schüler auf den rechten Weg zurückbringt, seine Freischärler in Uniformen steckt, seine Freidenker exkommuniziert, wird es Zeit, alles in Frage zu stellen und, indem man die Figuren wieder an ihren Ausgangspunkt zurückführt, das Schreiben an seine Ursprünge, den Autor zu seinem ersten Buch, sich von neuem mit der zweideutigen Rolle zu beschäftigen, die im modernen Erzählen die Repräsentation der Welt und die Expression einer *Person* spielen, die gleichzeitig ein Körper, eine intentionale Projektion und ein Unbewußtes ist.

Man hat mich von Interviews bis hin zu Kolloquien so oft gefragt, warum ich schreibe, daß ich die Frage schließlich dem Bereich der Vernunft zuordnete, der *Ratio,* die ihre Denkregeln (und damit ihre Diktatur) einer Tätigkeit aufzuerlegen sucht, deren Beweglichkeit sich ihr ständig entzieht. Um die Stille des Schreibens auszufüllen, begnügte ich mich also damit, verschiedene müßige Banalitäten anzubieten, Gewundenheiten, die sich in den Schwanz beißen, oder Metaphern, deren Gefunkel die Maxime ersetzt. Das war jedenfalls besser als die katechetischen Brocken.

Jetzt aber, da ich mich entschließe, mich für den Zeitraum eines kleinen Buches von der Seite her zu betrachten, befreit mich dieser unerwartete Blickpunkt plötzlich von meiner früheren Vorsicht und Zurückhaltung. Ich fühle mich den Editions de Minuit, ihrem Leben, ihrem Geschick so sehr verbunden, daß ich, wenn ich plötzlich aus dem Haus gegenüber spreche, etwas wie eine ganz neue Ungezwungenheit, eine Leichtigkeit verspüre, den fröhlichen Zustand des verantwortungslosen Erzählers.

Man sollte also von diesen Seiten nicht irgendeine endgültige oder auch nur wahrheitsgetreue Erklärung erwarten (aus sicherer Quelle, vom Autor selbst!) zu meinen geschriebenen oder gefilmten Arbeiten: ihr verbürgtes Funktionieren, ihre wirkliche Bedeutung. Ich bin kein Mann der Wahrheit, habe ich gesagt, aber auch kein Mann der Lüge, was auf dasselbe hinausliefe. Ich bin eine Art Forscher, entschlossen, schlecht ausgerüstet, unvorsichtig, der weder an eine frühere noch an eine dauerhafte Existenz des Landes glaubt, in dem er Tag für Tag einen möglichen Weg bahnt. Ich bin kein Meisterdenker, sondern ein Weggefährte bei der Erfindung oder zufälligen Suche. Und hier wage ich mich wieder in eine Fiktion.

Als Kind habe ich lange Zeit geglaubt, das Meer nicht zu mögen. Wenn ich Abend für Abend beim Wegdämmern die Sanftheit eines Gartens ohne Umzäunung suchte, in dem ich einschlafen würde, dann entstand in meinem Kopf meist das Bild des väterlichen Jura: bemooste oder steinbrechbewachsene Felsmulde, sanft geschwungener Abhang, hügelige Matten, deren kurzes Gras ebenmäßig ist wie Parkrasen, übersät von Enzianen und Soldanellen, und wo sich zwischen unveränderbaren, wie ein Dekor gepflanzten Waldstücken langsam große beigefarbene Kühe mit leisem Glöckchengebimmel fortbewegten. Ordnung. Ruhe. Stille Ewigkeit. Ich konnte mich dem Schlaf hingeben.

Das Meer, das war Aufruhr und Ungewißheit, die Welt der heimtückischen Gefahren, wo sich die weichen, schleimigen Tiere mit den dumpfen Wogen vereinten. Und genau dieses Meer erfüllte die Alpträume, in die ich sofort nach dem Einschlafen versank, um bald mit Entsetzensschreien wieder aufzuwachen; Schreie, die nicht immer ausreichten, um diese Gespenster mit den verschwimmenden Formen, die ich nicht einmal beschreiben konnte, zum Verschwinden zu bringen. Meine Mutter gab mir bromhaltigen Sirup zu trinken. Ihre besorgten Blicke bestätigten in gewisser Weise die Gefahren, denen ich vorläufig entronnen war und die mich in der Nacht, hinter meinen eigenen Lidern verborgen, von neuem erwarteten. Halluzinationen, nächtliches Delirium, regelmäßig wiederkehrendes Schlafwandeln, ich war ein ruhiges Kind mit bewegtem Schlaf.

Einen Teil des Jahres lebten wir im Haus der Familie mütterlicherseits, wo ich geboren bin, ein großes Haus in einem von Mauern umgebenen Garten, der uns damals weitläufig erschien, in der zu jener Zeit noch ländlichen Umgebung von Brest. Von den Fenstern des Zimmers aus, in dem ich schlief, sah man über die Bäume hinweg die ganze Reede. Unsere Wanderungen, die manchmal mehrere Tage dauerten, führten uns von Brignogan zu den Abers, nach Saint-Mathieu und auf die Insel Ouessant bis zur Pointe du Raz, im Wind die kalten Ufer entlang, durch die wild aufgetürmten Felsen oder über die zerfallenen und rutschigen Zöllnerpfade, die den Abgrund säumen.

Den Monat August verbrachten wir in einem kleinen Dorf auf der Halbinsel Quiberon, und auch dort galt unsere Vorliebe der Côte Sauvage, die vor dem Krieg wirklich noch wild war und die ihre Legenden nur zu wahrscheinlich machte: von Strudeln bewegte und durch unterirdische Spalten mit dem freien Meer verbundene Wasserlöcher, in die man die Beine streckt und von den lianenhaften Algen in die Tiefe gezogen wird, steigende Fluten, von denen man am Fuß einer senkrechten glatten Wand umzingelt wird, Strömungen, die an der Oberfläche nicht sichtbar werden, deren unwiderstehlicher Sog uns aber noch von der höchsten Klippe holt, um uns zu verschlingen. Es versteht sich, ich habe nicht Kanufahren gelernt noch Segeln, selbst schwimmen konnte ich nie. Von meinem zwölften Lebensjahr an fühlte ich mich in den Bergen auf meinen Skiern auch ohne gebahnte Pisten und ohne Lift sehr wohl und war oft waghalsig.

Jeder beliebige Amateurpsychoanalytiker wird nicht ohne Vergnügen in dieser billigen Gegenüberstellung von Jura und Atlantik – sanftes moosbewachsenes Tal *versus* Loch ohne Grund, wo der Krake lauert – die beiden traditionellen und widerstreitenden Bilder des weiblichen Geschlechts erkennen. Ich möchte nicht, daß er sich einbildet, es ohne mein Wissen entdeckt zu haben. Machen wir ihn desgleichen auf die phonetische Ähnlichkeit von Woge und Vagina aufmerksam; und ebenso auf die Etymologie des Wortes *cauchemar* [Alptraum], dessen Wurzel *mare* im Lateinischen das Meer bezeichnet, im Niederländischen aber Nachtgespenster.

Das Zimmer in der bescheidenen Pariser Wohnung in der Rue Gassendi, in dem mein Bett stand, war durch eine doppelte Glastür vom Eßzimmer getrennt, wo Mama bis zu vorgerückter Nachtstunde blieb und ihre riesige Tagesration an Zeitungen las, deren Spektrum von *La Liberté* bis

L'*Action française* reichte (meine Eltern waren rechtsextreme Anarchisten). Der durchscheinende rote Vorhang, der mich in relativer Dunkelheit zurückließ, wurde von einer Stuhllehne auseinandergehalten, damit mein heikler Schlaf strenger überwacht werden konnte. Der Blick, der mich ab und zu über die Seite der aufgeschlagenen Zeitung hinweg traf, störte einsame, bereits stark von Sadismus geprägte Vergnügungen. Was die Gespenster angeht, so erschienen sie mir im allgemeinen direkt gegenüber im Winkel zwischen Wand und Decke auf der Seite der roten Scheiben; sie bewegten sich in gleichmäßigen Schlangenlinien auf dem fahlen Teil der Wand zwischen einem Gesims aus Akanthusblättern und der Leiste, die eine dunkelgrüne Tapete abschloß. Das regelmäßig wiederkehrende Gespensterornament zog von links nach rechts in einer Reihe aufeinanderfolgender Voluten oder kleiner Wellen oder, genauer gesagt, in der Form dieser Schmuckfriese, die man in der Baukunst Posten nennt. In Angst und Schrecken versetzte mich der Moment, in dem das scheinbar so ordentliche Band anfing zu zittern, zu verschwimmen, sich in alle Richtungen zu verzerren. Aber die anfängliche Ruhe der Sinuskurven genügte schon, mir Angst zu machen, so sehr fürchtete ich, was dann kam.

Ich habe den Eindruck, in meinen Büchern wie in meinen Filmen all das seit langem schon und viel richtiger, überzeugender erzählt zu haben. Gewiß hat man es da nicht gesehen, oder kaum. Ebenso gewiß war mir das immer gleichgültig: das war nicht der Zweck des Schreibens. Dennoch finde ich heute ein gewisses Vergnügen daran, die traditionelle Form der Autobiographie zu verwenden: jene Leichtigkeit, von der Stendhal in seinen *Souvenirs d'égotisme* spricht, im Vergleich zum Widerstand des Materials, der jedes künstlerische Schaffen kennzeichnet. Und dieses zweifelhafte Vergnügen interessiert mich in dem Maße, wie es mir einerseits bestätigt, daß ich angefangen habe, Romane zu schreiben, um diese Gespenster, mit denen ich nicht fertig wurde, zu vertreiben, und wie es mich andererseits entdecken läßt, daß das Mittel der Fiktion letzten Endes sehr viel *persönlicher* ist als die angebliche Aufrichtigkeit des Geständnisses.

Wenn ich Sätze wiederlese wie »Meine Mutter wachte über meinen heiklen Schlaf« oder »Ihr Blick störte meine einsamen Vergnügungen«, überkommt mich große Lust zu lachen, als wäre ich im Begriff, mein vergangenes Leben zu verfälschen mit der Absicht, einen ganz braven, den Kanons des schmerzlich vermißten *Figaro littéraire* entsprechenden Gegenstand daraus zu machen: logisch, bewegt, plastisch. Nicht daß diese Einzelheiten ungenau wären (vielleicht im Gegenteil). Aber ich werfe ihnen zugleich ihre allzu geringe Anzahl und ihr romanhaftes Muster vor, mit einem Wort das, was ich ihre Arroganz nennen würde. Denn ich habe sie ja weder im Imperfekt noch mit einer solchen adjektivischen Furcht erlebt, und außerdem mischten sie sich zum Zeitpunkt ihrer Aktualität mit unendlich vielen anderen Einzelheiten, deren sich kreuzende Fäden ein lebendiges Gewebe bildeten. Während ich hier nur ein kümmerliches Dutzend wiederfinde, jede auf einem Postament isoliert, in die Bronze einer gleichsam historischen Erzählung gegossen (das historische Perfekt ist auch nicht mehr fern) und nach einem System kausaler Beziehungen angeordnet, das genau der ideologischen Schwerfälligkeit entspricht, gegen die mein ganzes Werk gerichtet ist.

Wir fangen an, klarer zu sehen. Erste Annäherung: ich schreibe, um Nachtgespenster, die mein Tagleben heimzusuchen drohen, indem ich sie beschreibe, zu zerstören. Doch – zweiter Punkt – alle Realität ist unbeschreibbar, und ich weiß instinktiv: das Bewußtsein ist strukturiert wie unsere Sprache (und zwar aus gutem Grund!), nicht aber die Welt und nicht das Unbewußte; mit Wörtern und Sätzen kann ich weder repräsentieren, was ich vor Augen habe, noch was sich in meinem Kopf verbirgt oder in meinem Geschlecht. (Lassen wir im Augenblick die Bilder des Kinos beiseite, ich werde später zeigen – wenn ich daran denke –, daß sie einen entgegen dem, was man glaubt, fast vor die gleichen Probleme stellen.)

Die Literatur ist also – dritte Aussage – das Streben nach einer unmöglichen Repräsentation. Was kann ich tun, wenn ich das weiß? Mir bleibt, Fabeln zusammenzustellen, und sie werden genauso wenig Metaphern der Wirklichkeit wie Analogien sein, sondern die Rolle von *Operatoren* spielen. Das ideologische Gesetz, das das allgemeine Bewußtsein und die organisierte Sprache regiert, wird mir dann keine Last, kein Prinzip des Mißlingens mehr sein, denn ich werde es nunmehr auf den Zustand des Materials reduziert haben. Unter diesem Gesichtspunkt bieten sich mir zwei verschiedene und gegensätzliche Arten, mein Leben zu erzählen. Entweder ich beharre darauf, es in seiner Wahrheit zu erfassen und so zu tun, als glaubte ich, die Sprache sei kompetent (was darauf hinausliefe zu behaupten, sie sei frei), und in diesem Fall werde ich immer nur eine herkömmliche Lebensbeschreibung verfassen. Oder ich ersetze die Elemente meiner Biographie durch Operatoren, die offenkundig der Ideologie angehören, auf die ich aber diesmal einwirken und dank deren ich handeln kann. Die zweite Methode ergibt *La jalousie* [*Die Jalousie oder die Eifersucht*] oder *Projet pour une révolution à New York* [*Projekt für eine Revolution in New York*]. Die erste aber, ach, das vorliegende Werk.

Nein, das stimmt auch nicht ganz, denn dieses wird sich nicht darauf beschränken – das dürfte klargeworden sein –, ein paar kleine Erinnerungen für bare Münze auszugeben. Im Gegenteil wird es mich, von kritischem Essay zu Roman wie von Buch zu Film, bei einer ständigen Infragestellung begleiten müssen, wo Meer und Angst ihrerseits einfache Textoperatoren werden; und nicht nur in diesem oder jenem zitierten Werk, dessen Thematik oder Struktur diese Textobjekte kennzeichnen würden, sondern auch in diesem Bericht selbst, den ich deshalb vorhin Fiktion genannt habe.

Ich hatte es also mit der Angst zu tun. Sie sollte bald eine große Rolle in meiner raren Lektüre als Heranwachsender spielen. Meine Schwester (die außerordentlich viel las) und ich (der ich dieselben Bücher immer wieder las) wurden sehr früh mit englischer Literatur gefüttert. Ich habe oft Lewis Carroll als einen der wichtigsten Gefährten meiner Jugend zitiert; seltener habe ich Rudyard Kipling erwähnt. Nicht »Kim« oder das »Dschungelbuch« waren mir vor allem teuer, sondern seine »Geschichten aus Indien« und insbesondere jene, in denen Soldaten von krankhaften Erscheinungen gepeinigt wurden. Ohne in den letzten dreißig oder vierzig Jahren auch nur einen Blick hineingeworfen zu haben, könnte ich die Geschichte der durch die Nacht irrenden Legion wiedererzählen, die einer anderen, einst in einem Hinterhalt aufgeriebenen englischen Patrouille begegnet, und ich höre noch die Hufschläge von hundert toten Reitern, die an einem Berghang entlangtrotten und dabei an die Steine ihrer eigenen Gräber stoßen; auch die Geschichte von Oberst Gadsby, der, an der Spitze seines Regiments reitend, sich dauernd vorstellen muß, aus dem Sattel zu fallen und unter den Hufen der tausend Pferde seiner hinter ihm hergaloppierenden Dragoner zermalmt zu werden; und dieser andere Offizier, den eine Geisterriksha verfolgt, darin eine verlassene Geliebte weint, die sich aus Verzweiflung getötet hat; oder auch derjenige, der sich bei 42° im Schatten einen scharfen Sporn ins Bett legt, um so den – nie beschriebenen – Schreckensvisionen zu entrinnen, die ihn heimsuchen, sobald er sich dem Schlaf überläßt, und die ihn schließlich umbringen werden.

In der vertrauten Gesellschaft dieser Gespenster bin ich groß geworden. Sie waren ein Teil meiner Alltagswelt und mischten sich mit den Geistern der bretonischen Legenden oder der Gruselgeschichten, die uns abends die »Patin«, die Schwester meiner Großmutter mütterlicherseits, erzählte, um uns damit in den Schlaf zu wiegen: auf See umgekommene Matrosen, die die Lebenden in ihrem Bett an den Füßen ziehen; der Wagen von *Ankou,* dessen Quietschen und Rumpeln dem nächtlichen Spaziergänger den nahen Tod verkünden, wenn er sich in einem Gewirr von Hohlwegen, die er doch zu kennen glaubte, verlaufen hat; verzauberte Orte, verhexte Gegenstände, Zeichen und Vorahnungen, ganz zu schweigen von jenen zahllosen verdammten Seelen, die in der Heide oder in den Mooren seufzen, die Fensterläden klappern lassen, wenn nicht der geringste Wind weht, und bis zum Morgengrauen das Wasser in den Wannen bewegen, in denen die verwünschte Wäsche eingeweicht wurde.

Die Familie ist im Lauf der Jahre und Geschichten ständig größer geworden und hat stets mit dergleichen Einfalt neue Mitglieder aufgenommen, von der bleichen Verlobten Corinthes bis zum verfluchten Holländer auf der Brücke seines unbemannten Schiffes, das mit geblähten roten Segeln auf den phosphoreszierenden Wellen die Nacht durchquert. Da haben wir also schon wieder das Meer. O Tod, alter Kapitän, es ist Zeit, lichten wir den Anker ...

Und da ist der junge Comte de Corinthe, wie er gegen die steigende Flut kämpft, aufrecht auf seinem Schimmel, dessen schimmernde Mähne sich mit dem vom Sturm den Wellenkämmen entrissenen Schaum mischt. Und da ist der verletzte, dem Wahnsinn verfallene Tristan, wie er vergeblich nach dem Schiff späht, das die blonde Isolde ins Léon zurückbringt. Und da ist jetzt auch Carolina von Sachsen, deren lebloser Körper zwischen den sich in der Strömung schlängelnden Goldalgen dahintreibt.

Auch die Romanfiguren oder die Filmgestalten sind eine Art von Gespenstern: man sieht sie, man hört sie, ohne sie je fassen zu können; will man sie berühren, greift man ins Leere. Sie haben die gleiche zweifelhafte und eigensinnige Existenz wie jene ruhelosen Toten, die ein böser Zauber oder die göttliche Rache zwingt, ewig die gleichen Szenen ihres tragischen Schicksals zu durchleben. Mathias aus *Le Voyeur* [*Der Augenzeuge*] mit seinem schlecht geölten Fahrrad, dem ich oft auf den Pfaden der Klippe zwischen den niedrigen Stechginsterbüschen begegnet bin, wäre also nur eine umherirrende Seele, genauso wie der abwesende Ehemann aus *La Jalousie* und die so sichtlich dem Schattenreich entsprungenen Helden von *Marienbad*, *L'immortelle* oder *L'homme qui ment*. Das ist jedenfalls eine der plausibelsten »Erklärungen« für ihren Mangel an »Natürlichkeit«, für ihre Art und Weise, abwesend, fremd, wie überflüssig auf der Welt zu sein, für dieses hartnäckige Streben nach wer weiß was, dem sie sich offenbar nicht entziehen und aus dem sie auch nicht als Sieger hervorgehen können, als versuchten sie verzweifelt, eine körperliche Existenz zu erlangen, die ihnen versagt ist, in eine wahrhafte Welt einzudringen, deren Tür ihnen verschlossen ist, oder auch in ihre unmögliche Suche *den Anderen* hineinzuziehen, alle anderen, einschließlich den unschuldigen Leser. Stephen Dedalus, der Landvermesser K., Stawrogin oder die Karamasows lebten nicht anders. Dieses Labyrinthische, dieses Auf-der-Stelle-Treten, diese sich wiederholenden Szenen (selbst die des Todes, der nie mehr endgültig sein kann), diese unveränderlichen Körper, diese Abwesenheit von Zeit, diese vielfältigen parallelen Räume mit den plötzlichen Verschiebungen, schließlich jenes Thema des »Doppelgängers«, von dem sich ein ganzer Zweig unserer Literatur speist und das *L'homme qui ment* ebensosehr bestimmt wie *L'Eden et après* oder *Triangle d'or,* muß man darin nicht eben die Kennzeichen und die natürlichen Gesetze des ewigen Geisterreichs erkennen?


Ich habe Henri de Corinthe nicht persönlich gekannt. Vielleicht habe ich mich auch nie in seiner Gegenwart befunden, wie ich es mir heute als Möglichkeit für die ersten Jahre meiner Kindheit vorstelle, die ich im Maison Noire verbrachte, als er, der Nachbar, wie mir mein Vater oft erzählt hat, ab und zu abends, bevor er sich für die Nacht zurückzog, vorbeikam.

Ich glaubte damals, das alte Haus, in dem ich geboren bin, wäre nach dem sehr dunklen Granit der Fassade benannt, der so glatt und hart war, daß die Jahrhunderte auf der hohen senkrechten Wand weder Moos noch Efeu hinterlassen hatten, außer in den Fugen zwischen den sorgfältig eingepaßten rechteckigen Blöcken. Wenn der winterliche Sprühregen die Oberfläche benetzte, glänzten sie wie Kohle zwischen den grauen Ästen der Buchen, an denen hier und da, regungslos unter dem unaufhörlichen Nieseln, ein paar zähe rote Blätter hingen.

Corinthe kam durch die große schnurgerade Allee aus zwei Doppelreihen senkrechter Stämme, die so regelmäßig waren wie die Säulen der unterirdischen Zisternen von Konstantinopel auf einer Radierung an der Wand über dem

Kopfende meines Bettes. Der Tritt seines Pferdes machte überhaupt kein Geräusch auf dem aufgeweichten Boden, auf dem es sich in einer Art stillem Tanz fortbewegte, als hätte ihm die wassergetränkte Erde sein eigenes Gewicht entzogen.

Der Mann, sagte mein Vater, tauchte, ob zu Fuß oder zu Pferde, immer so auf, ohne daß das geringste Aufschlagen des Absatzes, der Sohle oder des Eisens sein Kommen angekündigt hätte: man glaubte, seine schweren Stiefel und die Hufe seines Pferdes seien gleichermaßen mit einer dicken Filzschicht gepolstert, wenn nicht beide gar die Fähigkeit besaßen, sich fortzubewegen, ohne die Erde zu berühren, ein paar Millimeter über der Straße oder den schwarzen Steinstufen der Freitreppe oder dem Fliesenboden der großen, düsteren Halle, wo er jetzt vor dem gewaltigen Kamin steht, in dem Eichenstämme brennen; das Gegenlicht des Feuers vergrößert noch seine hohe Silhouette, während sein übermäßiger, vom Spiel der Flammen zitternder, immer schwächer werdender Schatten sich bis zum Fuß der Treppe verlängert, deren letzte Stufen mein Vater, von einem Bediensteten benachrichtigt, jetzt herabsteigt, um auf diesen späten Besucher zuzugehen, der seine erstarrten Glieder den unsteten Reflexen des Kaminfeuers aussetzt.

Flackern der Petroleumlampe, Irrlicht über den Sümpfen, bleicher Reiter, der durch die Nebelschwaden gleitet, Wasserrauschen, jäher, die Nacht durchdringender Notschrei eines ganz nahen großen Vogels, plötzliches Knistern des in den verlöschenden Scheiten wieder aufflackernden Feuers ... Angélica ... Angélica ... Warum hast du mich verlassen, kleine Flamme? Wer wird mich hinwegtrösten über dein unbeschwertes Lachen?

Ich bin allein in meinem Zimmer. Ich lausche auf die nächtlichen Geräusche, die das allzu geräumige leere Haus von allen Seiten umzingeln. Mein im Wind schwingendes schwarzes Fenster öffnet sich mitten auf die kahlen Wipfel der Buchen. Aber lauter als das Schaben der Zweige an den vorhanglosen Scheiben, stärker als das Plätschern des Regens in der Dachrinne und den Kehlen und auch noch die kurzen gellenden Schreie des Käuzchens oder des Marders übertönend, höre ich in der Masse des Gebäudes dumpfe Schläge wie die Stöße der Brandung, die den emporgehobenen Rumpf eines Schiffes treffen, wenn er wieder ins Wellental zurückfällt, dumpfe Schläge, die von der Decke zu kommen scheinen, von den Granitmauern, von der alten Erde selbst, hartnäckige, wiederholte Schläge in regelmäßigen Abständen, die das langsame Pochen meines eigenen Herzens sein müssen.

Ganz unten in der riesigen gefliesten Halle, deren unwahrscheinliche Begrenzung einzig die Dunkelheit ist, geht mein Vater auf und ab, während die Erinnerung an Henri de Corinthe allmählich verblaßt. Sie sagen nichts, weder der eine noch der andere, jeder in Gedanken versunken, allein... Das verschwommene Bild dauert noch einige Augenblicke an, immer schwieriger zu unterscheiden... Dann nichts mehr.


Der vorausgehende Abschnitt muß gänzlich erfunden sein. Das Haus der Familie war einfach, verhältnismäßig groß und von ein paar Bäumen geschützt, doch aus Lehm gebaut, da die Marine in dieser Gegend, die damals dem Kriegshafen zugeordnet war, Bauten endgültigen Charakters untersagte. Die dumpfen, wiederholten Stöße, die den Granitboden erschütterten, gehören jedoch ganz zweifellos zu meinen Kindheitseindrücken. Sie waren vor allem nachts zu vernehmen, jede Nacht, monatelang. Die am häufigsten vorgebrachte Hypothese unserer ihrerseits beunruhigten

Großeltern zu diesem Phänomen, für das niemand eine offizielle Erklärung lieferte, waren die langsamen Ausschachtungsarbeiten, die der gigantische Maulwurf der Pioniere unter den Klippen durchführte, um dort riesige unterirdische Reservoirs für die Ölvorräte unserer Kriegsflotte anzulegen. Zu jener Zeit war in Brest ein mächtiges Geschwader stationiert. Die ganze Stadt und ihre Umgebung schienen unter der geheimnisvollen Oberherrschaft der Admiralität zu stehen.

Mein Großvater, ein sanfter, freundlicher, friedlicher Mann mit hellblauen Augen und blondem, weichem Spitzbart, der mit bewegter, vom Emphysem gebrochener Stimme *Le temps des cerises* sang, hatte sein ganzes aktives Leben auf Kriegsschiffen verbracht. Sein Entermesser ist noch da oben in einer Kammer des Dachbodens, zusammen mit dem schweren messingbeschlagenen Koffer aus Kampferholz, auf dessen dickem gelbem Metallschild in Schwarz sein Name eingraviert ist: Paul Canu.

Als Kriegswaise unter staatlicher Fürsorge hatte er seine frühe Jugend in der salzigen Heidelandschaft des Cotentin bei La Haye-du-Puits verbracht, wo er die Kühe hütete und sich die kurzen Gelegenheitsgedichte vorsagte, die er zu seiner Zerstreuung verfaßte. Frühzeitig war er zur Marine gegangen und hatte mehrmals das Kap Hoorn umsegelt, die Passatwinde abwarten müssen, stromaufwärts den Gelben Fluß bezwungen, den chinesischen Krieg und die Feldzüge von Annam und Tonkin mitgemacht. Er hatte ehrenvolle bunte Medaillen, den Rang eines Materialverwaltungsmaats, Aschenbecher aus Bambus, die nicht zusammenpassenden Reste zweier Teeservice aus durchscheinendem Porzellan, die unterwegs zerbrochen waren, und eine schlimme Lungentuberkulose mitgebracht, an der er vorzeitig gestorben ist. Ich kannte ihn nur, als er schon sehr geschwächt war, zwischen den Hustenanfällen aber lächelte er.

Die Bilder der Erinnerung zeigen ihn mir, wie er in Hausschuhen mitten im Gemüsegarten innehielt, um sich einen Augenblick auszuruhen, den Handrücken auf die Hüfte gestützt, und dann wie er am runden Küchentisch saß, die ledernen Ellbogen des Mantels auf dem geblümten Wachstuch, und mit dem Taschenmesser gewissenhaft die kleinen Falläpfel schälte, um Kompott daraus zu machen, oder aber wie er im Hof die unlängst geernteten Schalotten verlas, die in der Herbstsonne auf alten Jutesäcken trockneten, und sie zu kugeligen Büscheln zusammenband oder auch wie er mit meinem Vater im Eßzimmer eine Partie Ekarté spielte, auf der Schulter die zahme Krähe, die sich einen Spaß daraus machte, ihm, wenn er gerade den Trumpf aufdeckte, den Lackschirm seiner Mütze vor die Augen zu schubsen, und wie er die Mütze ruhig, mit einer hundertmal wiederholten Geste unter halblauten endlosen Flüchen wieder zurechtrückte. Manchmal, des Spiels überdrüssig, hüpfte die Krähe – Tiote hieß sie, wegen des ihrem eigenen Schrei nachgeahmten Rufs, den meine Mutter abends in alle Himmelsrichtungen ausstieß, um sie nach Hause zu lokken –, Tiote also hüpfte plötzlich auf den Tisch, nahm flink eine Karte in den Schnabel und flog oben aufs Büffet, wo sie sie versteckte zwischen den Marmeladegläsern – rote und schwarze Johannisbeeren –, die mit braunem Papier und dünner Schnur zugebunden waren. Man mußte einen Schemel holen, um dann das Spiel fortzusetzen.

Großvater sprach wenig. Ich erinnere mich nicht, daß er uns je den geringsten Bericht von seinen zahlreichen Weltreisen gegeben hätte, über die ich fast nichts wußte, von den Bruchstücken abgesehen, die meine Mutter oder meine Tanten erzählten: die Schiffe liefen für drei Jahre aus..., an Bord züchtete man Schafe und Hühner..., wenn in Toulon eingeschifft wurde, durchquerten die bretonischen Matrosen ganz Frankreich zu Fuß... Eines Tages kam Admiral

Guépratte persönlich zu uns, um dem treuen Diener des Vaterlands und seines Kolonialreichs das Abzeichen der Ehrenlegion an die Brust zu heften. Das war ein schöner Tag für meinen Großvater, ist mir gesagt worden. Aber ich weiß nicht mehr, ob ich dabei war oder ob man es mir nur erzählt hat. Vielleicht war es sogar noch vor meiner Geburt.

Das ist also alles, was nach so kurzer Zeit von jemandem übrigbleibt, und sicher bald auch von mir: nicht zueinanderpassende Teile, Stücke von erstarrten Gesten und von Dingen ohne Zusammenhang, Fragen ins Leere, Augenblicke, die man wahllos aufzählt, ohne sie wirklich (logisch) aneinanderreihen zu können. Das ist er, der Tod... Eine Geschichte zu konstruieren hieße dann – mehr oder weniger bewußt –, gegen ihn ankämpfen zu wollen. Das ganze Romansystem des vorigen Jahrhunderts mit seinem schwerfälligen Apparat der Kontinuität, der linearen Chronologie, der Kausalität, der Nicht-Widersprüchlichkeit, das war in der Tat wie ein letzter Versuch, den Zustand der Auflösung zu vergessen, in dem uns Gott, als er sich aus unserer Seele davonmachte, zurückgelassen hat, und zumindest den Schein zu wahren, indem man das unbegreifliche Aufblitzen der verstreuten Kerne, der schwarzen Löcher und der Sackgassen durch eine beruhigende, klare, eindeutige und so dicht gewebte Konstellation ersetzte, daß man den Tod nicht mehr ahnt, der zwischen den gerissenen und hastig wieder zusammengeknüpften Fäden aufheult. Gegen dieses großartige und naturwidrige Projekt ist nichts zu sagen... Wirklich nicht?


Nichts gegen die Kirche? Nichts gegen das Gesetz? Nichts, außer daß es eben das unakzeptable Akzeptieren des Todes selbst ist: der Tod des Menschen zugunsten eines idealen höheren Menschen, der im Himmel thront, der Tod des vorübergehenden Augenblicks (dem ich kaum die Zeit habe zu sagen: du bist so schön...), dein Tod, Leser, das heißt auch mein Tod. Denn indem es insgeheim als das Natürliche erklärt wird, will mich dieses beruhigende, trügerische (denn es spricht im Namen einer ewigen Wahrheit), totalitäre (denn es läßt keinen Platz mehr für irgendeinen leeren Raum noch für eine Fülle außerhalb seines Rasters), will mich dieses vampirhafte Erzählen, das mich angeblich vor meinem nahen Tod rettet, von Anfang an davon überzeugen, daß ich schon von jeher aufgehört habe zu leben.

Das berühmte »historische« Perfekt, das im Alltag zu nichts nütze, in jenen Romanen aber die Regel ist, was ist es denn anderes als das jähe und endgültige Einfrieren der unvollendetsten aller Gesten, des flüchtigsten Gedankens, des zweideutigsten der Träume, der schwebenden Bedeutung, des zerbrechlichen Begehrens, der verirrten oder unnennbaren Erinnerung? Dieses *passé simple* ist nur simpel – und sicher und voll – wie das Grab. In dieser Maskerade würde ein letzter Rest Leben nur noch durch die unsinnige Macht zum Ausdruck kommen, sich selbst und die Welt als seit unvordenklichen Zeiten in denselben kompakten und unvergänglichen Beton gegossen darzustellen.

In meinen Lehrjahren, als ich erste Erfahrungen machte mit einem Schreiben, das sich selbst suchte (und das sich immer noch sucht), war dies sicherlich wichtig für mich: Sartres erstaunliche Entwicklung von *La nausée* zu *L'âge de raison*. Diese erwachende, ungreifbare Freiheit, die, im Perfekt wie im Präsens, Roquentins Körper beben und seinen Geist taumeln ließ, erstarrt plötzlich gleich auf den ersten Seiten der angeblichen *Wege der Freiheit* in Gestalt eines historischen Perfekts, das sich wie Blei auf die Figuren (und auf den Schriftsteller?) senkt: »*Mathieu pensa...*« Mathieu mag denken, was er will – daß er alt ist, daß er frei ist, daß er ein Schwein ist –, sobald er es in diesem Tempus tut, läßt mir

27

das nur die Möglichkeit einer niederschmetternden Lesart: Mathieu dachte, er sei tot. Seine Freiheit selbst, sein höchstes Gut, ist auf diese Weise nur ein weiteres Verhängnis, eine verfluchte Substanz, die in seinen Adern sofort gerinnt, weil sie wie von einem dem Text äußeren Gott bestimmt war: vom traditionellen Erzählen. Man kann sich den Seufzer der Erleichterung vorstellen, den François Mauriac ausstieß: »Jean-Paul Sartre und die Freiheit!«

Wie steht es heute mit dem modernen Roman, jenem, den man (wir werden gleich sehen, warum) *nouveau roman* genannt hat? Von neuem ist es ein Erzählen, das nach seiner eigenen Kohärenz sucht. Von neuem ist es das unmögliche Ordnen unzusammenhängender Stücke, deren unscharfe Ränder nicht aneinander passen. Und von neuem ist es die verzweifelte Versuchung, die von einem Gewebe mit der Haltbarkeit der Bronze ausgeht... Ja, aber dieses Gewebe, der Text, ist jetzt das Gelände und der Einsatz eines Kampfes. Anstatt als blinder Richter wie das göttliche Gesetz alle Probleme, die der frühere Roman verschleiert und leugnet (das von eben, zum Beispiel), freiwillig zu ignorieren, betreibt er im Gegenteil unaufhörlich eine bewußte Zurschaustellung und eine präzise Inszenierung der vielfältigen Unmöglichkeiten, mit denen er sich herumschlägt und die ihn zugleich ausmachen. Und zwar derart, daß dieser innere Kampf bald (seit den sechziger Jahren) das Thema des Buches selbst wird. Daher diese komplizierten Systeme aus Reihen, Verzweigungen, Auslassungen und Reprisen, Aporien, plötzlichen Wendungen, verschieden zu Kombinierendem, Auswüchsen oder Verkürzungen.

Angesichts dieses lächerlichen oder auch akademischen und auf jeden Fall unnützen Unternehmens zu sagen, wer mein Großvater war, fühle ich mich wie Roquentin vor den verstreuten und leblosen Resten des Marquis de Rollebon. Und wie Roquentin auf der letzten Seite von *La nausée* begreife ich, daß sich nur die eine Entscheidung aufdrängt: einen Roman zu schreiben, der gewiß nicht *L'âge de raison* sein wird, sondern beispielsweise *Un régicide* [*Ein Königsmord*] oder eher *Souvenirs du triangle d'or* ...

Aber soweit sind wir noch nicht, denn perverserweise versuche ich mich hier wieder im realistischen, biographischen und repräsentativen Unternehmen. Den größten Teil des Tages löste Großvater am Küchentisch oder auf der schmalen Schreibfläche seines Sekretärs Kreuzworträtsel. Er ordnete auch umständlich Papiere von winzigem Format in seine neun kleinen schwarzumrandeten Schubladen aus hellgelbem Holz ... Nachdem ich den letzten Satz geschrieben hatte, wollte ich dieses Detail überprüfen (ist die Umrandung schwarz oder nur die Knöpfe?), indem ich ins Erdgeschoß des strengen normannischen Hauses ging, wo ich seit fünfzehn Jahren arbeite. Es sind nur fünf kleine Schubladen hinter der herausziehbaren Schreibfläche, die nach außen selbst als Schublade getarnt ist. Was soll's? Dieses Möbelstück befindet sich auf jeden Fall also nicht mehr in Brest, wo alles sich verändert hat bis hin zum Grundriß des alten Hauses, das nach dem Krieg wiederaufgebaut wurde und seither dem aus den dreißiger Jahren nicht mehr wirklich gleicht ...

Und die Verwirrung wird noch größer, denn einen Monat später schreibe ich diese Passage in der Wohnung der Bleecker Street in New York noch einmal ab, und in diesem Moment existieren in meinem Gedächtnis zwei deutlich verschiedene Schreibkommoden: die von Kerangoff und die von Mesnil-au-Grain. Eine der beiden ist übrigens unlängst von einem Schreiner restauriert worden.

Angesichts der Welt, die sich bereits allzu schnell um ihn herum bewegte, sagte Großvater: »Es tut gut, alt zu werden.« Im Augenblick des Todes murmelte er jedoch mit einem Seufzer: »Und ich hatte doch noch so viel zu tun!« Heute schnürt mir das Echo dieses Imperfekts die Kehle zusammen. Er war wohl besorgt um die Papiere in den Schubladen, die kleinen Falläpfel, die feine orangerosa Haut, die sich von den Schalotten ablöst. Man ist nie fertig mit Ordnungmachen.

Mir kommen Bedenken; diese Formel »es tut gut, alt zu werden« muß vom anderen, viel älteren Großvater stammen: Ulysse Robbe-Grillet, dem Vater meines Vaters, Lehrer im Ruhestand (in Arbois), den man Großvater Robbe nannte, um ihn vom ersteren zu unterscheiden, und an den ich keine Erinnerung habe außer seiner massigen Silhouette und seinem dicken Schnurrbart auf verblichenen Photographien.

Großvater Canu habe ich alles in allem nicht besser gekannt. Doch ich glaube, ich mochte ihn gern. Während er sich für mich kaum interessiert hat, wie man mir sagte. Ich war klein und verträumt. Ich hatte langes lockiges Haar wie ein Mädchen und gab mich gern verschmust. Ich weinte, wenn ich mir die Knie aufschlug. Ich hatte Angst, abends ohne Licht den Hof zu überqueren, um auf das altmodisch ländliche Klo zu gehen, das doch nur zehn Meter entfernt war. Nie würde ich eine Uniform tragen oder mich des schweren Entermessers bedienen können... (Vorsicht: doppelte Psycho-Maschinen-Falle!) Bei genauer Überlegung glaube ich, daß es auch mein sanfter Großvater nie benutzt hat.

Ein letztes Bild zeigt ihn von hinten an dem auf die Straße hinausgehenden Tor des Holzzauns, dessen linke Seite offensteht. Mit dem rechten Ellbogen stützt er sich auf den Briefkasten, der an der Innenseite des geschlossenen Flügels angebracht ist. Ich glaube, er wartet auf den Briefträger.

Hinter ihm befindet sich, was wir den Vorgarten nannten (der Gemüsegarten war auf der anderen Seite des Hauses), ein winziger englischer Park mit Miniaturrasen, Büschen – Deutzien, Weigelien, Rhododendron – und Robinien, Zierlorbeer oder Liguster statt großer Bäume, nicht zu vergessen die unvermeidlichen Zwergpalmen, die Bombardements, Brände und Trümmer überlebt haben. All dies, was von dem Zollbeamten Perrier, dem Vater meiner Großmutter, aus Ablegern oder Samen gezogen worden war, kam uns riesenhaft vor.

Vor ihm liegt die »Ebene von Kerangoff«, ein großes militärisches Übungsgelände ohne Umzäunung, wo ab und zu die Marine-Füsiliere manövrierten, wenn sie Krieg spielten; in der übrigen Zeit lag die Ebene verlassen und war für unsere eigenen Wettläufe und das Sammeln rosiger Champignons da, abgesehen von der Schafherde, die das Gras nie lang werden ließ und deren schwarzen Mist wir für die Rosen und die Kartoffeln aufsammelten.

Noch weiter vorn erstreckt sich, aus dieser Höhe gut sichtbar, die ganze Reede von Brest, von der Mündung des Elorn bis zur Hafeneinfahrt, im Vordergrund die Becken der Werft und die von ihren beiden langen Dämmen geschützte Binnenreede, deren gähnende Öffnung – ein grünes Licht, ein rotes Licht – auf uns den Eindruck machte, als befände sie sich direkt uns gegenüber, wie eine prächtige Verlängerung des Gartentors und der drei Granitstufen zum jetzt verschwundenen Korridor, der das Erdgeschoß des Hauses in zwei gleiche Hälften teilte. Diese Eingangstür mit ihrem hohen rechteckigen Guckloch, dessen Scheibe von einem reich verzierten schmiedeeisernen Gitter geschützt wird, befindet sich jetzt ohne wesentliche Veränderung in dem New York des Verbrechens und der Vergewaltigung am Anfang von *Projet pour une révolution*... Verzeihen Sie mir, Jean Ricardou.

Und mein Großvater, was ist aus ihm geworden mit seinem Blick aus den hellen Augen, der sich am grauen Horizont verlor, an diesem Horizont, der am anderen Ufer der Reede von der Halbinsel Crozon und Menez-Hom versperrt war? Vielleicht ist er der alte König Boris, der immerzu von den dumpfen, vom Keller bis zum Dachboden auf allen Stockwerken widerhallenden Schlägen begleitet wird und der so sorgfältig das an einer winzigen Stelle abgesplitterte Mahagonifurnier seines Sekretärs repariert, bevor er mit einem letzten Lächeln dem Exekutionskommando gegenübertritt. Die Raben in den kahlen hundertjährigen Eschen jedoch sind ganz zweifellos die von Mesnil.

Kaum ein paar Jahre nach seinem Tod hatten wir den herrlichen Sommer von 1940. Ich hatte im Gymnasium von Brest meine Mathématiques-élémentaires-Klasse glänzend absolviert. Bei Einbruch der Nacht verließ das schöne Geschwader die Reede, um nie wiederzukommen. Das Ingenieurkorps hatte beim Abzug die unterirdischen Reservoirs in Brand gesetzt, die also wirklich existierten. Das Öl hat fast eine Woche lang gebrannt. Aus den Hügeln beim Maison Blanche entwichen im Getöse der Explosionen Ströme von glutrotem Bitumen, die Bäche und Wiesen überschwemmten, während ungeheure rote Flammen- und schwarze Rauchsäulen aufstiegen, die als heißer, erstickender, rußiger Dampf in den Garten zurückfielen. Die Rußteilchen waren dick und schwer wie Schneeflocken, und in der Luft lag der scharfe Geruch von schlecht eingestellter Petroleumlampe, der Geruch von Niederlage und paradoxer Freiheit, die man im Zusammenbruch seiner eigenen Nation findet (Psycho-Falle, Fortsetzung).

Einige Monate später habe ich dieses grandiose – und leere – Katastrophengefühl in meiner ersten Prosaarbeit erzählt, die auf die zwei oder drei in jenem Jahr verfaßten Gedichte folgte. Es handelte sich um eine Novelle sehr klassischer Form, und sie war für den Amateurwettbewerb einer Wochenzeitung vom Beginn der Besetzung bestimmt, *Comoedia* hieß sie wohl. Ich habe nie eine Antwort erhalten; und auch ich habe den Text verloren. Wenn ich mich recht erinnere, war er ohne Belang: eine vage Jünglings-Liebesgeschichte, die in Verwirrung endete.

Mag sein, daß das Dekor des Flirts an die Mathématiques-élémentaires-Klasse erinnerte; es war eine gemischte Klasse, was meinen strebsamen Geist, ohne daß er es wußte, das Schuljahr über sicher sehr beschäftigt hatte. Jedenfalls sah mein jugendlicher Held, verlassen und enttäuscht wie er war, die Zurückweisung seiner Gefühle durch unsere militärische Niederlage und unsere Entwaffnung kontrapunktisch wiederholt. Schließlich bestieg er einen jener Kähne, wie sie so manchen draufgängerischen Knaben ins Abenteuer führten, der versuchte, die englische Küste zu erreichen; nicht viele allerdings, allzu lebendig war in den Herzen der uralte Haß zwischen den beiden rivalisierenden Seemannsvölkern, und dieser Haß, den meine gesamte Familie übernahm, wurde hier noch von dem ganz frischen Groll auf Grund des gemeinsamen Debakels geschürt. Weder dieser amouröse Verdruß noch die dramatische Ausfahrt unter den Eruptionen der brennenden Tanks haben also etwas mit meiner persönlichen Geschichte gemein, die ohne sichtbare Leidenschaft war. Oder es ist mein eigener Geist, der auf der Jagd nach einer gleichgültigen und hochmütigen Gradiva den Vesuv floh.


Am fünften Tag der Katastrophe habe ich meinen ersten deutschen Soldaten gesehen. Er kam auf einem Motorrad mit Beiwagen den Hohlweg entlanggerumpelt, der von der Werft zur Ebene von Kerangoff führte. In dem tieferhängenden Gehäuse kauerte ein zweiter Soldat mit dem gleichen schweren Helm, der ihm tief im Nacken saß, und einer nach vorn gerichteten Maschinenpistole. Ihre Gesichter waren müde, die Wangen hohl, der Teint grau vom Staub. Sie waren von oben bis unten im selben grünlichen, mineralischen Farbton gehalten wie ihre wenig beeindruckende Maschine, so fuhren sie durch die Ebene auf den Friedhof von Recouvrance zu, durchgeschüttelt von den Unebenheiten des Geländes, einsam und lächerlich: unsere Bezwinger... Man kann sie jetzt in *Dans le labyrinthe* [*Die Niederlage von Reichenfels*] wiedertreffen mit ihrem archaischen Vehikel und ihren erschöpften Mienen, Vorboten der feindlichen Armee, die die eroberte Stadt einschließt.

Zwei Monate später habe ich das Haus verlassen, um wieder nach Paris zu gehen. Als ich es wiedersah, lag es in Trümmern. Jetzt gibt es keine Ebene von Kerangoff mehr. Statt des gewundenen unbefestigten Feldweges gibt es eine geradlinige Teerstraße mit Trottoirs, die den Namen eines Marschalls aus dem vorigen Krieg gegen Deutschland trägt, jenem Krieg, den mein Vater gewonnen hat; seine Erzählungen von Heldentaten, die den endlosen dreckigen Alptraum durchsetzten, hatten die Pariser Hälfte meiner allzu phantasievollen Kindheit mit dunkler Furcht (auch du wirst einmal Soldat) erfüllt. Das Geburtshaus, das meine Mutter liebevoll um die wunderbarerweise von Bomben verschonte alte Treppe herum, diesmal aus Stein, wiederaufbauen ließ, verschwindet heute zwischen den Mietskasernen, und aus den Fenstern der Zimmer im ersten Stock grüßt man nicht mehr das alte Meer mit den kristallenen Wellen in seinem grauen Nebelschleier.


Allmählich muß ich mir aber wohl der Zweischneidigkeit meines Verhältnisses zu jenem Meer, von dem ich mich zunächst weit entfernt glaubte, bewußt geworden sein.

Denn letztlich vereinten uns die stärksten Bande: Unerbittlich fühlte ich mich zu den Schimären und Schatten hingezogen, die sich in seiner Tiefe rühren, unter der scheinbaren Ruhe der Oberfläche genauso wie unter dem allzu fröhlichen Toben der sich brechenden und als helles Feuerwerk wieder herabfallenden Wellen. Während der ganzen Besetzung war uns von der deutschen Militärverwaltung der Zugang zur bretonischen Küste verboten: dort einen Familiensitz zu haben stellte in ihren Augen keine ausreichende Erklärung dar. Vielleicht hatte es dieser Unterbrechung des körperlichen Kontakts, dieser Abnabelung und dieser langen Trennung bedurft, damit sich die Metamorphose in meinem Kopf vollziehe.

Ich kann mir auch einen möglichen Vermittler vorstellen: die Musik, deren Wirken entscheidend gewesen sein mag oder die zumindest eine wichtige Rolle als Katalysator gespielt hat. Damals entdeckte ich mit Begeisterung Wagner und Debussy. Die unbestimmte Folge vager Akkorde, die nie die Ruhe einer stabilen Tonart findet, um Fuß fassen zu können, das war wie das Meer, das Welle um Welle steigt trotz seines scheinbaren Zurückflutens. Mir ist keine heftige und plötzliche Offenbarung hinter irgendeiner Säule der Salle Pleyel im Gedächtnis geblieben, aber ich weiß, daß ich seit Anfang der vierziger Jahre *Pelléas* oder *Tristan* nicht hören konnte, ohne mich sogleich von den tückischen und furchterregenden Bewegungen der Dünung emporgehoben und widerstrebend in den Schoß einer unbekannten, wankenden, irrationalen Welt gezogen zu fühlen, die mich verschlingen will und deren unbeschreibliches Gesicht zugleich das des Todes und das des Begehrens ist, eine hartnäckige alte Illusion unserer westlichen Welt, die sich von Platon bis Hegel, ja bis Heidegger zieht und auch durch die ganze christliche Tradition, für die diese Welt nur ein Schein ist, jenseits dessen sich eine andere, »wahrere«

verbirgt; diese soll erst nach dem endgültigen und glückseligen Ertrinken beginnen.

Wenn ich mich schließlich vier Jahre nach der Befreiung daran mache, einen Roman zu schreiben, so geschieht das gewiß nicht mit einer solchen Perspektive, sondern im Gegenteil als totale Reaktion auf diese tödliche Versuchung, die die Vernichtung mit der höchsten Lust, den Verlust des Bewußtseins mit der Ohnmacht und bald die Verzweiflung mit der Schönheit der Seele verwechseln wird. Ich habe den Kampf in meinen ersten veröffentlichten Büchern sogar mit so überzeugender Beherztheit geführt und meine Festungen obendrein durch einige polemische Artikel in Form klar verständlicher Theorie gestützt, daß man große Mühe hat, in den Rezensionen – seien sie ungünstig oder nicht–, die mir damals gewidmet wurden, selbst zweifelhafte Spuren von den Ungeheuern zu finden, gegen die ich kämpfte. Es gab natürlich Maurice Blanchot und einige mehr. Doch die anderen, all die anderen?
Es ist trotzdem seltsam, daß so viele Leser, die doch nicht alle unsensibel oder unintelligent waren, sich derart täuschen ließen. Wenn ich heute *Le voyeur* oder *La jalousie* aufschlage, springt mir gleich von Anfang an eben der schwierige und unermüdliche Kampf in die Augen, den die Erzählerstimme führt, die von Mathias, dem Reisenden, wie die des namenlosen Ehemanns, ein Kampf gegen das Delirium, das ihnen auflauert und in manchem Nebensatz zutage tritt, um mehr als einmal sogar einen ganzen Abschnitt lang die Oberhand zu gewinnen. Daraus muß man schließen (und das muß leider auch für mich zutreffen, wenn ich die anderen lese), daß es eine sehr schwierige Sache ist, den Text eines Schriftstellers in seiner Komplexität wahrzunehmen, sobald er ein bißchen durchtrieben ist.

Ich werde jedoch den Fall Roland Barthes ausnehmen, dem niemand eine Lektion in List wird erteilen wollen. Mit seinen persönlichen Dämonen ringend, suchte er, um ihnen zu trotzen, mit aller Kraft einen Nullpunkt der Literatur, an den er niemals geglaubt hat. Mein angebliches Weiß – das nichts als die Farbe meiner Rüstung war – kam gerade recht, um seinem Diskurs Stoff zu geben. Ich sah mich also zum »objektiven Romancier« erhoben, oder schlimmer noch, zu einem, der versuchte, es zu sein, dem es aber mangels des geringsten Handwerks nur gelang, nichtssagend zu sein.

Zufällig bin ich gestern in dem Arbeitszimmer, das mir hier an der New York University für ein paar Monate zugewiesen worden ist, auf ein kräftig mit Anmerkungen versehenes Exemplar von *Le voyeur* gestoßen; einer meiner Vorgänger, der ein Seminar über das von ihm gehaßte Buch gehalten haben muß, hat es im Durcheinander der Regale zurückgelassen. Jedesmal, wenn sich seiner Lektüre eine besonders große Falle stellt, fällt er mit beiden Füßen zugleich hinein und notiert am Rand triumphierend den Fehler, den ich in bezug auf mein hassenswertes System gerade begehe. Wieso sieht dieser Professor nicht, daß Mathias in absichtlichem Widerspruch zu all dem, was ich über die ehrliche Verwendung der grammatikalischen Zeiten gesagt haben mag, von seinen Tagen auf der Insel in der dritten Person eines höchst suspekten *passé simple* erzählt, das um so mehr aufhorchen lassen sollte, als es an entscheidenden Stellen des Berichts plötzlich von kurzen Passagen im Präsens konterkariert wird, die sich seiner Kontrolle zu entziehen scheinen... Aber, großer Gott, doch nicht meiner! Wenigstens diese Gerechtigkeit möge man mir widerfahren lassen. Mathias – oder genauer, der Text, aus dem er spricht – verwendet die traditionelle Sprache der unwiderlegbaren Wahrheit eben deshalb, weil er etwas verbirgt: das Loch in seiner eigenen Verwendung der Zeit. Genauso, wenn er mit pedantischer, ja mathematischer Genauigkeit die Welt beschreibt, die ihn umgibt und deren Tücke er fürchtet, dann geschieht das *in der Absicht*, sie zu neutralisieren. Übrigens wird das Seeungeheuer (das die kleinen Mädchen verschlingt) gegen Ende des Buches namentlich erwähnt, und fast sofort merkt man, daß Mathias, am Rand der Ohnmacht, den Boden unter den Füßen verloren hat.

Was den abwesenden Erzähler von *La jalousie* angeht, so ist er selbst wie die blinde Stelle in einem Text, und sein Blick versucht verzweifelt, die dem Text zugrundeliegenden Dinge zu ordnen, in der Hand zu haben gegen die Verschwörung, die jeden Moment das zerbrechliche Gerüst seines »Kolonialismus« zum Einsturz zu bringen droht: die wuchernde Vegetation der Tropen, die zerstörerische Sexualität, die den Schwarzen zugeschrieben wird, die abgründigen Augen seiner eigenen Frau und parallel dazu eine ganze unbeschreibliche Welt, die von den Geräuschen um das Haus gebildet wird. Wie kommt es, daß man so wenig über die Rolle des Hörens in diesem Roman gesprochen hat, von dem sogar behauptet wurde, er sei einem einzigen Sinn geweiht: dem Sehen. Der Grund muß zumindest teilweise in dieser verwirrenden Technik des »leeren Zentrums« liegen, die sich seit *Les gommes* zu entwickeln begann und auf die wir noch zurückkommen müssen.


Es stellt sich jedoch eine allgemeinere Frage, diesmal dem Autor. Warum kompliziert man denn die Lektüre eines Romans durch lauter doppelte Böden und Fußangeln? Das heißt, warum *soll* der Text voller Fallen sein? Und wie funktionieren sie? Was ist das für ein seltsames Verhältnis, das ich zu meinem unentbehrlichen Leser unterhalte, da ich doch alles tue, um ihn irrezuführen und dann völlig konfus zu machen? Darauf Antwort zu geben ist nicht leicht, aber man muß es versuchen, sonst kommen wir nicht weiter. Man bedrängt mich tatsächlich von allen Seiten: warum sagen Sie die Dinge nicht einfacher, machen sich den Lesern verständlich, geben sich die notwendige Mühe, um besser begriffen zu werden usw.? Diese Formulierungen sind auf jeden Fall absurd. Wie wir gesehen haben, schreibe ich zuerst gegen mich selbst, also auch gegen den Leser. Was soll verständlicher werden? Wenn ich einem Rätsel nachjage, das mir bereits als eine Lücke in meiner eigenen Bedeutungskontinuität erscheint – wie sollte man daraus eine volle, bruchlose Geschichte machen wollen? Was könnte ich »einfach« zum Ausdruck bringen von einem so paradoxen Verhältnis zur Welt und zu meinem Sein, von einem Verhältnis, wo alles doppelt, widersprüchlich flüchtig ist? Die »artikulierte« Sprache, ich bestehe von neuem darauf, ist strukturiert wie unser klares Bewußtsein, was soviel heißt wie: nach den Gesetzen der Vernunft. Daraus folgt unmittelbar, daß sie unfähig ist, sowohl von einer äußeren Welt, die eben nicht wir sind, Rechenschaft abzulegen als auch von den Gespenstern, die sich in unserem Körper tummeln. Aber gleichzeitig muß ich dieses Material, die Sprache, so ungeeignet sie auch sein mag, sehr wohl benutzen, denn es ist dieses klare Bewußtsein – und nichts anderes –, das sich über die Un-Vernunft und die Lücke beklagt.

Ich habe schon darauf hingewiesen, daß der moderne Roman, um diesen (ersten) Widerspruch zu überwinden, sich entscheidet, ihn nicht mehr als Studienobjekt, sondern als Organisator von Fiktion einzusetzen. Gehen wir nun weiter. Eine solche Verwendung eines fundamentalen Mangels durch die Erzählformen selbst wird bald dazu führen, daß der Leser frustriert ist, daß er gelockt und dann enttäuscht wird, daß ihm sein Platz im Text gezeigt und er gleichzeitig (davon) ausgeschlossen wird, daß er getäuscht wird mit Hilfe von Ködern, deren Maschinerie um so komplexer sein wird, als es ihre Aufgabe ist, nichts zu produzieren: weder ein Objekt Welt noch Gefühl; sie wird nur »funktionieren« müssen in der durchsichtigen Eigenartigkeit einer vielfach zuschnappenden Falle, einer Falle für humanistische Lektüre, für politisch-marxistische oder freudianische Lektüre usw., und schließlich für Liebhaber von sinnlosen Strukturen.

Hier trifft sich Mallarmés *Sonnet en x* mit dem *Grand verre* von Marcel Duchamp, das weder die Funktion hat, Schokolade zu pulverisieren noch das Schwarz der Junggesellen-Dämonen zu mahlen. In der Tat wird, was über die geschriebene Fiktion gesagt worden ist, auf alle anderen Konstruktionen der modernen Kunst anwendbar sein, die allerdings von den Bildern eines Jasper Johns bis zur stummsten theatralischen Performance von Bob Wilson oder Richard Foreman der artikulierten Sprache nichts verdanken. Es wird also noch mehr auf das Kino anwendbar sein, denn dieses ist selbst ein anerkannter Träger von Fiktion. Doch vielleicht bleiben die Wörter trotz allem der privilegierte – weil in den Augen des Gesetzes skandalösere – Ort für eine solche Erfahrung des Leeren.

Haben wir es hier also mit dem zu tun, o Sokrates, was der gemeine Mann Beliebigkeit nennt? Sehen wir uns diese auf Saint-Beuve zurückgehende Auffassung genauer an. Zuallererst muß man sich vor denjenigen in acht nehmen, die das Wort »beliebig« als Schimpfwort verwenden. Wenn ich in einer Zeitung lese, daß es in diesem oder jenem Film beliebige Kamerafahrten gibt, wie soll ich dann anderes verstehen, als daß man ihre exakte »Bedeutung« nicht sieht? Nach dieser Warenideologie würde sich die Beliebigkeit durch den Gegensatz zum »Mehrwert« des Sinns definieren; so wäre sie in der Tat auf meiner Seite. Und doch...

Und doch, sieht man denn nicht, daß ich selbst unablässig –

einmal mehr auf diesen Seiten – versuche, mich zu rechtfertigen? Denn dieses ideologische Verhältnis zum Sinn (zum Gesetz), diesen Drang, Sinn zu verstehen, diese Eile, Sinn zu stiften, habe ich zweifellos auch. Nein, das *Grand verre* ist nicht beliebig und auch nicht das *Sonnet en x*; wenn sie beliebig wären, stünden sie wiederum auf der Seite der heiligen Einfalt und nicht auf der Seite der unruhigen Suche. Daher die zunehmende Kompliziertheit meiner eigenen Maschinerien in *Topologie d'une cité fantôme* und *Projet pour une révolution,* wo übrigens jeder nebenbei die berühmte *mariée mise à nu* erkennen konnte... Aber, wie König Menelaos sagte, nehmen wir nichts vorweg.

Ich beschließe also 1948, einen Roman zu schreiben. Fast von heute auf morgen verlasse ich das Nationale Institut für Statistik, wo mir eine vorgezeichnete Karriere bevorstand, um mich zu meiner Schwester nach Bois-Boudran im Département Seine-et-Marne zurückzuziehen, in ein mitten auf dem Land gelegenes biologisches Labor, ein Zentrum für künstliche Besamung und Hormonforschung. Meine tägliche Arbeit – dreimal vierzig Minuten ungefähr – besteht darin, alle acht Stunden vaginale Abstriche an Hunderten von sterilisierten Ratten vorzunehmen, denen man verschiedene Urine von trächtigen Stuten unter die Haut injiziert hat. Man will so den Gehalt an Follikelhormon bestimmen, nachdem die Reaktionsschwelle jeden Tiers mit Hilfe von Testflüssigkeiten festgestellt worden ist. In der ganzen übrigen Zeit schreibe ich, auf die Rückseite des Stammbaums der holländischen Stiere, deren Sperma wir den Bauern verkaufen, *Un régicide.* Zuerst notiere ich den Titel, dann das Zitat von Kierkegaard über den Verführer, der »die Welt durchquert, ohne eine Spur zu hinterlassen«; von diesen ersten Worten an ist das Paradox in Form eines in sich widersprüchlichen Objekts vorhanden: das höchste Attentat, das gleichzeitig seine eigenen Insignien zerstört. Und das Meer tritt in Erscheinung, dieses Doppel meiner selbst, das den Abdruck meiner Schritte auslöscht; ich schreibe also meinen ersten Satz, uralte Wiederholung einer immer schon getanen, vollzogenen Handlung, ohne daß je irgendeine Spur hinter mir davon zeugt: »Wieder einmal ist am Meeresstrand in der Abenddämmerung eine von Felsen und Löchern unterbrochene Fläche feinen Sandes zu durchqueren; das Wasser reicht mir manchmal bis zur Taille. Die Flut steigt...« Die heimtückische Gefahr, die Angst ist zur Stelle, wie üblich.

Es besteht für mich kein Zweifel daran, daß dieser Anfang direkt von einem persönlichen Alptraum angeregt war, der sich in der Zeit meiner Pubertät über Monate in regelmäßigen Abständen immer gleich wiederholt hat. Kaum einige Seiten weiter kämpft der Held des Buches, Boris, der Königsmörder (in diesem Text heißt der König Jean, während neun Romane später, in *Souvenirs du triangle d'or*, die Namensgebung umgekehrt ist), Boris, der Junggeselle, Boris, der Träumer, mit Gefühlen von Unmöglichkeit, Untauglichkeit oder Verbot im Bereich der Backenzähne, der Zunge, des Zahnfleischs, die er zugleich lokalisieren, beschreiben und verjagen will, was auf dasselbe hinausläuft. Auch das sind Störungen der Kindheit, die mir wieder ins Gedächtnis kommen. Und sie tun es in dem Moment, da, gebieterisch diesmal, die Phantome meiner sexuellen Differenz wieder in meinem Leben auftauchen. Ich verkehrte mit ihnen natürlich seit langem, bereits fünfzehn Jahre, aber von nun an muß ich diese Gewißheit anerkennen: nur »perverse« Inszenierungen (oder Phantasien) erregen mein Begehren, was um so weniger problemlos ist, als mich vor allem sehr junge Mädchen anziehen.

Das Meer und seine unsicheren Ufer treten in diesem ersten

Roman in Form eines Erzählens in der ersten Person Präsens auf. Der Leser nimmt sie wahr als ein langsames, träumerisches Sich-treiben-Lassen (wobei die »Poesie« der grauen Heide und des Nebels übrigens die Schwierigkeiten der metaphorischen Überfrachtung nur schlecht verbergen), das eine in der dritten Person des historischen Perfekts gehaltene »realistische« Kontinuität durchlöchert und bald pervertiert. Boris arbeitet da in einer großen Fabrik, in der ich an zahlreichen Einzelheiten mühelos die Maschinenfabrik Augsburg-Nürnberg (M. A. N.) erkenne, in der ich selbst während des Krieges das Handwerk eines Drehers gelernt und ausgeübt habe.

Die riesige Werkhalle mit ihren endlosen Reihen von Drehautomaten und Fräsmaschinen, die in einen nach heißem Schmierfett stinkenden bläulichen Öldunst gehüllt sind, die blinden Mauern der Lagerhäuser aus kleinen geschwärzten Backsteinen, das imposante Eingangstor, das sich auf eine lange, schnurgerade, triste Vorstadtstraße öffnet, auf der alte Straßenbahnen zum fernen Südfriedhof rattern (wir bestiegen – wie man in Brest sagte – die Tram am Hauptbahnhof, wo uns vom Morgengrauen an verrußte Züge voller mehr oder weniger deportierter Arbeiter ausluden, die in den Holzbaracken der riesigen Lager mitten in den nahen Tannenwäldern auf zweistöckigen Bettgestellen schliefen), und auch die Stechuhren mit den Kästen an der Wand, die unsere Stechkarten enthielten, die metallenen Passier-Marken, die man an jeder Kontrollpforte vorzeigen muß, dieses ganze Dekor ist, kaum umgeformt, das meines Nürnberger Lebens. Über mir auf einem Dachbalken stand in überdimensionalen Lettern der harte Slogan: »Du bist eine Nummer und diese Nummer ist Null.«

Zunächst richtet sich mein Königsmord vielleicht gegen dieses unannehmbare Gesetz: das größte politische Verbrechen – den König zu töten – ist eine sichere Methode, sich als Individuum zu erkennen zu geben. Obwohl Boris in seiner Fabrik eine Stelle hat, die mehr an meinen folgenden Beruf – als Statistiker – erinnert, bezieht die etablierte Ordnung in diesem ersten Buch ihr finsteres Gesicht also aus meiner deutschen Erfahrung, und das ist, wie ich heute merke, natürlich kein Zufall. Der im Schoß des unvorstellbaren Grauens vor sich gehende Verfall dessen, was das vom Nationalsozialismus propagierte Volksideal gewesen war (Arbeit, Vaterland, Sport, Sozialgesetze, Naturkult, blonde junge Menschen, die singend vorbeimarschieren, ein Lächeln auf den Lippen, heller, gerader Blick, die Seele so rein wie der Körper gemäß dem höchst beruhigenden Bild von der glücklichen guten Gesundheit), die brutale Umkehrung all dieser Zeichen, die plötzlich ihr anderes Gesicht offenbarten, das hat mich, glaube ich, mehr geprägt als fünf Jahre zuvor die Auflösung unserer eigenen Armee.

Diese beiden aufeinanderfolgenden Zusammenbrüche habe ich gewiß auf sehr unterschiedliche Weise erlebt, doch nicht in dem Sinn, der angemessen gewesen wäre. Die Niederlage von 1940 war zwar die der Freiheit, aber bei uns sagte man eher die des Leichtsinns, der Nachlässigkeit, der Schlamperei, des Genießertums und der Weichlichkeit, kurz der dritten Republik. Der Untergang des Dritten Reiches war dagegen der einer bestimmten Ordnungsvorstellung, die uns grandios hatte erscheinen können, das Versinken einer unerbittlichen und totalitär gewordenen Ordnung in Blut und Wahnsinn. Ich habe gesagt, meine Familie sei rechts, darüber muß ausführlicher gesprochen werden.

Der offiziellen Wahrheit zufolge, derjenigen, die unter anderen Himmelsstrichen Historiker für den Rest ihres Lebens ins Gefängnis bringt, weil ein böser Geist ihnen die Frage eingab, wieso denn der Panzerkreuzer *Aurora* auf das

Winterpalais schießen konnte, da er doch in diesen glorreichen Oktobertagen gar nicht in Leningrad war, während man ihn uns tatsächlich am Nevakai vorführt, an seinem richtigen Platz gegenüber dem Palais und jedes Jahr frisch gestrichen (damit die Wahrheit nicht abbröckelt, muß sie regelmäßig frisch gestrichen werden), dem anerkannten Diskurs also zufolge erschien Frankreich zunächst – bei der Befreiung – als eine Nation von Helden, die sich mit dem Waffenstillstand in quasi einmütigem Widerstand gegen den Besatzer erhoben hatten, eine Ansicht, die aufrechtzuerhalten schwierig war, die aber mehr als zehn Jahre überleben konnte, ohne Gelächter oder allzu lebhaften Protest auszulösen. Und dann verändert sich plötzlich alles: Frankreich war nur eine Herde von Feiglingen und Verrätern, die ihre Seele und das ganze jüdische Volk für einen einzigen Bissen Schwarzbrot verkauft hat.

Ich werde mich nicht darauf einlassen (gottlob bin ich kein Historiker), eine dritte Wahrheit zu begründen. Aber ich muß an diesem Punkt meiner bescheidenen Autobiographie feststellen, daß meine erlebte Erfahrung weder dem einen noch dem anderen Bild besonders entspricht. Man verstehe mich recht: es geht hier nur darum zu sagen, zu versuchen zu sagen, wie ich die Dinge um mich herum sah; oder noch subjektiver: wie ich mir heute vorstelle, daß ich diese Dinge damals sah.

Ich war ein guter Sohn, geradezu das Gegenteil einer aufständischen Natur, ich fühlte mich wohl zu Hause, wo ich, sobald ich zurück war, alles genau erzählte, was ich in der Schule oder unterwegs gesehen und getan hatte; und was die Werte betrifft, teilte ich problemlos die meisten der politischen oder moralischen Optionen meiner Eltern: Lügen ist schlecht, man muß die Welt akzeptieren, wie sie ist, man schreibt bei Prüfungen nicht ab, die Volksfront führt Frankreich ins Verderben, durch gute Arbeit sichert man seine materielle Existenz und hat gleichzeitig teil an den Freuden des Geistes usw. oder gar: »Lieber reich und glücklich als arm und unglücklich«, denn unser Familienjargon umfaßte zahlreiche falsche Sprüche, wie um sich freundlich über die lustig zu machen, die wir respektierten.

Ich hatte für meine guten Eltern wahrscheinlich keine blinde und grenzenlose Bewunderung, eher fühlte ich mich mit ihnen in einem heiligen Bund, einer brüderlichen Gemeinschaft, einer unbedingten Solidarität. Mein Vater, meine Mutter, meine Schwester und ich bildeten so etwas wie einen Clan. Ich trug sogar über fünfzehn Jahre lang am Ringfinger vier dicht aneinandergesteckte Aluminiumringe als Talisman, die ich 1943 bei M. A. N. aus einem Kasten mit Ersatzteilen gefischt hatte. Ein solcher Familiensinn war nicht möglich ohne eine gewisse Distanz zum Rest der Menschheit: ein vages Gefühl der Überlegenheit oder zumindest der Andersartigkeit.

In der Grundschule der Rue Boulard hatte ich eines Tages einem Schulkameraden, der mit den Hauptmannstressen seines Vaters angab, stolz geantwortet, daß meiner Oberstleutnant sei. Zu Hause bat ich um ein paar ergänzende Informationen über die Hierarchie beim Heer. In Wirklichkeit hatte mein Vater als Student an der Technischen Hochschule in Cluny in seiner anarchistischen Gesinnung die höhere militärische Ausbildung verweigert, die ihm erlaubt hätte, seinen Militärdienst dann als Offizier zu machen. Er wurde im August 1914 von der Schule weg eingezogen und als einfacher Soldat an die Front geschickt und erlebte so das Kriegsende nach vier Jahren Kampf im Lazarett mit Gesichtsverletzung, Tapferkeitsmedaille, Verdienstkreuz und ehrenvollen Auszeichnungen, doch nur im Rang eines Leutnants.

Der Antimilitarismus ist sicher eine der Konstanten im

leidenschaftlichen Leben dieses merkwürdigen Rechten, der seinen Kindern nicht ohne eine gewisse Eitelkeit jenen Vermerk mit roter Tinte in seinem Studienbuch der Hochschule (wo man zu Beginn dieses Jahrhunderts noch Uniform und kurzgeschorenes Haar trug) zeigte: »Gibt sich besonders unsauber und ungepflegt.« An jenem Abend also am Familientisch, wo er wie immer Knoblauchwurst zum Milchkaffee aß, klärte man mich darüber auf, daß er am Ende der Feindseligkeiten nur Leutnant war, als Ingenieur der französischen Besatzungstruppen in den zurückeroberten Fabriken Lothringens dann Oberleutnant, daß ich ihm aber getrost, wenn es mir Spaß machte, die fünf Streifen des Oberst oder den einfachen Unteroffizierswinkel verleihen konnte, denn diese Dinge seien ohne jeden Wert. Der Stolz des Clans konnte auf Tressen verzichten.

Als Kriegsbeute hatte er nur Schillers Sämtliche Werke mitgebracht – ein dicker grauer Leinenband, der natürlich in gotischer Schrift gedruckt war – und einen deutschen Raketenwerfer, eine Art riesiger Pistole mit einem sehr auffälligen Abzug, die fast genauso schwer war wie ein Gewehr und deren kurzer Lauf dick wie mein Kleiner-Jungen-Arm war. Die eindrucksvolle Trophäe hing außer Reichweite an der Wand des Zimmers, das »Büro« genannt wurde und als Kinderzimmer diente. Mit dieser ungefährlichen Waffe zu spielen, mit der man sich immerhin unter dem Schlagbolzen, oder wenn man unvorsichtig den gutgeölten Verschluß betätigte, einen Finger zerquetschen konnte, war, außer als besondere Vergünstigung, verboten.

Nach seinem abendlichen Milchkaffee setzte Papa sich an den Schreibtisch (ein klobiges kastenförmiges Möbel mit Schubladen, das aus amerikanischen Beständen stammte) und übersetzte begeistert Schillers Dramen, gewissenhaft eins nach dem anderen, indem er mit Tintenstift in winziger

Schrift kleinkarierte Schulhefte füllte. Es handelte sich, glaube ich, um eine wortwörtliche, aber ganz ungefähre Übertragung, denn dieser eifrige Amateur schlug nicht so oft im Wörterbuch nach, wie es nötig gewesen wäre, und der größte Teil der Grammatik dürfte ihm verschlossen geblieben sein. Ratend, zu raten glaubend, improvisierend und ohne sich an den Unsinnigkeiten oder Seltsamkeiten seines Textes zu stören, kam er ziemlich schnell voran und kümmerte sich nicht darum, was man davon halten würde. Anne-Lise, meine Schwester, die damals Nanette genannt wurde, behauptet, daß es eins der traumatisierenden Erlebnisse ihrer Jugend war (wie etwas früher, als sie erfuhr, daß der Weihnachtsmann eine Fiktion war), als sie entdeckte, daß unser Vater keineswegs Deutsch konnte, es weder in der Schule noch anderswo gelernt hatte.

Waren wir arm? Da ist natürlich relativ. Jedenfalls habe ich in meiner Kindheit nie das geringste Gefühl von Armut empfunden, und es kam mir gar nicht in den Sinn, die Wohnung dieses oder jenes Klassenkameraden (nach der Grundschule kam ich als staatlicher Stipendiat ins Lycée Buffon, während meine Schwester auf die gleiche Art ans Victor-Duruy kam) oder der wenigen Bekannten meiner Mutter wie jener Busenfreundin, die in Brest Zahnärztin war, mit den drei engen Zimmern in der Rue Gassendi zu vergleichen, in denen wir noch zu viert lebten, als ich schon über zwanzig war, wo es weder Teppiche noch Lüster gab und mir die nackten Glühbirnen, die auf kleinen Messingkugeln mit drei Fassungen von der Decke hingen, ganz normal erschienen, genauso wie der Sessel, den man nachts auszog, um das Eßzimmer in ein Schlafzimmer zu verwandeln, seit meine Schwester – Scham verpflichtet – nicht mehr zwischen denselben Wänden wie ich schlief.

Dank seines aufgesparten Soldatensolds hatte mein Vater, anstatt sein Ingenieursdiplom in irgendeinem metallverarbeitenden Unternehmen rentabel zu machen, zusammen mit einem etwas vermögenderen Schwager die Société Industrielle du Cartonnage gegründet; hinter der pompösen Firmenbezeichnung verbarg sich eine winzige Fabrik für Kartons zur Verpackung von in Massenproduktion hergestellten Puppen. Drei oder vier Arbeiterinnen falzten die Schachteln, mein Onkel lieferte sie aus, den härtesten Teil aber hatte Papa, der den ganzen Tag die großen bräunlichen Kartonplatten in die Papierschneidemaschine schob, eine gefährliche Arbeit, die einen Facharbeiter erfordert hätte, doch der zu hohe Lohn war mit dem etwaigen und immer ungewissen Gewinn des Unternehmens leider unvereinbar.

Samstagabends unterschrieb Papa am Schreibtisch, von dem Schiller nun verjagt war, mit weitausholendem, unleserlichem und würdevollem Schnörkel nicht enden wollende Stapel unablässig prolongierter Wechsel, von denen viele – wie er mir später sagte – einzig und allein auf Gefälligkeit beruhten. Da habe ich erfahren, daß er unsere ganze Kindheit über wegen dieser Buchhaltung ohne Boden in ständiger Angst gelebt hatte. Und dann sehe ich auch noch seine seltsam glatten und roten Fingerspitzen vor mir, die vom Anfassen der Kartons so abgenutzt waren, daß sie in kalten Wintern (die Werkstatt war nicht geheizt) wochenlang tiefe Schrunden hatten.

Am Sonntagmorgen aber besohlte er, Operettenlieder singend, deren Text und Melodie er hemmungslos veränderte, die abgenutzten Schuhe der Familie. Er besaß Werkzeug aller Art, es stapelte sich in der engen Küche, wo auch eine kleine Kinderwerkbank stand; der Weihnachtsmann hatte sie für mich vor dem schwarzen Marmorkamin im Zimmer der Eltern abgesetzt, wo am 25. Dezember immer die

Geschenke lagen; dort wirkte sie allerdings unproportioniert im Verhältnis zum geringen Durchmesser des Abzugs, in meinen weniger engen Räumen in Mesnil benutzte ich sie noch manchmal. Weil ich dem Vater beim Werkeln zusah, bekam ich Freude an manuellen Arbeiten, von der Schreinerei bis zum Stahlbetonbau; und ich bedaure, daß ich nicht mehr genug Zeit habe, um alle bröckelnden Mauern, morschen Fensterrahmen oder lockeren Eisenbeschläge meines Besitzes, den ich liebe, selbst instand zu setzen.

Wenn die Schuhe repariert waren, nahm mein Vater uns im Frühjahr zu langen Spaziergängen auf den Festungsanlagen bei Montrouge mit, die gerade eben noch als Land gelten konnten. Dort wuchs um die Hütten neues Gras und Flieder, und an den ödesten Plätzen brachen die leuchtend gelben Blüten des Huflattichs durch den weißlichen Lehmboden (seine sich später entwickelnden breiten Blätter ließ man unter der Besatzung als Tabakersatz trocknen). Nachmittags um vier Uhr kamen wir zurück zum Essen, das Mama in unserer Abwesenheit vorbereitet hatte; es gab immer, im wöchentlichen Wechsel, ein Brathuhn oder eine Hammelkeule mit Pommes frites und Salat. Der Wohlgeruch erfüllte die ganze Wohnung. Wir hatten Hunger. Die Nacht brach schnell herein, ihr Graulila draußen ließ das elektrische Licht auf dem runden Tisch, um den sich der Clan versammelte, orangefarben und warm erscheinen, und wir erzählten Mama die Abenteuer des Tages.

Ich habe nur gute Erinnerungen an diese Sonntage bewahrt, von denen es im allgemeinen heißt, Kinder haßten sie. Doch ich denke ohne Wehmut daran: ich habe nicht den Eindruck, daß meine Art zu leben, mein Verhältnis zur Welt sich grundlegend geändert haben, und was diesen Bericht angeht, den ich Tag für Tag wider mich selbst fortführe, so frage ich mich, ob er sich so sehr von der geduldigen, fehlerhaften und absurden Übertragung der Schillerschen

Dramen unterscheidet. Zum Nachtisch las Papa uns (ziemlich schlecht) besonders polemische und heftige, immer gegen die republikanischen Institutionen und ihre Vertreter an der Macht gerichtete Passagen mit oft obszönen Witzen aus den neusten Artikeln von Daudet oder Maurras vor. Ich weiß nicht, wie die rechtsextreme Presse heute ist, aber ich erinnere mich der *Action française* der dreißiger Jahre als einer sehr der griechisch-römischen Kultur verpflichteten, gut geschriebenen Zeitung von großer Verve. Die drastischsten Grobheiten waren im allgemeinen in die Sprache Ciceros gekleidet.

Von meinen beiden linken Großvätern, überzeugten Republikanern, erklärten, wenn auch lächelnden Laizisten und Dreyfus-Anhängern, die immer bereit waren, das finstere Bündnis von Armee und Kirche zu denunzieren, hatten meine Eltern einen quasi angeborenen Atheismus geerbt. Die in jeder Hinsicht schädliche Rolle der römischen Kirche unterlag genauso wenig einem Zweifel wie die fundamentale Unfähigkeit der Generäle. Wenn die Exkommunizierung der *Action française*, die, wie es hieß, Aristide Briand ausgehandelt hatte (der seitdem den Spitznamen »der gesegnete Zuhälter« trug), bei vielen Christen Herzenskonflikte ausgelöst hatte, so war sie für uns nur ein zusätzlicher Beweis für die Richtigkeit der Sache. Als Verfechter eines Staatskatholizismus (für das Volk), die aber vom Papst exkommuniziert waren, als Monarchisten, die aber vom Thronprätendenten verleugnet wurden, paßten die Führer der *Action française* ausgezeichnet zu dieser Familie, die nichts so sehr liebte, wie sich als Außenseiter zu fühlen. Die Verachtung der Konformisten, das Grauen vor der Herde (dem *servum pecus*) und dazu noch die lächerlichen parlamentarischen Kombinationen, die einander in der Kammer folgten, all das führte natürlich zu einem deutlich bekundeten Haß auf die Demokratie.

Nach diesem rituellen Sonntagsessen schlief Papa, oder er ging seine Partie *manille* spielen mit Cousins aus dem Jura, die in Belleville eine Hausmeisterei hatten. Und dann gab es die außergewöhnlichen Sonntage. Wenn in Versailles der große Kanal zugefroren war, zogen wir los, um auf dem von der Wintersonne bestrahlten Eis Schlittschuh zu laufen. Wie es früher auf dem Land üblich war, besaßen wir Schlittschuhe, die durch ein Backensystem an die dicken Wanderstiefel angeschraubt wurden. Wir fuhren mit dem Zug. Ums Kinn hatten wir lange Wollschals gewickelt. Beim Heimgehen in der Abenddämmerung wurden Tütchen mit heißen Kastanien gekauft, die an den Straßenecken auf dicken, runden, in duftenden bläulichen Rauch gehüllten Öfen aus Schwarzblech geröstet wurden. Das war das große Glück. Als es einmal viel geschneit hatte, bastelte uns Papa sogar in einer überraschenden nächtlichen Anwandlung aus Brettern und Lederriemen notdürftige (nicht gebogene) Skier, um uns am nächsten Morgen die abschüssigen Alleen im Montsouris-Park hinunterrutschen zu lassen... Dann bricht wiederum die Nacht herein, und in der ruhigen, vom Eis erstarrten Dämmerung gehen die Lichter an.

Diese Eindrücke, die mit dem frühen Einbruch der Nacht in der winterlichen Stadt verbunden sind, oder auch mit der Zeit nach Schulbeginn im Spätherbst, wenn die angegrauten Auslagen der Bäckereien oder Lebensmittelgeschäfte des Viertels schon früher erleuchtet werden, während es noch recht mild ist und ein sehr feiner Regen das holprige Straßenpflaster mit funkelnden Spritzern übersät und auf den anthrazitfarbenen Gehwegen die letzten halbverfaulten, nach Moschus duftenden und glänzenden Blätter der Platanen kleben, diese sehr lebhaften (wenn auch stillen) Eindrücke von abendlicher Ruhe, anheimelndem Licht, diffusem, fernem Stimmengewirr, Gemüsesuppe, versengtem Lampenschirmpapier, in ihnen sehe ich, darauf habe ich schon oft hingewiesen, einen – wenn nicht den hauptsächlichen – Grund, der mich zum Roman geführt hat. Ich weiß sehr wohl, was das heißt: zu schreiben beginnen wegen der gelben Farbe, die man auf einer alten Mauer bemerkt hat. Haben meine Leser angesichts der aggressiven Härte eines Buches wie *La jalousie* das Recht, sich über ein solches Geständnis zu wundern? Ich glaube nicht.

Die extrem starken, unvergeßlichen, obwohl vagen und flüchtigen Eindrücke, die von der klebrigen (oft aber gemütlichen) Adjektivität der familiären Welt, von ihrer schnell unerträglichen sentimentalen Aufladung, von ihrer fragwürdigen Eindringlichkeit hervorgerufen werden, treiben uns dazu, diese Welt zu beschreiben, um sie zu erforschen oder ihr Gestalt zu verleihen. Übrigens aber ohne die Absicht, diese Adjektivität zu reproduzieren. In meinem persönlichen Fall sogar ganz im Gegenteil. Und doch könnte jeder aufmerksame Amateur mühelos in der »Kindheitserinnerung« von Wallas, dem ratlosen Helden von *Les gommes* [*Ein Tag zuviel*], oder in den beiden Beschwerden, die in *Projet pour une révolution* die New Yorker Feuerwehrleute von den Parisern übernehmen, das abgeschwächte Echo solcher Gefühlsregungen erkennen...

Nun da ich, im Oktober 1983 (wie es auf den beiden hinzugefügten Anfangsseiten dargelegt ist), den vorliegenden Bericht wiederaufgenommen habe, mitten in den unermeßlichen, fremden und rauhen Ebenen von Alberta, in Edmonton, einer Wolkenkratzerstadt von luxuriösem Modernismus und so verschieden wie nur möglich von diesem einstigen vierzehnten Arrondissement zwischen dem Friedhof Montparnasse und der Porte d'Orléans, lese ich mit Verblüffung noch einmal diese Zeilen über mein

Familienleben um 1930. Einmal mehr frage ich mich, was diese Erinnerungen für einen Sinn haben. Wozu so ausführlich diese mehr oder weniger nichtigen kleinen Anekdoten erzählen? Wenn sie mir auch nur annähernd bedeutsam erscheinen, werfe ich mir sofort vor, sie genau deshalb ausgewählt (arrangiert, vielleicht fabriziert) zu haben, damit sie etwas bedeuten. Wenn es dagegen nur versprengte, herumirrende Bruchstücke sind, für die ich selbst nach einem möglichen Sinn suche, aus welchem Grund mag ich dann unter den Hunderten, Tausenden, die ungeordnet auftreten, gerade jene herausgegriffen haben?

In der Klemme zwischen dem Verdacht, vorgefertigte Bedeutungen zu illustrieren, und andererseits der nutzlosen Beliebigkeit eines Pointillismus des puren (überdies illusorischen) Zufalls, folge ich blindlings den einfachen oder skurrilen Assoziationen. Könnte ich doch wenigstens hoffen, (durch welches Wunder?) einige der wesentlichen Augenblicke, aus denen ich gemacht bin, unter meiner Feder wiederzufinden. Aber gibt es denn wesentliche Augenblicke? Hier taucht ja wieder die Idee von Hierarchie und Klassifizierung auf. »Sag mir, wie du klassifizierst«, schlug Barthes vor, »und ich sage dir, wer du bist.« Sich weigern zu klassifizieren hieße also, sich weigern zu sein, indem man sich damit begnügt zu existieren. Wozu also schreiben?

Ganz natürlich scheint in meiner Hagiographie des Clans eine spürbare kindliche Zärtlichkeit auf wie ein Blumenstrauß, der im Vorübergehen auf ein Grab gelegt wurde. Mein Vater und meine Mutter haben sehr für ihre Kinder gelebt, sie haben uns den besten Teil ihrer Arbeit, ihrer Sorgen, ihrer Pläne gewidmet. Ist dieses Wenige, das ich ihnen zurückgebe, im Vergleich dazu nicht armselig? Bin ich nicht im Begriff, nur einen pittoresken Vater zu zeichnen, wie es alle Leute werden, sobald man sie darstellt? Ist es akzeptabel, daß ein ganzes Menschenleben nur jene mageren Spuren hinterläßt, die mit ein paar vergilbten Photos von seinem unsymmetrischen Gesicht, dem dicken Schnurrbart und den Wickelgamaschen in der Tiefe einer Schublade vergessen wurden?

Wahrscheinlich wird man noch die Tausende von Briefen wiederfinden, die er Mama geschrieben hat – täglich einen, ohne Ausnahme, selbst wenn die Post streikte, sobald sie getrennt waren (zum Beispiel, wenn Mama sich in den großen Ferien mit uns in Brest befand), und das während mehr als fünfzig Jahren – und die Liebesbriefe waren. Sie werden, nach Jahren gebündelt, in irgendwelchen wurmstichigen Kisten auf dem Speicher von Kerangoff dahindämmern. Sie waren schon damals schwierig zu entziffern, und auch sie werden gewiß zu Staub zerfallen, sobald jemand sie berühren möchte.

Was das sichtliche Vergnügen angeht, das ich noch vor kurzem daran hatte zu sagen, daß unser Vater kein Linker war, so scheint mir, daß der Skandal schneller abflaut, als man es sich vorstellte. Wen kann das heute noch schockieren? Jetzt, da in Frankreich der »Sozialismus« an der Macht ist, werden nach einem kurzen Fegefeuer des Schweigens alle unkonformistischen Intellektuellen sich auf der Rechten wiederfinden.


Hier stellt sich ein weiteres Problem, denn ich spreche auch über mich; oder sogar: einzig und allein über mich, wie immer. Meine Eltern, das bin schon ich im Begriff, Gestalt anzunehmen. Jedem, der es hören will, versichere ich, daß ich ein autobiographisches Unternehmen ablehne, das behauptet, eine ganze gelebte Existenz (die überall durchlässig war) in einem lücken- und fehlerlosen geschlossenen Werk zu versammeln, so wie jene alten Marschälle, die ihre einstigen knapp gewonnenen oder verlorenen Schlachten für die zukünftigen Generationen in eine überzeugende Ordnung bringen. Ich fühle mich aber in jedem Moment von dieser schiefen Bahn, von diesem Abgrund, an dem ich entlanggehe, bedroht. Es genügt nicht, die Gefahren zu erkennen, um seiner Faszination zu entgehen.

Seit einigen Wochen ist im Museum of Modern Art in New York ein großes Gemälde ausgestellt, auf dem man mich (ein beschreibender Titel macht es deutlich) inmitten herumliegender Bruchstücke sieht. Der junge Künstler (dessen Name* mir gerade nicht einfällt) hat mich mitten in einer unermeßlichen Wüste kniend dargestellt, wo eine Art Geröll herumliegt, das ich, Stein für Stein, mit einer Bürste in einer Wanne abwasche. Wenn man näher herantritt, um aufmerksamer hinzusehen, merkt man, daß es sich in Wirklichkeit um genau erkennbare, wenn auch versteinerte und zerbröckelte Gegenstände handelt, disparate Trümmer unserer Zivilisation, unserer Kultur, unserer Geschichte, wie die Sphinx von Gizeh, die Gestalt Frankensteins oder ein paar Infanteristen aus dem Ersten Weltkrieg, vermischt mit Brocken aus meinen eigenen Geschichten, Romanen oder Filmen (wie Françoise Brion aus *L'immortelle*) bis hin zu meinem eigenen Gesicht und mir selbst auf den Knien beim Waschen in sehr verkleinertem Maßstab und versteinert wie alles übrige.

Ich erkenne mich gern wieder in dieser humorvollen Allegorie. Doch bin ich, nachdem ich diese Stücke sorgfältig gesäubert habe, hier nicht heimtückisch damit beschäftigt, sie zu ordnen? Sie vielleicht sogar wieder zusammenzukleben, so daß sie ein Schicksal ergeben, eine Statue, die

---

* Dieser gegenständliche amerikanische Maler der neuen Schule heißt Marc Tansey und das fragliche Bild: *Robbe-Grillet cleansing everything in the sight.*

Schrecken und Freuden des kleinen Jungen, die eine solide Grundlage für die Themen und Techniken des zukünftigen Schriftstellers bilden.

Die Dinge ordnen. Endgültig! Die alte naive Obsession zieht sich ironisch, hartnäckig, verzweifelt durch mein ganzes Romanwerk, dessen vielgestaltiger Held unermüdlich seinen Zeitplan mit dem allzu zerbrechlichen Gerüst rekapituliert, wieder und wieder seine wogenden Bananenstauden zählt, bis ins kleinste Folterungen regelt oder unablässig dieselbe Episode wiederholt (jedesmal in der Hoffnung, auf logische, rationale Weise damit fertig zu werden), zum Beispiel den Bericht davon, was er am fraglichen Abend in der Blauen Villa genau gesehen und getan hat. Man muß hier auch noch auf die flüchtigen Hintergrundfiguren verweisen, die der gleichen unvernünftigen Beharrlichkeit ein fast klares Bewußtsein verleihen, wie Garinati, der ungeschickte Schlächter, der den richtigen Platz für die auf seinem Kaminsims aufgereihten Gegenstände sucht, Lady Ava, die, bevor sie stirbt, ein letztes Mal versucht, ihre Papiere zu ordnen, oder der Gefangene aus *Triangle d'or*, der, »um sich zu rechtfertigen« für irgendein Verbrechen, eine erschöpfende und lückenlose Beschreibung der nackten Wände seiner Zelle vornimmt.

Kurz nachdem die Editions de Minuit das Manuskript von *Les gommes* angenommen hatten und als die bescheidenen, während meiner allzu kurzen Aufenthalte in den Kolonien gewissenhaft gesparten Rücklagen erschöpft waren, hatte ich in Paris eine kleine bequeme Anstellung gefunden dank meines Titels als Landwirtschaftsingenieur und der Vermittlung von Jean Piel, der zugleich Generalinspektor der Economie nationale, Schwager von Georges Bataille und verantwortlicher Herausgeber der angesehenen Zeitschrift

*Critique* war, in der meine ersten Artikelchen erschienen. Ich arbeitete also in der Ständigen Versammlung der Vorsitzenden der Landwirtschaftskammern in der Rue Scribe, wo ich mit zwei Kollegen, die wohl Juristen waren, ein geräumiges Büro teilte. Mein Tisch grenzte an den eines auffällig mageren und strengen Mannes, der mir gegenüber saß. Über die Ordner und die Stapel von Akten hinweg, die ich vergeblich versuchte als Bollwerk aufzuhäufen, sah er mich mit dem mißbilligenden und stummen Auge des Gerechten an, der auf den ersten Blick die Heuchelei vor sich erkannt hat.

Er saß nur eine Woche oder etwas länger dort, doch ich habe von diesem gespenstischen Richter, mit dem ich keine zehn Sätze gewechselt hatte, ein erstaunlich klares und dauerhaftes Bild bewahrt. Er mußte sehr krank sein und wußte das zweifellos, auch, daß er sterben würde. Eines Morgens kam er und fing an, eine Bestandsaufnahme seiner Schubladen zu machen. Drei Tage lang sah ich ihn zwei Meter von mir entfernt schweigend Massen von Verwaltungsschreiben, Berufsunterlagen, Versammlungsnotizen, Entwürfen, Zahlentabellen, Zeitungsausschnitten und verschiedenen Papieren sichten, lesen, zerreißen, für seinen Nachfolger mit Anmerkungen versehen und in beschriftete Aktendeckel ordnen, was ihn nach seinem Dafürhalten überleben sollte. Dann verließ er pünktlich sein Büro. Am selben Abend kam er für einen aussichtslosen chirurgischen Eingriff ins Krankenhaus, und am nächsten Tag ist er auf dem Operationstisch gestorben.

Die Mißbilligung, die er mir entgegenbrachte, hatte ich in seinen umränderten, tief in ihren Höhlen liegenden, bereits etwas abwesenden Augen gelesen, deren schwarzer, trauriger Glanz von sehr weit her zu kommen schien: von jenseits des Grabes, habe ich später gedacht, ohne die Emphase zu fürchten. Er hatte natürlich sofort verstanden, daß ich die

Fahnen eines Romans korrigierte und keine agrarwirt-schaftlichen Artikel. Er hatte gesehen, daß ich an etwas anderes dachte, daß auch ich mich nur vorübergehend hier befand. Ich war ein falscher Büroangestellter. Ich kam zwar aus der Landwirtschaftsschule (er mußte es in einem Ver-zeichnis der Ehemaligen nachgeschlagen haben), aber ich war ein falscher Agronom. Ich war es, ohne es zu wissen, schon an diesem Institut für Früchte und Agrumen, in das ich drei Jahre zuvor als Forscher eingetreten war, nachdem ich die Niederschrift von *Un régicide* beendet hatte.

Ein lokaler Leiter, der auf einer anderen Antilleninsel wohnte, hatte mich auf einer Inspektionsreise in Fort-de-France besucht; und er hatte mir als Muster das von einer unserer regionalen Niederlassungen in Afrika herausge-brachte Bulletin gezeigt. Ich studierte also sorgfältig die Arbeiten, von denen man dort berichtete, die Versuchsab-läufe, die minutiösen Verzeichnisse der aufgetretenen Schwierigkeiten, die Liste der Maßnahmen und die Vorbe-halte, was ihre statistische Auswertung betraf, usw. Am nächsten Tag machte ich meinen Vorgesetzten darauf auf-merksam, daß man die Berichte, da diese ganzen Forschun-gen sozusagen nie zu irgendeinem konkreten Ergebnis führten, sehr wohl als Phantasieübungen betrachten konnte. Und, ohne zu lachen, bot ich ihm an, ganz allein in einigen Tagen, bei Bedarf unter verschiedenen Pseudony-men, ein vollkommen vergleichbares Monatsbulletin zu verfassen...

Auch er hat nicht gelacht. Als ich aber wenige Monate später mit mannigfachen, durch alle Arten von Untersu-chungen und Analysen attestierten Tropenkrankheiten in Guadeloupe im Krankenhaus lag, hat dieser integre und durchaus feinsinnige Mann – der mich übrigens mochte, glaube ich, und die Qualitäten, die ich selbst auf beruflicher Ebene trotz allem an den Tag legte, zu schätzen wußte – in seinem Bericht an die Pariser Zentralverwaltung, die sich über meinen Zustand Sorgen machte, ohne zu zögern erklärt, daß seines Erachtens dies alles bei mir »mental« sei; ein endgültiges Urteil (wahrscheinlich aber weniger ungerecht, als ich es im Moment empfunden hatte), das sich unverändert sieben Jahre später in *La jalousie* wiederfindet – im Zusammenhang mit dem Unbehagen in den Kolonien, das die Gesundheit der unsichtbaren Christiane zerrüttet –, wo die Figur des Franck, des Pflanzers von nebenan, der immer ohne seine allzu fragile Gattin zum Essen kommt, einige der gröbsten Züge meines Chefs geerbt hat (unter anderem diesen Satz).

Roland Barthes (schon wieder er) schien in der letzten Zeit seines Lebens von der Idee umgetrieben zu werden, daß er nur ein Hochstapler war, daß er über alles geredet hatte, über Marxismus wie Linguistik, ohne je wirklich etwas gewußt zu haben. Schon viele Jahre vorher fand ich ihn übertrieben betroffen von den Vorwürfen Picards, der mit Nachdruck seine Verkennung des »wahren« Racine und dieser ganzen Epoche anprangerte. Doch Barthes hatte ja deutlich gemacht, daß er in seinem *Racine* nichts anderes als eine heutige, also subjektive, abenteuerliche und zeitgebundene Lektüre vorlegte. Der zürnende Blick der alten Sorbonne aber ließ ihn im komplexen Gefühl des Hasses und der Furcht jäh erstarren. Und später, als er sich altern spürte, quälte ihn offenbar immer mehr die mögliche Existenz – die er beargwöhnte – von echten 17.-Jahrhundert-Spezialisten, echten Professoren, echten Semiologen. Umsonst entgegnete ich ihm, daß er natürlich ein Schwindler sei, weil er eben ein richtiger Schriftsteller sei (und nicht ein »Schreibender«, um seine eigene Unterscheidung aufzugreifen), denn die »Wahrheit« eines Schriftstellers, falls sie existiert, könne nur in der Anhäufung, dem Exzeß und der Überwindung seiner notwendigen Lügen bestehen. Er lächelte mit dieser unnachahmlichen Mischung aus zurückhaltender Intelligenz, Freundschaft, doch auch einer gewissen Distanz, einer Entfernung von der Welt, die ihn nun jeden Moment einholte. Er war nicht überzeugt: gewiß, ich hätte das Recht, ja die Pflicht zu schwindeln, er aber nicht, denn er sei nicht kreativ. Er täuschte sich. Sein schriftstellerisches Werk wird bleiben. Der halbe Mißkredit, in den so kurz nach seinem Tod viele ihn geraten sehen möchten, entspringt nur einem Mißverständnis: der Funktion des »Denkers«, die man ihm gewaltsam zugewiesen hatte.

War Barthes ein Denker? Diese Frage zieht sogleich eine andere nach sich: Was ist heute ein Denker? Vor noch nicht so langer Zeit mußte ein Denker seinen Mitbürgern Gewißheiten liefern oder zumindest ein paar feste, konstante, unnachgiebige Koordinaten, die seinen eigenen Diskurs stützen und infolgedessen das Denken seines Lesers und das Bewußtsein seiner Zeit lenken konnten. Ein Denker, das war ein Meisterdenker. Sicherheit war seine wesentliche Eigenschaft, sein Status.

Roland Barthes' Denken war gleitend. Als ich am Ende seiner Antrittsvorlesung am Collège de France meiner Begeisterung über die vollbrachte Leistung Ausdruck verlieh, fiel ein unbekanntes junges Mädchen heftig, wütend über mich her: »Was bewundern Sie daran? Er hat von Anfang bis Ende nichts gesagt!« Das stimmte nicht ganz, er hatte unaufhörlich gesagt, aber vermieden, daß dies zu einem »Etwas« erstarrte: nach jener Methode, die er seit langen Jahren entwickelte, hatte er sich nach und nach von dem, was er sagte, zurückgezogen. Um seine provozierende Formulierung, die an jenem Abend solches Aufsehen erregte, matt zu setzen, die Formulierung nämlich, daß jedes Sprechen »faschistisch« sei, lieferte er das verwirrende

Beispiel eines Diskurses, der es nicht war: eines Diskurses, der jede Versuchung des Dogmatismus Schritt für Schritt in sich zerstörte. Was ich an dieser Stimme eben bewunderte, die uns gerade zwei Stunden lang in Atem gehalten hatte, das war, daß sie mir meine Freiheit ließ, besser: daß sie ihr mit jedem Nebensatz neue Kräfte verlieh.

Der Dogmatismus ist nichts anderes als der heitere Diskurs der (ihrer selbst sicheren, vollen und ungeteilten) Wahrheit. Der traditionelle Denker war ein Mann der Wahrheit, aber noch vor kurzem konnte er gutgläubig meinen, daß das Reich des Wahren Hand in Hand – gleiche Ziele, gleiche Kämpfe, gleiche Feinde – mit allem Fortschritt der menschlichen Freiheit gehe. Auf dem Giebel eines soliden neugriechischen Monuments der Universität von Halifax in Neuschottland kann man lesen: »Die Wahrheit gewährleistet Eure Freiheit«; und das Briefpapier der Universität von Edmonton, auf dem ich in diesem Herbst schrieb, trägt als Briefkopf diese stolze Devise: »Quaecumque vera«. Eine schöne Utopie, eine schöne Täuschung, die die euphorische Morgendämmerung unserer bürgerlichen Gesellschaft wie, ein Jahrhundert später, die des aufkommenden wissenschaftlichen Sozialismus erleuchtete. Heute wissen wir leider, wohin diese Wissenschaft führt. Die Wahrheit hat letzten Endes immer nur der Unterdrückung gedient. Zu viele Hoffnungen, klägliche Enttäuschungen und blutige Paradiese lehren uns jedenfalls, ihr zu mißtrauen.


Die vorhergehenden Zeilen, wie übrigens auch die folgenden, waren ursprünglich Teil eines Artikels, den ich im Auftrag des *Nouvel Observateur* zum Todestag von Barthes geschrieben hatte, also kurz vor den Präsidentenwahlen im Frühjahr 81. An dieser Stelle meines Textes kam ein heute nicht mehr aktueller und leicht bissiger Scherz vor, den ich

dennoch hier wiedergebe: »Ich stimme für den Kandidaten der PS, denn er hat zumindest kein Programm.«
Unglücklicherweise sahen wir dann den fraglichen Kandidaten, nachdem er unser Monarch geworden war, Versprechungen im Gegenteil sehr ernst nehmen, in denen viele seiner Freunde bisher nur vage Spekulationen zum Gebrauch im Wahlkampf und abstrakte Oppositionsideen erblickten, Ideen, die gründlich überprüft gehörten, bevor sie in die Praxis umgesetzt würden. Damit war nun nichts. Von voreiligen, unnötig kostspieligen Verstaatlichungen bis zur autoritären und einheitlichen, von den Gewerkschaften selbst umstrittenen Reduzierung der Wochenarbeitszeit hat der Sieg der Linken sofort eine Flut blinder Maßnahmen nach sich gezogen, die der Konjunktur (sowie den erfahrensten Ratgebern) zum Trotz getroffen wurden und, wie man uns erklärte, einzig dadurch gerechtfertigt waren, daß sie »im Programm standen«.
Bei all diesen prinzipiellen Entscheidungen ohne jede günstige Auswirkung auf die Staatsgeschäfte oder das Leben der Leute waren gewiß die Zugeständnisse von großer Bedeutung, die den verbündeten Kommunisten gemacht werden mußten; deren nicht gerade geringster Fehler ist ja der, daß sie – wenigstens sie – an die Wahrheit glauben, das heißt an den absoluten und definitiven Wert dessen, was vor sechzig und mehr Jahren ein für allemal als gut erkannt wurde. Jedenfalls konnten wir bei dieser Gelegenheit wieder einmal ermessen, wie schädlich ein Programm sein kann, sobald man sich seiner Diktatur unterworfen fühlt.
Und selbst wenn sich die Probleme der menschlichen Freiheit bei der Ausübung der Regierungsgeschäfte nicht in genau derselben Weise stellen wie beim nicht durch Gesetze geregelten Betreiben von Literatur, das außerdem keinen Sanktionen unterliegen soll, so gibt es vielleicht doch eine diesen beiden so disparaten Tätigkeiten gemeinsame Kunst:

die Kunst, sich im Hinblick auf eine Überschreitung zu widersprechen. Was mich betrifft, so werde ich nie zu denen gehören, die unserem Präsidenten vorwerfen, er habe ein paar Monate später mitten in dem Sturm, den er ausgelöst hatte, sozusagen vor dem Wind den Kurs geändert. Im Gegenteil möchte ich in einem so gewagten Manöver die Hoffnung sehen, daß dieser beginnende Sozialismus, dieser allzu respektvolle Erbe allzu alter Traditionen, noch nicht ganz verknöchert ist. Es wird erzählt, daß Roland Barthes am Tag seines fatalen Unfalls mit François Mitterand zu Mittag gegessen habe. Möge es dem Himmel gefallen, daß er ihn am Ende von den radikalen Tugenden des Bruchs, des Infragestellens und der permanenten Veränderungen überzeugt hat.


Denn das Dahingleiten dieses Aals (ich spreche wiederum von Barthes) ist weder bloßes Zufallsprodukt noch das Ergebnis irgendeiner Urteils- oder Charakterschwäche. Das Wort, das sich verändert, verzweigt, verkehrt, ist im Gegenteil seine Lektion. Unser letzter »echter« Denker wird also der vorhergehende gewesen sein: Jean-Paul Sartre. Er hatte noch den Wunsch, die Welt in ein totalisierendes (totalitäres?) System zu sperren, das Spinoza und Hegel würdig wäre. Aber Sartre war gleichzeitig schon von der modernen Idee der Freiheit besessen, und sie hat gottlob all seine Vorhaben untergraben. Daher sind seine großen Gebäude – auf dem Gebiet des Romans, der Kritik oder der reinen Philosophie – nacheinander unvollendet geblieben, offen nach allen Richtungen.

Vom Standpunkt seiner Absicht ist Sartres Werk gescheitert. Doch gerade dieses Scheitern interessiert und bewegt uns heute. Sartre, der der letzte Philosoph, der letzte Denker der Totalität sein wollte, wird letzten Endes die Avantgarde

der neuen Strukturen des Denkens gewesen sein: der Ungewißheit, der Veränderlichkeit, des Gleitens. Und man sieht
nun klar, daß dieses Wort von der »nutzlosen Passion«, mit
dem *L'être et le néant* schloß, nicht so weit entfernt ist von
Jean Paulhans »nehmen wir an, ich hätte nichts gesagt«, der
eine Gegenposition zu vertreten schien.

Barthes betritt 1950 diese Landschaft, die man bereits als
ein verfallenes Denken wahrnimmt. Und merkwürdiger-
weise wird er sich in seinen Aussagen zunächst am beruhigenden Werk von Marx festhalten. In einem Streit mit
Albert Camus über *La peste* stopfte er dem humanisierenden Moralisten das Maul mit einem souveränen »historischen Materialismus«, als handele es sich dabei um einen
absoluten Wert. Nach und nach zog er sich aber, wie immer
auf den Zehenspitzen, lautlos, vom Marxismus zurück.

Neue große Denksysteme reizten ihn: die Psychoanalyse,
die Linguistik, die Semiologie. Kaum war es aufgeklebt, sein
neues Semiologen-Etikett, verabscheute er es. Er mokierte
sich offen über »unsere drei Polizisten: Marx, Freud und
Saussure« und denunzierte schließlich den unerträglichen
Imperialismus jedes starken Systems in seinem berühmten
Apolog von der Friteuse: ein »wahrhaftiges«, allzu kohä-
rentes Denken ist wie kochendes Öl; Sie können hineintau-
chen, was Sie wollen, heraus kommt immer etwas Fri-
tiertes.

Wenn Barthes' Werk indessen keine Verleugnung darstellt,
so weil diese ständig neu begonnene Bewegung von einem
selbst nach außen, diese grundlegende Bewegung der Freiheit (die nie eine Institution werden kann, da sie nur im
Augenblick ihres eigenen Entstehens existiert) genau das ist,
was er von Anfang an mit größter Leidenschaft verfolgte,
von Brecht bis Bataille, von Racine und Proust bis zum
*nouveau roman,* von den Wandlungen der Dialektik bis zur
Analyse der Kleidermode. Und wie vor ihm Sartre entdeckt

Barthes sehr bald, daß der Roman oder das Theater – viel mehr als der Essay – der natürliche Ort ist, wo die konkrete Freiheit mit der größten Heftigkeit und Wirksamkeit auftreten kann. Die Romanfiktion ist bereits etwas wie das Welt-Werden der Philosophie. War Roland Barthes seinerseits Romancier? Diese Frage zieht sofort eine andere nach sich: Was ist heute ein Roman?

Als er in den fünfziger Jahren meine eigenen Romane für Höllenmaschinen hält, die ihm erlauben, Terror auszuüben, wird er sich paradoxerweise bemühen, ihre heimtückischen Ortswechsel, ihre hier und da auftauchenden Phantome, ihre Selbst-Vernichtung, ihre klaffenden Löcher auf ein chosistisches Universum zu reduzieren, das im Gegenteil nur seine objektive und buchstäbliche Solidität bestätigen würde. Dieser Aspekt war in den Büchern (und in meinen theoretischen Äußerungen) natürlich tatsächlich vorhanden, aber als einer der beiden unversöhnlichen Pole eines Widerspruchs. Barthes beschließt, die in den Schatten des hyperrealistischen Bildes verborgenen Ungeheuer überhaupt nicht zu betrachten. Und wenn, wie in *L'année dernière à Marienbad*, Gespenster und Phantasien zu sichtbar die Leinwand überschwemmen, gibt er auf.

Ich glaube, er rang selbst mit ähnlichen Widersprüchen. In *Les gommes* oder *Le voyeur* wollte er weder den Geist von König Ödipus noch das Grauen vor dem Sexualverbrechen sehen, weil er im Kampf mit seinen eigenen Phantomen mein Schreiben nur als Reinigungsunternehmen brauchte. Als guter Terrorist hatte er nur eine der Gräten des Textes, die sichtlich schärfste, gewählt, um mich als blanke Waffe zu benutzen. Doch abends, wenn er von der Barrikade heruntergestiegen war, ging er sofort nach Hause, um sich mit Wonne in Zola zu versenken, in seine fette Prosa und seine soßigen Adjektive ... Auch wenn er dann dem Schnee meines Labyrinths seine »Adjektivität« vorwarf. Zehn

Jahre später schließlich begrüßte er wieder herzlich die Veröffentlichung von *Projet pour une révolution à New York*, dessen Vollkommenheit als allerdings bewegliches »Leibnizsches Modell« er lobte.

All das beantwortet nicht die große Frage: Welche Romane hätte er selbst geschrieben? Er sprach immer häufiger darüber, öffentlich ebenso wie privat. Ich weiß nicht, ob es irgendwelche Entwürfe oder Fragmente unter seinen Papieren gibt. Jedenfalls bin ich sicher, daß das weder mit *Les gommes* noch mit *Projet* Ähnlichkeit hätte. Er sagte, er könnte nur einen »echten Roman« schreiben, und er sprach von seinen Problemen mit dem *passé simple* und den Eigennamen der Figuren. Mit einem noch etwas stärkeren Weggleiten als bisher schien die literarische Landschaft um ihn wieder die vom Ende des 19. Jahrhunderts geworden zu sein... Warum auch nicht? Man soll nicht den Sinn aller Suche im voraus definieren. Und Barthes war subtil und gerissen genug, um diesen angeblich echten Roman in etwas Neues, Verwirrendes, Unkenntliches zu verwandeln.


Henri de Corinthe erscheint mir (erschien mir immer?), zumindest in der Erinnerung, als noch flüchtiger, ungreifbarer und oft sogar suspekt, um nicht mehr zu sagen. War auch er ein Schwindler, obgleich ganz anderer Art? Viele von denen, die ihn gekannt haben, denken es heute, besonders diejenigen, die ihre Informationen und Bilder einzig aus der Skandalpresse beziehen. Immerhin muß man zugeben, daß seine Aktivitäten in Buenos Aires und in Uruguay am Ende des Zweiten Weltkriegs und dann im Verlauf des folgenden Jahrzehnts zu vielfältigen Interpretationen Anlaß geben. Geschäfte mit nicht vorzeigbaren Waren, Mädchen, Drogen, leichten Waffen (er sollte mir mehr oder weniger bewußt als Modell dienen für Edouard Manneret in *La maison de rendez-vouz* [*Die blaue Villa in Hongkong*], der außerdem – in meinen Augen – sein Aussehen dem Porträt des an seinem Schreibtisch sitzenden Mallarmé von Manet entlehnt), ebenso Handel mit gefälschten oder echten Gemälden, hohe oder niedrige Politik, Spionage, alle Vermutungen sind erlaubt, die einander übrigens nicht zwangsläufig ausschließen. Und andererseits kann man sich fragen, aus welchen Gründen dieser höhere Offizier, dem keine besonderen Gefahren zu drohen schienen, beim Einmarsch der amerikanischen Truppen in Paris so eilig Frankreich verlassen hatte.

Als ich ein Kind war, glaubte ich, Corinthe wäre zunächst ein Kriegskamerad meines Vaters. Ihre anders nicht erklärbare Freundschaft konnte nur im glorreichen Schlamm von Cote 108 und Les Eparges entstanden sein. Sehr viel später begriff ich, daß das ganz und gar unmöglich war. Mein Vater war 1914 zwanzig, und Henri de Corinthe, der viel jünger war als er, war gewiß noch nicht alt genug, um an diesem Krieg teilzunehmen, und sei es als Freiwilliger am Vorabend des Waffenstillstands. Die hartnäckige Verwirrung, die bei mir in diesem wichtigen Punkt herrschte, kam ohne Zweifel von der legendären Seite, die dieser sagenhafte Konflikt vorzeitig in meiner Vorstellung angenommen hatte, dieser doch noch ganz nahe Konflikt, den man einfach »den großen Krieg« nannte, wie um ihn von vornherein von allen anderen, früheren oder kommenden, zu unterscheiden.

Weder die merkwürdig diskreten (um unsere jungen Gemüter nicht übermäßig zu erschrecken) Berichte in unserer Familie noch die allzu berühmten Bücher eines Roland Dorgelès, noch die von *L'Illustration* herausgebrachten, pietätvoll in hellbraunes Leder gebundenen schweren Alben mit vergoldeten Beschlägen, die sich in der Rue Gassendi befanden und in denen sich die zahllosen (mehr oder weniger) lebensnahen Photographien ungeniert mit heroischen Stichen im realistischen Stil mischten, noch auch die Verletzung im inneren Ohr, an der Papa immer noch litt, konnten diese Kanonen auf Rädern, diese Reiterstaffeln, diese Toten, diesen ewig schlammigen Boden, diesen Stacheldraht, diesen Sieg einer Vergangenheit entreißen, die bereits zu gigantisch und zu fürchterlich war, um einem anderen Bereich als dem der Mythologie anzugehören. Erhob sich nicht Henri de Corinthe selbst in seiner ganzen hohen Statur wie eine Gestalt aus der Legende über das Gemeine? Seine persönliche Geschichte, die auch voller Größe, Schweigen und beunruhigender Dunkelheit war, fand sogleich ihren natürlichen Ort in einem Dekor, das wie für ihn geschaffen zu sein schien.

In Wirklichkeit hat er sich ein Vierteljahrhundert später als Offizier der Kavallerie im Kampf ausgezeichnet. Doch vielleicht lag tatsächlich etwas Anachronistisches in diesem nutzlosen und mörderischen Sturm an der Spitze seiner Dragoner im Juni 1940 angesichts der deutschen Panzer. Daher kann ich mir die geopferte Schwadron nur als einen aus *L'Illustration* ausgeschnittenen sepiafarbenen und rasch vergilbten altmodischen Stich vorstellen. Da sieht man Oberstleutnant Corinthe (der beim deutschen Angriff übrigens erst Major war) auf seinem galoppierenden Schimmel mit blankem Säbel inmitten der Lilienbanner; seltsamerweise wendet er den Kopf nach hinten, wahrscheinlich um mit dem Blick seine Reiter aufzupeitschen, deren schmucke Uniformen und glänzende Helme mit flatterndem Schweif eher an eine Parade der republikanischen Garde erinnern.

Im Vordergrund aber, ganz links auf dem Bild, fast schon unter den Hufen der nächsten Pferde, von denen sich eines sogar anschickt, auf ihn zu treten, ist bereits ein Verletzter oder vielmehr – so ist zu befürchten – ein Sterbender. Halb liegend versucht der Mann, sich auf einen Ellbogen zu stützen, während sein anderer Arm – der rechte – nach vorn gestreckt ist, das heißt zugleich in Richtung seines Kommandeurs und der ganz nahen Rauchschwaden feindlicher Kanonen. Seine geöffnete Hand hält keinen Säbel mehr und sein aufgerissener Mund entläßt wohl eher einen Schmerzensschrei denn Kriegsgeheul. Doch jene Lippen, die sich unter dem schmalen schwarzen Schnurrbart mit den hochgezwirbelten Enden öffnen, jene große Geste des Arms, ja die Züge des Soldaten, der in der blühenden Juniwiese liegt, all diese Einzelheiten bis hin zum Ausdruck seiner Augen sind genau identisch mit jenen, die man im Mittelpunkt der Komposition bei dem schönen, strahlend auf seinem weißen Reitpferd mit den geblähten Nüstern sitzenden Offizier bewundert. Und einen Moment lang scheint es mir, als senkte sich dessen Blick auf den zu Boden gestürzten Dragoner, wie um seinem tödlich getroffenen Kameraden, seinem Doppelgänger, seinem eigenen Leben, adieu zu sagen.

Daß derselbe Corinthe sich ein paar Jahre später in der Rolle eines Verräters und dann – unter offen gestanden wirren Umständen – eines Mörders wiederfinden konnte, wird uns indessen nicht übermäßig überraschen. Einem Mörder oder einem Verräter fehlt es nicht unbedingt an Mut. Beunruhigender ist gewiß die Hypothese, nach der seine militärischen Glanzleistungen völliger Schwindel, genauer, die eines Schulkameraden gewesen sein sollen, dessen Spur die Welt in jenem Durcheinander verloren hat. Ähnliches erzählt man auch über seine Heldentaten als Widerstandskämpfer, die um so schwieriger zu überprüfen sind, als sie auf eine besonders unsichere Zeit zurückgehen und auf eine Gegend, deren wenige Überlebende heute kaum geneigter sind zu sprechen, als sie es bei der Befreiung des Gebietes waren, eine Episode, bezüglich deren sie übrigens auch größte Zurückhaltung üben. Wenn Comte

Henri sich aber, wie manche behaupten, das Verdienst und den Ruhm eines richtigen Helden angeeignet hat, so wäre dessen Fall hier nur um so widerlicher, da er ja dann bei seinem Verschwinden kein Fremder gewesen wäre.

Dieser Corinthe, scheint es, hat mich zu dem doppelgesichtigen Protagonisten – Boris Varissa *versus* Jean Robin – des Films *L'homme qui ment* inspiriert, für den ich oft drei literarischere Quellen genannt habe: die traditionelle Gestalt des Don Juan, den Usurpator des Zarenthrons Boris Godunow nach Puschkin und Mussorgski, K., den falschen Landvermesser, der in Kafkas Roman das Schloß zu umzingeln versucht.

Don Juan, das ist derjenige, der sein eigenes verwegenes, schillerndes und widersprüchliches Wort als einzige Grundlage seiner Wahrheit, seiner eigenen – menschlichen – Wahrheit gewählt hat, die nur im Augenblick bestehen kann, gegen die Wahrheit Gottes, die definitionsgemäß ewig ist. Der Augenblick ist seine Freiheit. Don Juan weiß es mit seinem ganzen Körper. Und die Gesellschaft verurteilt in ihm eben den Libertin. Er liebt die jungen Frauen, weil sie ihm zuhören und seiner Rede so das Gewicht ihres Fleisches verleihen; ihnen verdankt er letzten Endes seine zerbrechliche Realität. Er tötet den Vater, wie man den König tötet, das heißt das ideologische Gesetz, das göttliches Gesetz sein will. Ein Vater, der ihm zuhören würde, hörte sofort auf, Vater zu sein. »Es gibt keinen guten Vater«, schrieb Jean-Paul Sartre, der aus Haß auf sich selbst und seine ganze Rasse absichtlich, aber mißbräuchlich Papa, den Schutzengel des Heims, mit dem Papst, dem Hüter des Dogmas, verwechselte.

Boris Godunow, das ist der falsche Mörder-Vater. Er hat den Zarewitsch Dimitri, den letzten Sohn Iwans des Schrecklichen, den er beschützen sollte, töten lassen, um an seiner Stelle Zar zu werden. Er regiert also als absoluter Monarch. Doch er wird sein ganzes Leben von einem doppelt verkörperten Rächer verfolgt werden, dessen bloße Anwesenheit ihn allmählich in den Wahnsinn und in den Tod treibt: zuerst von dem Geist des ermordeten Kindes, der ihm erscheint, um Vergeltung für das Verbrechen zu fordern (man kann die Wahrheit Gottes, die die Wahrheit der Gesellschaft ist, nie endgültig außer Kraft setzen, sonst gäbe es keine mögliche Freiheit), und dann bald von der massiveren Silhouette eines neuen Betrügers, des Mönchs Grigori, der sich vor dem gläubigen Volk als der wunderbarerweise dem Grab entstiegene letzte Sohn Iwans ausgibt. Dieser falsche Dimitri hebt dann in Polen – nachdem er die Gunst der dortigen Fürstin erobert hat – eine Armee von Unzufriedenen oder Ehrgeizigen aus, der sich bald alle Schurken des Reiches anschließen. Das letzte Wort von Boris, der in einem Anfall von Wahnsinn sein Leben aushaucht, ist: »Ich bin... immer noch... der Zar!« Das ist auch der letzte Schrei eines anderen wahnsinnigen Kaisers, des Caligula von Albert Camus, wenn er unter den Messern der Verschworenen fällt: »Ich lebe noch!« Das brüllte wohl seinerseits der verletzte Dragoner auf dem Stich, bevor er im Schlamm von Reichenfels unter den Hufen der rasenden Pferde seiner hundertzwanzig Waffenbrüder starb.

Das Verhältnis von K. zum Gesetz ist, wie man weiß, komplexer: Er gibt vor, naiver und sozusagen unschuldig zu sein, während er nur geriebener ist. Zunächst tut er so, als sei er (als Landvermesser, warum auch nicht) bestellt worden, doch hat ihn ganz offensichtlich niemand um irgend etwas gebeten. Dann wundert er sich, daß man ihn nicht zuvorkommender empfängt. Er beklagt sich, er streitet, er verhandelt. Wie sein Bruder Josef im *Prozeß* verführt er gern die jungen Damen, die ihm über den Weg laufen und die er zu seinen Verbündeten zu machen hofft. Er klammert sich an, er richtet sich häuslich ein, er fordert, er beharrt. Er läßt sich von keiner Abfuhr beeindrucken. Allmählich dringt er auf alle Nebenwege vor, die ihn zum Ziel führen können, und nähert sich immer mehr der verbotenen Tür, von der er genau weiß, daß sie unüberwindlich ist, außer für einen Toten (dessen Freiheit mit einem Schlag verschwunden ist). Er tritt ständig als Opfer auf, wenn er selbst das »Schloß« verfolgt.

Seine Kriegslisten sind von einer Art intuitiven Kenntnis geleitet, die er von allem besitzt, was das Gesetz betrifft. Das ist nicht erstaunlich: das Gesetz steht ihm nicht gegenüber. Er ist das Gesetz und gleichzeitig der Verbrecher. Seine Rede, widersprüchlich, eigensinnig, unvernünftig unter ihrem raisonierenden Äußeren, ohne die er aber nichts wäre, das ist der Text des Buches selbst. Wenn *L'homme qui ment* trotz einer eher lobenden, wenn auch sichtlich verlegenen Kritik vom Publikum verschmäht wurde, so zweifellos, weil es die erklärte Absicht des Films war, diesmal Erzählstrukturen – mit Bildern und Tönen – herzustellen, die auf der Verdopplung jedes Zeichens durch seine umgekehrte Figur beruhten, nach dem Muster dessen, was schon auf der Ebene der »Charaktere« mit der Hauptperson Boris/Robin geschieht. Es handelt sich hier also um eine Geschichte, die sich unablässig entzieht.

Jetzt ist tatsächlich das innere Gefüge des Films der Ort all dieser zuvor beschriebenen Kämpfe. Jedes Element der Erzählung – jedes Dekor, jede Szene, jeder Satz des Dialogs, jeder Gegenstand – wird gleichsam unterhöhlt von einem inneren Riß und bald von dem Verdacht, daß es nur anderswo wiederauftauchen kann, umgekehrt im doppelten Sinn: zurückgekehrt und auf den Kopf gestellt. Die ganze Geschichte schreitet so nur durch die Auflösung jeder Sache in ihr Gegenteil fort. Boris Varissa folgt indessen den rituellen Bahnen: er spricht, er verbessert sich, er spricht weiter, er imaginiert, er erfindet sich, er dringt dank seiner Reden allmählich in die feindliche Welt des Schlosses ein, erobert nach und nach die Betten der Mädchen, macht sich an das Andenken des verschwundenen Widerstandskämpfers heran, versucht, sich die Verehrung, deren Gegenstand der andere ist, anzueignen, und tötet natürlich am Ende den Vater in dem Glauben, endgültig seinen Platz als Herr einzunehmen. Aber er hat die Rechnung ohne seinen eigenen Doppelgänger gemacht, der ihm im Nacken sitzt, dieser andere eben, an dessen Stelle er hätte treten wollen, der angebliche Kampfgefährte, der *echte* Held, »echt« weil sein Name mitten im Dorf auf dem Denkmal für die Toten des Widerstands steht: Jean Robin. Boris wird wie ein Paria oder wie ein Geist in den Wald gejagt, aus dem er ganz am Anfang gekommen war (der Urwald?), während Jean wortlos zurückkommt, so selbstsicher wie die Gerechtigkeit. Und Jean, der auferstandene gute Sohn, dessen Freiheit zugunsten des Rechts aufgehoben wurde, er wird den toten Vater ersetzen und über das wieder geordnete Gynäkeion herrschen.

Der traditionelle Konflikt, der unerbittlich dem immer schlechten Vater den unvermeidlich schlechten Sohn gegenüberstellt – und das von seinem zartesten Alter an – soll, so sagt man, jeder späteren Revolte gegen das Gesetz zugrunde liegen. Ich habe jedoch bereits festgestellt, daß ich nie einen Mordimpuls oder auch nur irgendeine Rivalität gegenüber demjenigen verspürt habe, der mich gezeugt, der mich ernährt hat und dessen Namen ich trage. Nie *bewußt*, werden mir die Hüter der psychoanalytischen Ordnung, ohne zu zögern, erwidern. Meinetwegen »bewußt«! Ich habe sogar bewußt genau das Gegenteil verspürt. Die

Verneinung ist von unseren Doktoren natürlich im voraus verworfen worden. Aber genau die Ablehnung der Verneinung ist der grundlegende Makel aller geschlossenen Systeme, die weder Fehler noch Abweichungen, noch Uneinheitlichkeit tolerieren.

Ich glaube, den Beruf des Biologen und Agronomen selbst gewählt zu haben. Dennoch kann damals unter dem Deckmantel des vollkommenen Einverständnisses innerhalb der Familie sehr wohl mein Vater für mich gewählt haben, denn ich war kein widerspenstiges Kind. Mit dem Beruf des Schriftstellers war es jedenfalls gewiß nicht so. Als ich in einem plötzlichen und schwer zu rechtfertigenden Entschluß das nationale Institut für Statistik und ökonomische Forschung verließ (wo ich mit sechs anderen aus den wichtigsten Hochschulen hervorgegangenen Ingenieuren drei Jahre lang in der Redaktion sowie am Ansehen der von Alfred Sauvy begründeten Zeitschrift *Etudes et conjoncture* mitarbeitete), um mich in die Abfassung eines Romans zu stürzen (*Un régicide*), von dem ich noch kein einziges Wort geschrieben hatte, wären mir normalerweise diverse väterliche Vorwürfe sicher gewesen. Sie blieben aus: die jähe Unterbrechung einer Karriere, die sich so gut anließ, veranlaßte weder Behinderungen noch Vorhaltungen von seiten meiner Eltern, während ich immer noch im sehr bescheidenen Familienhaushalt lebte. Und als ich, obwohl dieser erste Roman von Gallimard abgelehnt worden ist (ein Urteilsspruch, der zu jener Zeit als zuverlässiger Negativtest gelten konnte), kaum ein paar Jahre später rückfällig werde und das Institut für Früchte und Agrumen aus den Kolonien verlasse, um mich ganz der Arbeit an *Les gommes* zu widmen, geht wiederum alles sehr gut: ohne den geringsten Vorbehalt, ohne die geringste Verstimmung läßt man mir meine Freiheit.

Man hätte doch zu Recht, und sei es auch nur halblaut, das

lange und kostspielige wissenschaftliche Studium bereuen können, das man mir ermöglicht hatte. Davon war keine Minute lang die Rede. Im Gegenteil hat Papa sich bemüht, mir die Dinge zu erleichtern, soweit es in seiner Macht stand, indem er beim Hausbesitzer dafür eintrat, daß ich in der Rue Gassendi unter dem Dach zu geringen Kosten ein winziges Zimmer beziehen konnte, das zu eng war, um einen Tisch, selbst einen kleinen, hineinzustellen, aber wo ich in völliger Abgeschiedenheit auf meinen Knien nacheinander drei Romane schreiben konnte und wo ich bis zu meiner Heirat im Oktober 1957 lebte. Darüber hinaus bot mir Papa an, mich weiterhin drei Stockwerke tiefer gegen ein unerhebliches Kostgeld zu ernähren.

Schreiben stellte in seinen Augen jedoch weder eine vernünftige Hoffnung auf gesellschaftlichen Erfolg dar noch einen mönchischen, aber von kompensatorischem Ansehen begleiteten Zustand und noch weniger eine Möglichkeit, den Lebensunterhalt zu verdienen. Für meine Mutter war es vielleicht etwas anders, die in ihrer Jugend von der schönen Literatur angezogen worden war und sich in Geschichten und in Lyrik versucht hatte. Für meinen Vater nicht. Und mein Entschluß hat ihm wahrscheinlich Kummer gemacht, aber da ich, wenn auch spät, die Literatur gewählt hatte, fand er jetzt seine eigene Rechtfertigung – und trotz allem sein Vergnügen – daran, alles zu tun, damit ich mich ihr ungehindert hingeben konnte.

Eine fast annehmbare Erklärung kommt mir in den Sinn: er war ein *guter* Vater, weil er *verrückt* war. Mama hat immer ernsthaft behauptet, Papa sei etwas wirr im Kopf und habe sicher sogar eindeutige geistige Störungen. Sie sagte, wenn ich intelligent sei, komme das von ihr, doch wenn ich Genie hätte (und sie glaubte es natürlich), könne das nur von Papa kommen, dessen Verrücktheit bei mir zufällig diese glückliche Wendung nähme. Aus denselben Gründen hat sie mir immer geraten, keine Kinder zu bekommen (ich habe ihren Rat befolgt, wenig geneigt im übrigen, mich für Babys oder kleine Jungen zu interessieren; kleine Mädchen allerdings...). Sie dachte, daß Papa seine anormale Nervosität dem Umstand verdanke, das Kind alter Eltern zu sein, und daß er mir schlechte Chromosomen vererbt habe. Ihre Lektüre des *Voyeur* hat die Befürchtungen in bezug auf meine psychische und sexuelle Gesundheit bald verstärkt. Es ist ein schönes Buch, hat sie mir erklärt, nachdem ich ihr das Manuskript anvertraut hatte, aber »es wäre mir lieber, wenn es nicht mein Sohn geschrieben hätte«. Kurz und gut, man konnte sich bei mir über die Verwandlung einer kranken Phantasie in schöpferische Fähigkeiten freuen; doch besser, man beließ es dabei: die nächste Generation lief ihrer Ansicht nach allzusehr Gefahr, nicht mehr nur Seltsamkeiten, sondern Monstrositäten hervorzubringen. Mama sagte all das mit ruhiger Bestimmtheit, wie sie es immer mit ihren zugleich entschiedenen und wenig orthodoxen Meinungen tat.

Sie hatte eine dunkle, volltönende und um so kräftigere Stimme, als sie oft mit Leidenschaft redete. Ihr Ton war dann zutiefst überzeugt: die unwiderlegbare Sicherheit von jemandem, der weiß. Übrigens mußte sie wirklich Dinge wissen, zum Teil unter dem Einfluß ihrer *Vernunft*, doch auch auf Grund einer, vielleicht sehr bretonischen, Empfindlichkeit für die *Zeichen* des Schicksals. Zum Beispiel hatte sie uns mehrere Jahrzehnte im voraus das exakte Datum ihres Todes angekündigt; es stand, zusammen mit ihren Initialen – von unbekannter Hand – eingraviert, auf dem Holzsockel der Nähmaschine, die sie kurz nach ihrer Hochzeit aus amerikanischen Beständen billig erworben hatte. Und jetzt höre ich manchmal, in unregelmäßigen Abständen, wieder ihre Stimme. Vor allem abends, bevor ich zu Bett gehe oder bevor ich einschlafe. Es kann aber auch plötzlich zu irgendeiner Stunde des Tages geschehen. Im allgemeinen dauert es einige Sekunden. Die Sätze sind klar, sehr präsent, ganz nah und deutlich artikuliert. Doch ich begreife nicht, was sie sagt. Ich höre nur den Ton ihrer Stimme, den Klang, die Modulation, sozusagen die Melodie.

Ein Bild aus den zwanziger Jahren in Kerangoff, unter einer großen Hochsommersonne... Ist es eine Geschichte, die man mir ziemlich viel später erzählt hat? Ich sehe die Szene jedenfalls genau vor mir, als wäre ich unmittelbarer Zeuge gewesen. Doch in welchem Alter? Es sind Ferien, Papa liegt lang ausgestreckt auf dem Rücken an einem kleinen Weg des Gemüsegartens, genau unter einer Hecke von Stachelbeersträuchern; mit dem Mund versucht er die reifen Früchte von den beladenen, biegsamen Zweigen zu pflükken, die fast bis auf den Boden reichen. Hin und wieder gibt er auf und stößt lauthals das schreckliche Gebrüll eines verletzten Tiers aus. Ist es wegen der langen Stacheln, die ihm die Sache unmöglich machen, oder nur unter dem Eindruck einer plötzlichen Verzweiflung? Die aufgeschreckte Großmutter Canu bittet ihre Tochter, diesen ungebührlichen Lärm abzustellen, der die nicht weit entfernten Nachbarn alarmieren und auf etliche Meilen im Umkreis unser Ansehen ruinieren wird. Ohne die Dinge tragisch zu nehmen, antwortet meine Mutter, daß sie sich mit einem solchen Mann wohl an gewisse Exzesse oder befremdliche Verhaltensweisen gewöhnen muß. Und sie fügt hinzu: »Ich möchte dich mal an meiner Stelle sehen!« »Mein armes Kind«, ruft Großmutter würdevoll aus, »ich hätte mich jedenfalls nicht so getäuscht!«
Zuweilen erlebten wir, ehrlich gesagt, beunruhigendere Krisen, wenn sie auch kurz waren. Papa war an der Front

bei den Pionieren und hatte vor allem am sogenannten Minenkrieg teilgenommen, der etwas besonders Grauenhaftes sein mußte; die Erinnerung daran verfolgte ihn zehn Jahre später noch immer. Man grub notdürftig abgestützte unterirdische Gänge durch das Niemandsland jenseits der vordersten Linien; dann kroch man in fünf oder sechs Meter Tiefe noch schmalere Laufgräben entlang und legte Minen unter die gegnerischen Schützengräben. Aber der Feind untergrub seinerseits unsere Gänge, und so ging es weiter, immer tiefer hinab, so daß man nie wußte, welcher von beiden als erster den anderen in die Luft gehen ließ. Manchmal erzählte Papa – nur sehr knapp – von diesem Leben als lebendig Begrabener und von dem dumpfen Aufschlagen der deutschen Hacken, das die Erdmassen erschütterte, als käme es von allen Seiten zugleich, schneller werdend, plötzlich innehaltend, noch stärker werdend, aus dem Rhythmus geratend, wie ein brechendes ängstliches Herz, dessen genaue Richtung und Entfernung man aber – eine Frage von Leben und Tod – berechnen mußte, um die eigene Arbeit darauf abzustimmen. Der Feldwebel Robbe-Grillet war mehrmals in die Luft gegangen, daher seine wiederholten Verletzungen...

Im Lauf meiner frühen Kindheit kam es ziemlich oft vor, daß Papa mitten in der Nacht von einem Alptraum erwachte. Mit einem Ruck fuhr er hoch wie ein Gespenst in seinem Baumwollhemd, das ihn umflatterte, sprang aus den unordentlich zurückgeworfenen Laken, rannte mit verstörtem Gesichtsausdruck durch die kleine Wohnung und schrie: »Löscht das Geleucht!« Mama, die noch in ihrem Sessel am Eßzimmertisch saß, legte ruhig ihre Zeitung weg, brachte Papa in sein Bett und bald in den Schlaf zurück, indem sie sanft auf ihn einsprach, wie auf ein Kind, das Fieber hat und deliriert (»Siehst, Vater, du den Erlkönig nicht?«); dann beruhigte sie, so gut es ging, die verängstigten Kleinen. Das Geleucht mußten die Grubenlampen sein, die man, ohne einen Augenblick zu verlieren, unmittelbar vor der Explosion löschen mußte, ich weiß nicht, warum... Oder schrie er im Gegenteil »Zündet das Geleucht an!«? Ich erinnere mich nicht mehr.

Mein Vater gab selber gern zu, daß er nicht richtig normal sei. Das störte ihn in keiner Weise. Er sagte halb lächelnd: »Ich habe den Eindruck, in meinem Kopf sind ein paar Sachen schlecht verstaut...« Als Erklärung führte er nicht das fortgeschrittene Alter seiner Eltern bei seiner Geburt an, sondern den Krieg und die Kopfverletzungen, die er davongetragen hatte. Über lange Jahre zwischen Gerichten und Gutachtern hin und her geschickt, hat er gegen die zuständigen Ämter geklagt, um offiziell als »verrückt« anerkannt zu werden. Zu seiner mageren Pension als gesichtsverletzter Kriegsveteran und dekorierter Kriegsrentner forderte er mit Nachdruck eine zusätzliche Entschädigung – die viel bedeutender gewesen wäre – für bleibende geistige Schäden auf Grund an der Front erworbener Kopfverletzungen: durch Explosionen, Granatsplitter und anderes. Doch die Sachverständigen haben sich nicht überzeugen lassen, und die Beamten haben ihn mit seinen Klagen immer wieder abgewiesen: er war vielleicht geistesgestört, aber dafür konnten nicht die Kämpfe verantwortlich gemacht werden!

Seine schlecht verstauten Sachen erinnern mich an eine andere Wendung, die bei uns gebräuchlich war, um eine bestimmte Art Angst oder tieferes seelisches Unbehagen zu bezeichnen: »Ich habe Streifen im Kopf«, »diese Geschichte macht mir Streifen im Kopf« ... Der Ausdruck stammte aus einer Geschichte von Kipling, »Eine Verkehrsstörung«, in der ein Wärter oben auf seinem Leuchtturm verrückt wird, verloren inmitten der gefährlichen Gewässer zwischen den

Sundainseln. Er sieht ständig Streifen, die über die Meeres-
oberfläche unter ihm hinziehen, Gischtstreifen, die durch
die Strudel entstehen und sich dann mit der Strömung
parallel zueinander ins Unendliche dehnen. Er beschuldigt
die Schiffe, die die Meerenge befahren, Urheber dieses
unerträglichen Phänomens zu sein, in gewisser Weise sein
persönliches Territorium und auch den Fußboden seines
Turmzimmers und das ganze Innere seines Gehirns mit
Streifen zu versehen. Als Reaktion darauf fängt er an,
falsche Signale zu geben, um den Schiffsverkehr in andere
Richtungen umzuleiten und die Schiffe daran zu hindern,
weiterhin die schwierige Fahrrinne, über die er wacht und
mit der er sich identifiziert, zu stören…

Die kleinen Linien aus weißer Gischt, die auf dem trügerisch
ruhigen, schwankenden Wasser mehr oder weniger geordnete Systeme paralleler Kurven zeichnen und insgesamt fast
unmerklich, aber kontinuierlich und endlos stets in die
gleiche Richtung davongleiten, ich habe in meiner Kindheit
Stunden damit verbracht, ihnen zuzusehen zwischen den
Felsen von Brignogan, an dieser stürmischen Granitküste,
wo der Vater meiner Großmutter, den ich nicht gekannt
habe, aber den man zu Hause Großvater Perrier nannte,
früher Zöllner gewesen war. Als wir noch ganz klein waren,
meine Schwester und ich, wurden wir ab und zu in der
Miniatureisenbahn, die in Brest abfuhr und wie ein Spielzeug aussah, dorthin mitgenommen und verbrachten ein
paar Tage in einem alten Steinhäuschen mit sehr dicken
Mauern, schmalen Öffnungen und ohne jeden Komfort am
Rand des Strandes, das vom Rundweg der Zöllner nur
durch ein bei Flut vom hochspritzenden Meerwasser ge-
peitschtes Gartenstück getrennt war. Das war »das Haus
von Perrine«, wenn ich nicht alles verwechsle, eine frühere
Freundin der beiden Kinder des Zöllners – Großmutter
Canu und der Patin –, die ihre ganze Jugend mit den kleinen

Bäuerinnen und den Söhnen der Seeleute und Fischer in dem Dorf verbracht und hauptsächlich Bretonisch gesprochen haben; in den Abendstunden sind sie zum einen oder anderen nach Hause gegangen, um in Büchern über das Leben der Heiligen zu lesen und den überlieferten Geschichten von Schiffbrüchigen, Geistern und bedrängten Seelen zu lauschen, deren Seufzen sie dann in der sternlosen Nacht vernahmen, wenn sie in Holzschuhen auf den vom Regen aufgeweichten sandigen Pfaden nach Hause gingen und unter den Böen des Westwinds von den entfesselten Horden der Gespenster berührt wurden.

Die kleinen Streifen weißer Gischt, die heimtückischen Bewegungen des Meeres zwischen den riesigen übereinandergetürmten rosafarbenen Granitblöcken, die Trichter, die am Fuß der Felsen ständige, fast unsichtbare Strudel in den Sand gruben, die trügerischen Strände und die fälschlicherweise beruhigende Regelmäßigkeit des Wellengekräusels, diese ganze ebenso anziehende wie furchterregende aquatische Welt war der bevorzugte Stoff meiner bösen Träume. Man findet sie in etlichen der *Instantanées* [*Momentaufnahmen*] wieder und auch schon in der nächtlichen Unruhe, mit der *Un régicide* beginnt. Dieses Buch weist aber Ähnlichkeiten mit einer längeren Novelle Kiplings auf; erst unlängst habe ich dies bemerkt, obwohl sie nicht zufällig sein werden. Die Novelle heißt »Die schönste Geschichte der Welt«. Ein junger Büroangestellter wird darin von wiederholten, hartnäckigen Visionen von einzigartiger Genauigkeit und Präsenz heimgesucht, die sich auf eine andere Existenz zu beziehen scheinen, auf sein früheres Leben vor mehreren hundert Jahren als Ruderer auf einer Galeere. Die heiseren Befehle des Anführers der Sträflinge, das Krachen der Peitsche, die rhythmische Bewegung der Ruder, die schwermütigen Lieder seiner Gefährten und vor allem die riesige Woge, die kurz vor dem Schiffbruch wie regungslos über das Schandeck ragt und auf die an ihre Bänke geketteten Männer niedergehen wird, all diese Bilder erscheinen ihm in Schüben, immer materieller und dramatischer, bis zum Tag seiner Hochzeit, wo jäh alles aufhört, ohne eine Spur zu hinterlassen ... Sisyphus, sagt Kafka, war Junggeselle.

Großvater Perrier, Marcelin Benoît Marie, hatte zweifellos die Aufgabe, einen kleinen Abschnitt der Küstenzone zu bewachen, doch gegen wen? Bestand die Gefahr, daß heimlich aus England herübergeschmuggelte Waren – Tabak, Alkohol, Stoffe – ausgeladen wurden? Ich habe eher von Schiffbrüchigen reden gehört, die Ginsterfeuer auf der Klippe entzündeten, um die fremden Schiffe zu täuschen, damit sie an den Riffen zerschellten und ihre verstreute Ladung und die Trümmer ihres Rumpfes den Plünderern überließen. Allerdings schienen diese Geschichten zumeist früheren Epochen oder der Legende anzugehören. Dafür waren bei Sturm die natürlichen Schiffbrüche in diesen Gewässern häufig, und der Zoll mußte die Versteigerung des an die Küste gespülten Strandguts sicherstellen. So gab es in Kerangoff ein Schlafzimmer aus massivem Mahagoni, das von Marcelin Perrier stammte und für die Hochzeit seiner Tochter Mathilde (meiner Großmutter) aus wertvollen Hölzern angefertigt worden war, das Meer hatte sie ans Gestade seines Gebiets gespült.
Alle Männer dieser Familie verbrachten eine gewisse Zeit bei der Kriegsmarine, dann waren sie bis zur Pensionierung Zöllner. Ich habe auf dem Speicher (Großvater Perrier hatte unser großes Lehmhaus bauen lassen) die Dienstregister der letzten drei Generationen, abgefaßt im Frühjahr 1862 von François Perrier, meinem Ururgroßvater, gefunden. Weil mich dieses vergilbte Blatt in seinem Lakonismus immer

gerührt hat, gebe ich es hier, so wie es ist, wieder und füge nur ein paar Interpunktionszeichen hinzu, anstelle von Absätzen und Zwischenräumen. Daß der Text selbst (wenn auch nicht das Blatt, das etwas später von einer anderen Hand abgeschrieben worden zu sein scheint) von François, dem Vater von Marcelin, verfaßt worden ist, denke ich wegen der zahlreicheren Einzelheiten bei der ihn betreffenden Notiz und vor allem wegen der Bemerkung »*unser* Auslaufen aus Brest«, deren erste Person seinem sichtlichen Bemühen um objektive Neutralität entgangen sein muß.

»Perrier Benoît, genannt Va-de-bon-cœur. Aquitanisches Regiment, siebzehn Jahre. Krieg von 1778. Vier Jahre in Indien unter dem Befehl von Bailly de Suffren. Entlassen nach Vannes, Regimentsdepot, 1784. Sechsundzwanzig Jahre Zollbehörde. Verstorben am 20. November 1832.

Perrier François Jean Marie, jüngster Sohn von Benoît. Fünf Jahre sechs Monate Staatsdienst, einschließlich Marine und Militär. Beginn seines Dienstes an Bord des 21. Kanonenbegleitbootes im Ärmelkanal, Kommandant Bozec, am 11. Januar 1811. Im Mai desselben Jahres abgemustert. Ins Quartier von Brest verbracht, um dort bis zum 17. August desselben Jahres ausgebildet zu werden, dem Tag unseres Auslaufens aus Brest mit einem kleinen Verband als 17. Flottille, Kommandant Prateau. Mit demselben Verband am 22. März 1812 von Boulogne nach Danzig in Preußen und dann in den Rußlandfeldzug. Im März 1813 nach dem Rückzug der Russen ins Brückenbaubataillon in Mainz versetzt und weiter Feldzug von 1813 in Sachsen und Schlesien. Bei der Landung in Leipzig gefangengenommen, nach Targau in Bayern und im selben Jahr nach Berlin in Preußen verbracht. Im November aus dem Gefängnis entflohen und am 13. Dezember desselben Jahres nach Frankreich, in die Festung Kehl, zurückgekehrt. Mit einem Marschbefehl der Marinekommandantur von Straßburg nach Brest geschickt und am 24. Dezember desselben Jahres eingetroffen. Vom 14. Januar 1814 bis zum Oktober desselben Jahres dem 16. Flottillenbataillon in Brest, Kommandant Bijoux, zugeordnet. Im März 1815 zum Feldzug in der Vendée eingezogen in eine provisorische Artilleriekompanie, Hauptmann Conseille, im Gefolge des 12. Flottenverbands. Entlassen im Oktober 1815. Siebenundzwanzig Jahre Zollbehörde. Sainte-Hélène-Medaille.

Marcelin Benoît Marie Perrier, ältester Sohn von François Jean Marie. Fünf Jahre fünf Monate in der Marine des Staates an Bord der Dampferfregatte Asmodée. Am 15. Mai 1849 als Obersteuermann entlassen. Zollbehörde, bis heute (15. April 1862) fünfzehn Jahre.«

Marcelin hatte Marie-Yvonne Magueur geheiratet, deren Bruder als Soldat in Toulon gestorben war und deren Vater in Finistère den Postdienst versah. Für ihn, wie für alle diese Seeleute, Soldaten oder Zollbeamten, stellte der Staatsdienst eine Art heiliger Mission und zugleich eine Ehre dar. Eines Tages war er mit seinem Wagen quer durch eine für seinen Geschmack zu langsame Prozession gefahren. Einen Prozessionszug unterbrechen! In jenen ersten Jahren des neunzehnten Jahrhunderts, in der Bretagne! Dem empörten Kirchenmann, der sein Kreuz schwang, um das Übel abzuwenden und den Frevel zu verhindern, soll der Vorfahr Magueur majestätisch von seinem Sitz herunter zugerufen haben: »Zum Donnerwetter, Herr Pfarrer, ich habe doch die Post dabei!« Und in unserer Familie zitierte man noch diesen Akt der Zivilcourage angesichts des klerikalen Obskurantismus und des Aberglaubens.


Henri de Corinthe, der wie üblich mit erhobenem Haupt und sehr aufrechtem Oberkörper auf seinem Schimmel sitzt, im Sattel aber deutlich in der linken Hüfte nachgibt, eine Haltung, wie er sie, ohne sich gehenlassen zu wollen, nach einem langen Ritt, der ihn ermüdet hat, oft einnimmt, Henri de Corinthe reitet in einer ruhigen Vollmondnacht durch die flache Heide, die eine verlassene Bucht an der reich gegliederten Küste des Léon säumt. Als in unmittelbarer Nähe des Ufers der Pfad, dem er folgt, in den schmalen Weg der Zöllner einmündet, unterscheidet sein an die Meeresgeräusche gewohntes Ohr dunkel – vom Wasser her und vermischt mit dem regelmäßigen Zischen der kleinen Ebbewellen – ein lauteres, ebenfalls rhythmisches Geräusch, ein helleres, festeres, deutlicheres Klatschen.

Mit einem ganz leichten Straffen der Zügel hält er sein Pferd an, um aufmerksamer lauschen zu können. Das Geräusch ähnelt dem wiederholten *platsch platsch* eines energischen Bleuels auf nasser Wäsche. Es gibt zwar einen Bach, der an dieser Stelle auf das Gestade trifft, aber wer sollte denn hier bei Mondschein fern jeder Behausung waschen? Corinthe gedenkt sofort des alten Bauernglaubens an die »Nachtwäscherinnen«: junge Frauen, die der Geisterwelt angehören und von denen man nur Unglück zu erwarten hat, eine Art Hexen wie die in *Macbeth*. Er sagt sich mit einem Lächeln, daß sie ihm vielleicht seine baldige Besteigung des schottischen Thrones verkünden werden. (Die Corinthe besaßen Urahnen in Gallien und Northumberland, darunter den berühmten Lord Corynth, der gegen Cromwell kämpfte.) Graf Henri nähert sich der winzigen Rinne, die sich das Quellwasser gegraben hat, und reitet an dem Wasserlauf entlang bis zum Strand.

Kurz bevor er dort anlangt, weitet sich das Bachbett zu einer Art kleinem Becken. Zur Not wäre der Ort zum Waschen brauchbar, und tatsächlich steht da schief am Rand der spiegelnden Pfütze einer jener groben Holzkästen, auf die sich die Frauen vom Land niederknien, um ihre Wäsche zu bleuen. Aber das von der Arbeit abgenutzte Gerät ist offenbar nicht mehr in Gebrauch; und niemand zeigt sich ringsum. Zudem scheint das Geräusch, obwohl es immer deutlicher wird, von weiter her zu kommen, wie vom Meer selbst. Sieh an, bemerkt der unerschrockene Reiter bei sich, diese nächtliche Wäscherin fürchtet für ihre Wäsche auch das Salzwasser nicht! Und neugieriger noch treibt er sein Pferd durch den bloßgelegten Sandstreifen bis zum Rand des Meeres.

Auch dort ist keine Menschenseele zu sehen, weder vor ihm noch rechts, noch links entlang der gekräuselten Linie weißen Schaums, der unter dem fahlen Licht der Nacht glitzert. Der Boden ist in diesem Teil der Bucht ziemlich fest, so daß keine Gefahr für die Hufe des Pferdes besteht, zu tief einzusinken. Corinthe läßt das Tier im seichten Wasser, das ihm erst bis an die Knie reicht, ein paar Schritte aufs offene Meer zugehen. Das sonderbare Klatschen ist jetzt ganz nah, und bald gewahrt der Mann etwa zwanzig Meter weiter einen flachen Gegenstand, der auf den Wellenkämmen tanzt, in regelmäßigem Rhythmus von jeder Welle hochgehoben, dann ins Tal der nächsten zurückfallend, und der plötzlich außerordentlich hell zu glänzen beginnt.

Nach ein paar weiteren schwierigeren Schritten – denn das Pferd zeigt sich zurückhaltender – begreift Corinthe, daß es sich um einen Spiegel handelt, der dank seines dicken, beinahe ovalen Holzrahmens schwimmt und dessen dem Himmel zugewandte Fläche bei einer gewissen Neigung die Mondstrahlen in Richtung des Reiters zurückwirft. Als aber dieser die wenigen Meter, die ihn noch vom Treibgut trennen, zurücklegen will, weigert sich sein treuer Schimmel weiterzugehen. Corinthe glaubt zunächst, es sei wegen der Wellen, die jetzt ein wenig stärker dem Pferd zeitweise bis zum Bug reichen. Er wartet also ein paar Sekunden, damit es sich daran gewöhne, bevor er ihm leicht die Sporen gibt.

Da bäumt sich das Tier wie von Furcht ergriffen auf und fängt an, heftig seitwärts zu zerren, in der deutlichen Absicht kehrtzumachen, dabei reißt es das Maul weit auf, um sich von der Trense zu befreien. Der Reiter will diesen ungewohnten und unbegreiflichen Widerstand brechen. Er besteht um so nervöser darauf, als das begehrte Objekt sich nun entfernt, zweifellos vom noch immer ablaufenden Wasser fortgezogen. Indessen ertönt weiterhin, vielleicht sogar stärker noch und in härterem Rhythmus, das höhnische *platsch platsch* jedesmal, wenn der ovale Spiegel – der sehr schwer sein muß – auf der Wasseroberfläche aufschlägt.

Obgleich wenig Wind geht, könnte man meinen, daß die Wellen plötzlich an Weite und Heftigkeit zugenommen haben, viel mehr, als es in dieser recht geschützten Bucht bei Ebbe oder kurz zuvor normal ist. Das Pferd ist jetzt wie närrisch, sein Herr vermag es nicht mehr zu zügeln. Nachdem eine noch höhere Woge über sie hin gebrandet ist, gelingt es dem Tier, Graf Henri mit senkrechtem Aufbäumen aus dem Sattel zu werfen. Und dieser, im eisigen Wasser mit Mühe wieder auf die Beine gekommen, sieht mit Verzweiflung seinen Schimmel, der sofort eine Kehrtwendung gemacht hat, mit geblähten Nüstern und anhaltendem Wiehern auf das Festland zu galoppieren, den Kopf geradezu nach hinten gebogen wie ein Wolf, der den Mond anheult. Er wirbelt mit seinen Hufen Gischt auf, die sich in Büscheln unter die zerzauste weiße Mähne mischt, in einem bläulichen Licht, das mit einemmal so intensiv leuchtet, daß man es für die Begleiterscheinung eines Kataklysmus halten könnte.

Unterdessen kämpft sich der vom Pferd geworfene Corinthe weiter voran, bald schwimmend trotz der durchnäßten schweren Kleidung, bald gehend, wenn er zwischen zwei Wellen wieder Grund findet, sofort von neuem hochgehoben oder von einer Sturzwelle überflutet, die ihn das Gleichgewicht verlieren läßt und ihm für einige Sekunden den Atem nimmt, betäubt, geschüttelt, immer weiter hinausgezogen durch den davonschwimmenden Spiegel. Doch in einem letzten Auflodern der Energie kommt er nahe genug heran, um sich endlich – Gott weiß wie – daran festhalten zu können. Das Ding erscheint Corinthe so schwer, daß er sich fragt, durch welches Wunder es an der Oberfläche bleibt, statt wie ein Stein unterzugehen. Der entkräftete Mann befürchtet, es niemals bis ans Ufer bringen zu können, er hat den Eindruck, das ganze Gewicht der Welt tragen zu müssen. Der ovale Rahmen mißt über ein Meter Höhe, und das geschnitzte Holz ist massiv wie das Dollbord eines Schiffs. Corinthe klammert sich mit aller Kraft daran. Er stemmt sich verzweifelt gegen die Strömung, die ihn in die andere Richtung ziehen will, ohne daß er sich klarmacht, wie lange das dauert...

Mit unendlicher Anstrengung schafft er aber schließlich diese unsinnige Arbeit, zu der er sich gezwungen fühlte. Er zieht seine Beute aus dem Wasser und läßt sich ganz und gar erschöpft in den Sand fallen, als wolle er da einschlafen. Doch er zittert vor Kälte, Müdigkeit und Erregung. Unwillkürliche, schmerzhafte Krämpfe durchlaufen immer wieder seine Muskeln. Und sein Geist ist leer.

Als er seine Augen aufschlägt, bemerkt er seinen Schimmel, der sich über ihn beugt und ihn mit einem menschlichen Ausdruck der Traurigkeit oder der Bangigkeit oder des Vorwurfs ansieht. Auf einen Ellbogen gestützt, richtet sich Graf Henri halb auf und wendet seinen Blick dem Spiegel zu; er liegt neben ihm zwischen Resten von Tang und Muscheln, die das ablaufende Meer zurückgelassen hat. Der mächtige geschnitzte Rahmen scheint aus Palisander oder aus sehr dunklem südamerikanischen Mahagoni zu sein. Der Spiegel selbst ist matt, vermutlich weil er zu lange im Salzwasser lag; er ist noch übersät von Tropfen, die allmählich zu trocknen beginnen. Aber in den trüben Tiefen des sehr dicken Glases, dessen blaugrüne Schattierungen im fahlen Mondlicht stärker hervortreten, sieht Henri de Corinthe deutlich – und fast ohne Überraschung – das Spiegelbild des zarten, hellen Gesichts seiner vermißten Braut Marie-Ange, die an einem Strand des Atlantik, bei Montevideo, ertrunken ist und deren Leichnam man nie gefunden hat. Sie ist da in dem Spiegel und blickt ihn aus ihren blaßblauen Augen mit einem undeutbaren Lächeln an.

Wenig später – ein paar Minuten höchstens – muß Corinthe das Bewußtsein verloren haben. Ein Zöllner aus Brignogan, der seine morgendliche Runde machte, wunderte sich über den einsamen herrlichen Schimmel mitten auf dem Strand, ein Pferd reicher Leute mit seinem feinen schwarzen Ledersattel und seinen Steigbügeln aus Nickel, die trotz dem grauen Himmel funkelten, doch mit hängendem Zügel über dem Hals. Er ging also näher heran und entdeckte sogleich den Körper, der da im Sand lag, neben einem großen ovalen Spiegel aus geschnitztem Mahagoni, das so tiefrot war, daß man es einen Moment lang auch für Ebenholz hätte halten können.

Der auf dem Rücken liegende Mann sah ganz aus wie ein Toter. Die Flut, die zu dieser Stunde fast auf dem Höchststand war, leckte an seinen Reitstiefeln. Aber seine ein paar Stunden zuvor gewiß noch sehr elegante Kleidung war so mit Wasser vollgesogen, daß der Zöllner zunächst glaubte, er hätte es mit einem vom Meer angespülten Ertrunkenen zu tun. Doch die zutrauliche Nähe des Tiers, das schwerlich in Begleitung seines Herrn (dessen Anzug mit dem prunkvollen Geschirr des Tiers vollkommen übereinstimmte) mit irgendeiner Segeljacht Schiffbruch erlitten haben konnte, machte diese Hypothese wenig wahrscheinlich.

Trotzdem wollte der gewissenhafte Beamte vorsichtshalber die üblichen Bewegungen ausführen, um das Wasser aus den Lungen zu pressen, falls es sich doch um einen Ertrunkenen handeln sollte und es noch nicht zu spät wäre. Das einzige Ergebnis, das er nach etlichen Minuten der Anstrengung erzielte, war, daß der Leichnam seine geschlossenen Lider öffnete und sich dann tatsächlich als sehr lebendig erwies, doch der Mann, der sich immer noch nicht rührte, stand so unter dem Schock wer weiß welchen Abenteuers, daß er ebenso außerstande blieb, auch nur ein Wort zu sagen. Er schien nicht einmal die eindringlichen Fragen der uniformierten Person zu verstehen, die in seinen Traum eingedrungen war und die er verstört anstarrte, als suchte er verzweifelt, wieder in die Wirklichkeit zurückzufinden.

Nachdem der Zöllner sich versichert hatte, daß an dem schweren und gutgebauten Körper nichts gebrochen war, gelang es ihm, der selbst trotz seines kleineren Wuchses ungewöhnlich stark war, ohne allzu viel Mühe, den Reiter auf die Füße zu stellen. Doch es konnte nicht die Rede davon sein, ihn in diesem Zustand auf sein Pferd zu heben. Die beste Lösung schien doch, dem Kranken bis zu einer bescheidenen Schenke zu helfen, die sich in der nächsten Bucht befand (an einem Ort namens Ker-an-Dû, wo eine kleine steinige Straße bei ein paar Fischerhäusern endet), um dort auf einen Arzt zu warten, während das Pferd den Spiegel trüge, von dem der Beamte nicht bezweifelte, daß er dem Fremden gehöre.

Als er aber Anstalten machte, den schweren und zerbrechlichen Gegenstand vorsichtig auf den Sattel zu heben, wo er ihn mit den über Kreuz gelegten Zügeln recht und schlecht festzubinden hoffte, bäumte sich das Tier wiehernd auf wie von Panik erfaßt (während es bis dahin, wenn auch in gewisser Entfernung, stillgehalten hatte) und begann, nachdem die Vorderhufe wieder schwer auf den Boden geschlagen waren, heftig durch die Nüstern schnaubend mit gespreizten Beinen und gesenktem Kopf in einer so ungewöhnlichen Haltung zu scheuen, daß der Zöllner von Angst ergriffen wurde.

Da der Spiegel zu schwer war, als daß er ihn bis zum Gasthaus hätte tragen können, mußte er sich also damit abfinden, ihn zurückzulassen, und begnügte sich damit, ihn ganz oben am Strand vor der Flut in Sicherheit zu bringen, so daß er ihn später von einem Tangkarren holen lassen könnte. Dann kehrte er zu Corinthe zurück, der die ganze Szene beobachtet hatte, ohne etwas zu sagen und ohne die geringste Reaktion zu zeigen; er stand immer noch an der Stelle, wo er zurückgelassen worden war, hielt sich zwar aufrecht, wankte aber auf seinen steifen Beinen und war sichtlich außerstande, einen Schritt allein zu tun.

Der Zöllner dachte jetzt über das merkwürdige Vorhandensein des Spiegels auf diesem Strand nach, während er mit kleinen Schritten den schmalen unbequemen Pfad entlangging und dabei, so gut er konnte, einen nicht unbeträchtlichen Teil des Gewichts dieses großen geschwächten Körpers trug, der sich je nach den Unebenheiten des Wegs mehr oder weniger an seiner Brust abstützte. Es war in der Tat unwahrscheinlich, daß dieser elegante Reiter – wie kräftig er auch immer sein mochte – mit einer so schweren und sperrigen Last ausgeritten sein sollte. Vielleicht war es doch nur an die Küste gespültes Treibgut; und in diesem Fall gehörte es dem Staat und nicht dem Unbekannten, der es entdeckt hatte. Es sei denn, er hätte es schwimmend aus dem Meer gefischt, was mit seiner Bekleidung schwierig zu vereinbaren gewesen wäre: warum sollte er einen so unpassenden Anzug anbehalten haben, um ein derartiges Unternehmen auszuführen? Und selbst dann wäre er übrigens nur berechtigt, den dritten Teil seiner Beute für sich zu beanspruchen. Überdies dürfte sich, damit man ihm diesen zugesteht, in der gesetzlich vorgeschriebenen Frist kein Eigentümer oder Erbe melden.

Es blieb aber eine noch verwirrendere Möglichkeit: daß sich diese drei – das Pferd, der Spiegel und der Reiter – rein zufällig am selben Punkt des Gestades zusammengefunden hatten, das heißt, ohne daß der geringste kausale oder Eigentumszusammenhang zwischen ihnen bestand. Während die beiden umschlungenen Männer weiter auf dem stellenweise sehr unsicheren Weg durch die Heide wanken, verliert sich der allzu gewissenhafte Ordnungshüter immer mehr in der Kompliziertheit des Seerechts und problematischen Hypothesen...


Von diesem Moment an wird die Geschichte sehr viel dunkler. Jedenfalls scheint Henri de Corinthe den Weiler in deutlich besserer Verfassung erreicht zu haben. Vielleicht hatte dieser mühsame Marsch am Arm seines Retters ihn schließlich wiederbelebt? Er wollte wohl auch nicht die stets unsichere Ankunft eines Arztes abwarten, nachdem der mit einem Schuß Alkohol versetzte Kaffee, wie ihn der Wirt üblicherweise den Seeleuten servierte, seine Benommenheit vollends bezwungen hatte. Aber es wird auch erzählt, man hätte ihm ein Zimmer in dem Gasthaus herrichten müssen, wo ihn im Gegenteil gleich bei der Ankunft ein sehr hohes Fieber niederwarf, und man hätte sogar einige Tage um seinen Verstand gefürchtet.

Im Delirium sprach er unzusammenhängende, zum Teil kaum vernehmbare Sätze, in denen unablässig von einer jungen toten Frau die Rede war, und bisweilen glaubte man zu verstehen, daß er sie selbst bei einem Unfall getötet habe, und dann wieder, daß sie beim Schiffbruch eines zur

Unterwasserjagd gerüsteten Bootes ertrunken sei. Eine der Eigentümlichkeiten seiner Erzählung, die es so gut wie unmöglich machten, dem Ablauf zu folgen, war, von ihrer extremen Bruchstückhaftigkeit, ihren Widersprüchen, ihren Lücken und Wiederholungen abgesehen, der Umstand, daß er ständig die Vergangenheitsformen mit plötzlichen Passagen im Präsens mischte, die jedoch dieselbe Periode seines Lebens und dieselben Ereignisse zu betreffen schienen.

Eines jedoch ist sicher: noch am Tag seines dramatischen Eintritts in die enge und finstere Schänke von Ker-an-Dû, wo sich plötzlich Schweigen unter den am Tisch sitzenden Fischern ausgebreitet hatte, die sich einer nach dem andern zu der noch offenen Tür umwandten, soll (unter dem festen Griff seines uniformierten Beschützers) Corinthe ganz unbemerkt – man weiß nicht, wie das zuging – an den Ort seines nächtlichen Abenteuers zurückgeritten sein, offensichtlich um seinen furchterregenden Fund zu holen. Um die beiden zumindest dem Anschein nach unvereinbaren Versionen, seine schnelle Erholung und seine lange Bettlägerigkeit, in Einklang zu bringen, mag man sich vorstellen, daß der Kranke ein bereits ausgebrochenes Fieber überwunden, seine Gastgeber aber, die ihre Beunruhigung nicht verbargen, über seinen wirklichen Zustand getäuscht und sich tatsächlich sehr bald unter irgendeinem Vorwand davongemacht hatte und es ihm dank der selbstverständlichen Reflexe des Reiters gelungen war, bis zu dem verwünschten Strand (dafür zumindest wird er in einer ganzen Reihe alter Legenden und im lokalen Aberglauben gehalten, nach dem, was ich in der Kindheit manches Mal erzählen gehört habe) zu reiten.

Obwohl dieser Schlußteil der Episode (man nennt sie die Geschichte vom wiederkehrenden Spiegel) für immer äußerst verworren bleibt, so sehr unterscheiden sich die

Berichte voneinander und sind von unbewußten Elementen aus der Legendenwelt durchsetzt, – eine gewisse Anzahl von kaum bestreitbaren Fakten kann man wohl doch festhalten. Als Corinthe an die Bucht kommt – an die er sich genau erinnert – und von der Düne herab mit bangem Blick ihre sanfte Biegung absucht, wo rosa Heidekraut und Strandnelkenbüschel eine flache Matte bilden, begreift er sofort, daß der Spiegel verschwunden ist. Es ist Ebbe, und ein breiter seidiger Streifen der sehr sanft geneigten, einladenden Mulde ist schon bloßgelegt und bildet eine ganz neue, vollkommen gleichmäßige und glatte helle Fläche, wo der sich zurückziehende Ebbstrom an diesem Morgen ausnahmsweise weder Tang noch sonstigen Abfall hinterlassen, hat, so daß irgendwelches Treibgut sofort auffallen würde.

Auch am Fuß der Düne, auf dem trockenen, hügeligen Sand, den das Hochwasser nicht erreicht hat, gibt es keine Spur von dem, was der Mann auf dem Pferd sucht. Das Wasser der Bucht ist so ruhig wie das eines Sees, was die Hypothese eines eben erst vorübergezogenen Unwetters, in dessen Verlauf das tobende Meer die verschiedenen zuvor an der Küste angespülten Gegenstände wieder fortgetragen hätte, ausschließt. Im Gegenteil, die ganze Atmosphäre des Ortes ist so friedlich, daß Corinthe jetzt, als vergäße er einen bösen Traum, auf seinem nun endgültig beruhigten Tier dahintrottet, als er plötzlich, an der Stelle angelangt, wo der Fluß sich tief ins Steilufer einschneidet, von neuem die am Rand der durchsichtigen Lache von einer Nachtwäscherin zurückgelassene Kiste bemerkt.

Das hölzerne Gerät ist nicht in so schlechtem Zustand, wie er es im trüben Mondlicht geglaubt hatte. Das Eichenholz ist nur ausgeblichen und abgenutzt von der Arbeit. Im übrigen möchte man schwören, daß es gerade erst jemand in Gebrauch gehabt hat. Noch drei Schritte, und Corinthe entdeckt (und es ist fast so, als wäre er allein in der uneingestandenen Absicht, dies zu sehen, hierher gekommen, so sehr hat er jetzt den Eindruck, es erwartet zu haben), er entdeckt an den Zweigen der etwas höheren Heidekrautbüsche auf der Rückseite der kleinen Senke, wo der bescheidene Wasserlauf fließt, drei frisch gewaschene Teile weiblicher Unterwäsche, die in einem plötzlichen Sonnenstrahl, einem dünnen und unwahrscheinlichen, schräg vom Himmel fallenden Streifen gelben Lichts trocknen.

Das unaufdringliche Raffinement dieser Garnitur aus bestickter Seide, deren Reiz auch in ihrer Altmodischkeit liegt, schließt aus, daß sie einer einfachen Bäuerin gehört. Sollte es nicht vielmehr... Erbarmen! Mein Gott, Erbarmen! Dieses zerrissene Hemdchen, dieses so kleine Dreieck, diese Gipürespitzen, der Mann mit dem Schimmel erinnert sich, sie schon einmal... Erbarmen! Erbarmen! Auf dem schmalen, spitzenverzierten Höschen sind ebenso wie auf dem Vorderteil des dazu passenden Strumpfhalters große Flecken ganz frischen, noch flüssigen Bluts, das sogar noch hervorzuquellen scheint und dessen Rot in einem unerträglichen Glanz erstrahlt.


Henri de Corinthe soll dann eine große Kälte verspürt haben, die sich rasch seiner Glieder, seiner Brust, seines ganzen Körpers bemächtigte. Und daran ist nichts Verwunderliches, wenn man bedenkt, daß er seit seinem langen Bad in der vorangehenden Nacht nicht einmal – so scheint es – seine Kleider gewechselt hatte. Ohne Zweifel hatte diese schreckliche Auskühlung eine schwere Lungenentzündung nach sich gezogen, so daß der notwendige Aufenthalt in dem Gasthaus, das hohe Fieber und das Delirium auf ganz natürliche Weise zu erklären sind.

Doch man erzählt auch, daß das treue Roß mit der hellen Mähne von da an sonderbar, scheu, schwierig war. Die Leute von Brignogan sagen, daß die Pferde ihr Spiegelbild nicht unterscheiden können und daß der Schimmel in den blaugrünen Tiefen des schwimmenden Spiegels nicht das Gesicht Marie-Anges, der ermordeten Braut, die ihren Gebieter verfolgte, sondern zum erstenmal sein eigenes Bild, das heißt seinen eigenen Tod, gesehen habe. Der feste Glaube, daß das Tier in jener Nacht in eine Art Dämon oder Geist verwandelt worden sei, wurde in den Augen der leichtgläubigen Bauern von der (übrigens bestätigten) Tatsache untermauert, daß man nie das Geräusch seiner Hufe hörte, selbst wenn es auf hartem Boden galoppierte.

Es wird zwar heute noch von niemandem bezweifelt, daß das Pferd verzaubert war, und sei es auch nur auf Grund seiner tänzerischen Anmut und seiner außergewöhnlichen Schönheit, doch selbst der annähernde Zeitpunkt dieses Zwischenfalls mit dem Spiegel bleibt rätselhaft. Die Szene müßte sich im Prinzip lange vor der Niederlage von 1940 abgespielt haben, manche Einzelheit in meiner Erinnerung bestätigt das: der noch sehr wilde Anblick dieser Küste von Nord-Finistère, die seither so verschandelt worden ist, die traditionelle tägliche Runde eines Zöllners auf dem Pfad, der so nah wie möglich am Abgrund entlangführt, selbst die Uniform des Beamten, die altmodische finstere Gaststube von Ker-an-Dû usw.

Zudem, vergessen wir das nicht, setzte die Verletzung, die Corinthe an der Front davongetragen hatte, ihn danach außerstande, und zwar endgültig, ein Pferd zu reiten. Jedermann erinnert sich seines steifen Beins und des Stocks mit dem Silberknauf, der ihm außer dem Gleichgewicht und einer Milderung des Hinkens den Gang eines Dandys einbrachte, eine Gangart, die er mit Geschicklichkeit anwandte und die die Eleganz seiner Person sowie sein

Ansehen noch vergrößerte. Marie-Ange van de Reeves aber, die tote junge Geliebte, deren anmutige, doch vorwurfsvolle Züge unvermutet in dem Geisterspiegel erschienen, ist während eines Aufenthalts mit Henri de Corinthe in Uruguay umgekommen, und Corinthe hat – wie wir sicher wissen – erst nach dem Ende der Feindseligkeiten in Südamerika gelebt. Hatte er vorher irgendein Liebesabenteuer gehabt? Das ist nicht sehr wahrscheinlich. Verbot ihm nicht seine intensive politische Tätigkeit in den dreißiger Jahren in Anbetracht seiner Kundschaft jede unschickliche Hochzeitsreise, selbst ohne Verbrechen und Unfall, und sei es auch auf der anderen Seite des Atlantik, an den fernen Stränden von La Plata?

Manchmal habe ich jedoch den Eindruck, die blonde Marie-Ange mit einem anderen hübschen Mädchen, Angelika von Salomon, zu verwechseln, die mit dem jungen Grafen auch sehr verbunden war. Schließlich ist es möglich, daß ich Corinthe unfreiwillig Charakterzüge, Heldentaten oder harmlosere biographische Eigenheiten verleihe, die ihm nicht gehören und die vielleicht anderen mehr oder weniger berühmten Persönlichkeiten der Zeit entlehnt sind, Henri de Kerillis, François de La Rocque oder auch dem Grafen von Paris, der ebenfalls Henri hieß und Anspruch auf den französischen Thron erhob.

Wie viele von ihrem so teuer erkauften Sieg enttäuschte Veteranen und vom parlamentarischen Regime zunehmend angewiderte beunruhigte Patrioten hatte mein Vater zu Beginn der dreißiger Jahre dem Bund der *Croix de feu* angehört. Doch dann wurde der Oberst de La Rocque, sein Gründer, verdächtigt, sich am 6. Februar 34 in geheimer Absprache mit der Polizei Daladiers seiner Truppen bedient zu haben, um das Palais-Bourbon zu schützen. Ein solcher

Vorwurf, der, glaube ich, von der Action française kam, bleibt natürlich unüberprüfbar. Aber er zeigt deutlich die vielfältigen Parteiungen und den kleinlichen Haß, der innerhalb der extremen Rechten herrschte.

Corinthe hat übrigens erst 1936 oder sogar Anfang des folgenden Jahres, den Rat seiner zuverlässigsten Freunde mißachtend, sich offiziell eine eigene Gruppe geschaffen: die *Renaissance socialiste nationale* (während er in seiner Jugend dank eines kurzen Versuchs mit dem uneingeschränkten Verhältniswahlrecht auf einer monarchistischen Liste zum Abgeordneten gewählt worden war). Die Bewegung wird kaum Erfolg haben und fast sofort wieder vergessen sein, denn zu viele kleine Parteien mit sehr ähnlichen Bestrebungen streiten sich um die letzten Endes nicht sehr zahlreichen und angesichts der proklamatorischen, aggressiven und hohlen Programme recht reservierten potentiellen Mitglieder. Heute finde ich mehr ärgerlich als bedauernd, doch auch erstaunt das Echo jener – mehr oder weniger faschistoiden – staatsbürgerlichen Begeisterung und jener Enttäuschungen, ja sogar jener Bitterkeit in der »Figur« der Laura wieder, die sich durch meinen ersten Roman, *Un régicide,* zieht.

Was die verschiedenen politischen Gesichter Corinthes angeht (hat er nicht auch einen Augenblick mit der kommunistischen Partei geliebäugelt, und zwar während einer der stalinistischsten Perioden ihrer Geschichte?), so waren sie wahrscheinlich nur ein Ausdruck der eigenen Unsicherheit und seiner wachsenden Angst vor den steigenden Gefahren. Mit dem Helmbusch in einem nutzlosen Kampf gegen die Panzerdivisionen des Feindes zu sterben – der durch die Ironie des Schicksals ausgerechnet jenes Deutschland war, dessen spektakuläres Wiedererstarken und, zumindest teilweise, dessen Ideologie er bewunderte –, war gewiß eine Lösung, die er kaltblütig in Betracht gezogen hatte. Er ist zurückgekehrt, hinkend, aber mit Eleganz, und immer noch bereit, sich leidenschaftlich für die fragwürdigsten Angelegenheiten zu engagieren.

David Samuelson erzählt in seinen Erinnerungen als Leiter des Théâtre-Français, daß Corinthe gegen Ende seines Jünglingsalters davon träumte, ein großer Schauspieler zu werden, und daß er auf kleinen Pariser Bühnen manchmal sogar Hauptrollen gespielt hatte. Er zeigte damals eine Vorliebe für historische Stücke, in denen er einsame Helden mit großartigem und traurigem Schicksal verkörperte: Napoleon, Berlioz, Cromwell... Samuelson bemerkt in diesem Zusammenhang, daß hinter jedem Politiker eine gescheiterte Schauspielerkarriere stehe. Das Gegenteil könnte man genausogut behaupten.


Gegen Ende der dreißiger Jahre hat sich die finanzielle Situation der väterlichen Kartonfabrik allmählich verbessert. Zusätzlich zu den großen Ferien im Sommer, die wir immer in Kerangoff bei unserer Großmutter mütterlicherseits verbrachten (bald mit kürzeren Zwischenaufenthalten am Meer in einem bäuerlichen Haus bei Quiberon, das die älteste Schwester von Mama hergerichtet hatte), fingen wir an, auch kleine Winterferien im Jura zu machen, diesmal mit richtigen Skiern und der ganzen notwendigen Ausrüstung, die wir etliche Wochen vorher liebevoll vorbereiteten. (Das war die Zeit des Stiefelfetts, der verstellbaren Riemenbindungen und des norwegischen Teerwachses, dessen starker Harzgeruch die ganze Wohnung erfüllte.)

Seit dem Tod von Großvater Robbe gingen wir nicht mehr nach Arbois, wo wir zu seinen Lebzeiten zärtliche Herbstgefühle genossen hatten, wenn wir die Falläpfel und die frischen Nüsse an den Wegen durch das langsam sich rot färbende Land aufsammelten. (Ein sepiafarbenes und etwas unscharfes Photo, auf dem man im Hintergrund mitten in bereits kahlen Zweigen das Schloß erkennt, zeigt mich mit sieben oder acht Jahren in einer wie ein Kleidchen aussehenden Schürze aus Perkal, mit einem schmeichelnden Lächeln ins Objektiv und mädchenhafter Grazie, meinen braunen Lockenkopf den blühenden Malvenstengeln zugeneigt, um die ich in runder Bewegung einen erhobenen nackten Arm gelegt habe.)

Doch Papas Bruder – erheblich älter als er – war Leiter des Postamtes in Russey, oberhalb von Morteau, im Doubs. Dort haben wir also in den Lichtungen zwischen den Tannen auf sanften, aber wenig beschneiten Hängen gelernt zu gleiten. Wir mieteten uns in einem bescheidenen Hotel für Handelsreisende ein, wo mein Onkel regelmäßig verkehrte. Er war ein gutmütiger Mann, oft ein wenig betrunken, der sonntags winterliche Landschaften – Hütten und Wälder im Schnee – in Öl malte, nicht nach der Natur, denn er ging nicht gern aus dem Ort hinaus, sondern nach Ansichtskarten. Seine Werke waren zu kaufen und wurden beim Kaufmann am Eck zwischen den Obst- und Gemüsekisten ausgestellt. Die Tannen auf den Bildern glichen den Gräten von sauren Heringen. Er gab es lachend zu. Dann erzählte er mit vielen Scherzen und Kalauern von seinen Enttäuschungen als unverstandener Künstler.

Die Szenen, die einem am genausten im Gedächtnis bleiben, sind auch die unbedeutendsten, die nutzlosesten: man behält sie endgültig im Kopf, aber man weiß nicht, was man damit anfangen soll. Eine solche Szene beharrt grundlos darauf, in meine Erzählung aufgenommen zu werden. Ich habe diesen Onkel Maurice zehn Jahre später wiedergesehen. Er hatte sich als Pensionär nach Ornans zurückgezogen, und da ich ihn als sympathisch in Erinnerung hatte, wollte ich ihn unvorangemeldet besuchen, als ich mit Claude Ollier, den ich gerade in den deutschen Arbeitslagern kennengelernt hatte, eine Radtour von den Vogesen in die Alpen machte.

Ich hatte große Mühe, den Wohnsitz des ehemaligen Postmeisters zu finden, weil er sich Robbe nennen ließ und die Hälfte dieses allzu komplizierten Namens gestrichen hatte, der doch seit mindestens zehn Generationen der Familienname war. Die Unterkunft war zwar kein Loch, aber es muß wohl nicht viel daran gefehlt haben, so düster, schmutzig und verkommen erscheint mir das Ganze heute wie damals. Ich muß eine behelfsmäßige Treppe hinaufgehen, von der mehrere Stufen beschädigt sind oder wackeln, und gleich oben ist ein Loch im Fußboden, das ein Stück Dachlatte nur schlecht verbirgt. Mein Onkel und meine Tante haben wie üblich getrunken. Die Rotweinflasche steht auf dem Tisch mitten in einer Anhäufung schwer erkennbarer Utensilien. Zudem ist das ganze Zimmer so vollgestopft mit verschiedenartigen Gegenständen, daß ich nicht weiß, wo ich hin soll. Schließlich erkennt mich Onkel Maurice, jedenfalls versteht er, daß ich der Sohn seines Bruders bin. Tante Louise sitzt, vollkommen stumpfsinnig, zusammengesunken in einer Ecke auf einem so niedrigen Stuhl, daß ich zunächst glaubte, sie sitze auf dem Boden, ein großer unförmiger Haufen, den ein rotes aufgedunsenes Gesicht überragt. Alle dreißig Sekunden wiederholt sie ohne jede Variation im selben weinerlichen und angstvollen Ton: »Wer ist das, Maurice?«

Kurze Zeit darauf sind sie beide gestorben. Papa ist zur Beerdigung gefahren (nach Ornans, o Courbet!), und er hat zwei oder drei Dinge mitgebracht als Erinnerung: ein kleines Kirschbaumsofa mit einer merkwürdigen zusammenklappbaren Rückenlehne, das aus Arbois kam (es steht jetzt hier in Mesnil), und zwei goldene Eheringe, die in einer Schale mit Krimskrams lagen. Ich habe sie mir am Tag meiner Hochzeit angeeignet, ohne je erfahren zu haben, für wen sie gemacht worden waren. Der weitere paßte mir nur am rechten Ringfinger, aber es gab weder Kirche noch Pfarrer, der es mir hätte vorwerfen können. An diesem Finger trage ich ihn also seit über einem Vierteljahrhundert. Er ersetzt dort die vier total abgenützten, ganz dünn und zerbrechlich gewordenen Aluminiumringe, von denen bereits die Rede war. Für Catherine wurde der kleinste noch enger gemacht und aufpoliert. Was die ängstliche Frage von Tante Louise angeht, so bin ich vollkommen sicher, daß sie als *Formans* für den Satz »Schieß nicht, Maurice!« gedient hat, der in *Les gommes* im Zusammenhang mit der üblen, von einem Polizeiinspektor ausgedachten Version von der Ermordung Daniel Duponts vorkommt.

Nach zwei Jahren haben wir Russey aufgegeben zugunsten eines winzigen Dorfes im Jura, in einer viel malerischeren und zum Skifahren geeigneteren Almgegend, wohin wir bis zum Krieg regelmäßig zurückgekehrt sind. Dort gab es immer reichlich Schnee, manchmal sogar allzu viel. Wir waren selig. »Vor der Tür des Hotels die Skier anschnallen«, das erschien uns wie ein traumhaftes Glück. Es gab immer noch keine angelegten Pisten, und man stieg mit Seehundsfellen unter den Brettern auf, aber die Touren waren abwechslungsreich und bequem und die Abfahrten leicht. Wir vier, oder öfter drei, denn Mama war weniger beherzt, waren dort glücklich, allein auf der Welt inmitten der weißen Berge, die sich abends plötzlich rosa und blau färben, während wir im Gänsemarsch über unberührte Schneefelder heimgehen, vorbei an Tannen, die unter ihren frischen, im Nachtfrost verharschenden Hauben zusammenbrechen, schmale schwarze, von fern reglos erscheinende Silhouetten, der Vater in Gebirgsjägeruniform die Spur bahnend, hinter ihm, eins nach dem andern, seine beiden Kinder; glücklich auch, Mama wiederanzutreffen und ihr unsere Heldentaten zu erzählen, und die warmen Lichter und das kleine – nun schon komfortablere – Hotel, das genau auf der Grenze stand, eine Tür vorne in Frankreich und eine hinten in der Schweiz, was uns sehr amüsierte. (Wir hatten eine Vorliebe für bestimmte Zimmer, die von der theoretischen Trennungslinie zwischen den beiden Nationen mitten durchgeschnitten wurden.) Es gibt einen ganz typischen Geruch der Wintersporthotels, wenn man von draußen aus der kalten Luft kommt, und er ist so eigenartig, daß ich nicht einmal versuchen werde, die Bestandteile zu beschreiben, aber ich habe viele Jahre später in Davos oder Zermatt genau die gleiche Empfindung gehabt.

Mama war während dieser ganzen Zeit oft leidend (was hinsichtlich der Ferien wie auch alles anderen ständig bedacht werden mußte), sie hatte tatsächlich ein klassisches Fibrom, das sie sich weigerte operieren zu lassen, aus Achtung vor der Natur, erklärte sie, und blieb lieber ganze Tage lang Zeitung lesend im Bett. Papa hat nie die geringste Abneigung gezeigt, sich mit den täglichen Einkäufen, dem Abwasch oder anderer Hausarbeit zu befassen. Seit ein relativer Wohlstand das Familienleben erleichterte, kümmerte sich eine tüchtige und ergebene Zugehfrau – eine derbe Schweizerin mit einer ebenso kruden wie deftigen Sprache – jedenfalls um die Ordnung und die Küche, buk riesige Apfelkuchen, deren äußerst dünner Blätterteigboden ein Staatsgeheimnis war (sie schloß sich zum Backen in die enge Küche ein, aus der mit den Ausrufen, die sie lauthals an sich selbst richtete, die wiederholten Schläge des Wellholzes zu uns drangen, denn sie benützte es wie einen Bleuel, mit solcher Kraft, daß man hätte glauben können, sie wäre im

Begriff, alles kurz und klein zu schlagen), und ebenso sehr wie sie sie auf Hochglanz polierte, regierte sie in Wirklichkeit die kleine Wohnung in der Rue Gassendi, wo es jetzt einen marokkanischen Teppich gab und Deckenlampen aus Mattglas und Messing in jenem 1935-Stil, der schon wieder in Mode kommt.

Diese nette Person ist sehr lange bei uns geblieben, vor, während und nach dem Krieg. Sie wirkte auf uns immer wie ein Wirbelsturm. Wenn sie frühmorgens kam (und manchmal lagen wir noch im Bett), »lüftete« sie, das heißt, sie riß sämtliche Fenster sperrangelweit auf, selbst mitten im Winter, so daß es im ganzen Haus so kräftig wie möglich zog. Dann begann sie, »die Schlamperei abzustellen«, was bedeutete, gegen die Unordnung zu kämpfen. Mitten im Sturm, der die Türen schlagen und die Vorhänge flattern ließ, versteckte sie zunächst alles, was herumlag, und oft an den ungeahntesten Orten, unter dem Vorwand, sie werde uns lehren, unsere Sachen aufzuräumen, dann kehrte sie den Boden mit solchem Ungestüm, daß das Holz des Besens bei jedem Schwung gegen die Wände oder gegen die Möbel schlug, so daß die meisten auf immer Spuren davongetragen haben. Einmal fanden wir sie, wie sie auf dem Eßzimmerbuffet stand und dessen Oberseite mit den Schuhen aus Eisenspänen reinigen wollte, die normalerweise für den Eichenfußboden benützt wurden; allerdings war er an weniger widerstandsfähigen Stellen auch sehr ramponiert.

Wenn wir mittags nach Hause kamen, durften wir nicht fragen, was sie zum Essen gekocht habe, denn sie sagte dann jedesmal, sie habe »Nauds« (diese Schreibweise stellte ich mir zumindest vor) gemacht, und wenn wir, wie anfänglich noch, fragten, was das sei, antwortete sie mit großem unheilvollem Gelächter: »Das ist Scheiße mit Backpflaumen!« Vielleicht in der Hoffnung, daß wir ihre Begeisterung teilen würden, oder auch nur um die seltsame Freude zu verlängern, in die sie dieser Ausspruch unweigerlich versetzte, wiederholte sie ihn gleich zwei- oder dreimal.

Bei Kriegserklärung waren alle Schulden der Kartonfabrik endlich bezahlt, und Papa beschloß, das Gemeinschaftsunternehmen seinem Schwager allein zu überlassen, um seinerseits verschiedene Tätigkeiten als Büroangestellter auszuüben, zuerst im Verteidigungsministerium, nach dem Waffenstillstand dann in anderen Institutionen dieser Art. Etwas später ist er dank der Beziehungen, die er sich zu den Kreisen der Puppenhändler bewahrt hatte, dem Verband der Spielzeugfabrikanten beigetreten, dessen Generalsekretär er ungefähr zu dem Zeitpunkt wurde, als ich anfing zu schreiben. Er hatte seinen Spaß an dieser Rolle einer Repräsentationsfigur, spielte selbstironisch den bedeutenden Herrn, der an wichtigen Versammlungen der Branche teilnimmt, ins Ausland fährt, Minister trifft; und er stellte sich ein wenig zur Schau, wenn er einen neuen Anzug trug, wie es einst in den Stahlwerken von Hagondange, wo Yvonne Canu, unsere zukünftige Mutter, Stenotypistin war, der kesse Oberleutnant Robbe-Grillet in seiner Uniform getan hatte.

Meine Eltern waren selbstverständlich Pétainisten, im Gegensatz zur gewöhnlichen Sorte aber waren sie es nach der Befreiung immer noch und vielleicht sogar noch mehr. Um 1955 empfing ich zu Haus meine neuen Schriftstellerfreunde, überzeugte Linke, von denen mehrere aktiv im Widerstand gewesen waren. Papa begeisterte sich zu jener Zeit für Haferbrei: jeden Abend bereitete er sich als Nachtmahl seine Ration des grauen Mehls zu, das in frischer Milch gekocht und langsam mit einem Holzlöffel gerührt wurde, und servierte gern allen Besuchern große Teller voll.

Michel Zéraffa, Jean Duvignaud oder Lucien Goldmann, die auf diese Weise seine Kost teilten, staunten unauffällig über ein großes Foto von Pétain, der in Khakiuniform über dem Büffet lächelte (dem Büffet, in das jemand mit Stahlspänen eine breite Mulde gescheuert hatte, um mit einem kleinen Fleck fertig zu werden), und dies an der sichtbarsten Stelle der Wandbespannung aus Naturgeflecht, deren Bahnen durch schwarzen Raphiabast verknüpft waren. Sie schauten höflich weg und bemühten sich, den schockierenden Anachronismus zu übersehen. Eines Tages aber zwischen zwei Löffeln Haferbrei sagte Duvignaud sehr weltmännisch, als handelte es sich um eine belanglose Vergeßlichkeit: »Schau einer an, Sie haben das Foto des Marschalls aufbewahrt?« Dieses Foto hatte tatsächlich vier Jahre lang neun von zehn aller französischen Häuser geschmückt. »Nein, nein«, antwortete mein Vater, »ich habe es nicht aufbewahrt, ich habe es absichtlich aufgehängt an dem Tag, als die amerikanischen Truppen in Paris einmarschiert sind.«

Das stimmte. Unter der deutschen Besatzung hatte er keinen Grund gesehen, an den Wänden eine derart konformistische, offiziell anerkannte Verehrung zur Schau zu stellen. Auch wenn er dem legitimen Staatsoberhaupt bereits ohne das geringste Zögern ebensoviel gefühlsmäßige Zuneigung wie Achtung entgegenbrachte. Marschall Pétain, das war für ihn der Kämpfer von 1944, das waren die Schützengräben, das war Verdun, das war das langsame Erstarken unserer Armeen im Augenblick der größten Verzweiflung und schließlich der Sieg. Auch die Unterzeichnung des Waffenstillstands von 1940 wurde seiner Klugheit und seinem Mut zugeschrieben, während er an der Niederlage keinerlei Anteil hatte. Der historische Handschlag in Montoire bewies vor allem die Redlichkeit des Soldaten. Aus Familienrücksichten wurde diesem Berufssoldaten seltsamerweise sogar ein tiefer Antimilitarismus gutgeschrieben. Und wir würden doch nicht weinen, weil die politischen Parteien ausrangiert und die Parlamentsdebatten abgeschafft waren! Aus Treue zu Pétain und gegen De Gaulle, den bösen abtrünnigen Sohn, zwang sich mein Vater sogar, die kommunistische Partei zu wählen, und zwar über Jahre hin, entschlossen, wie er sagte, es so lange zu tun, bis die Asche des alten Marschalls nach Douaumont zu seinen Infanteristen überführt sein würde.

Meine Eltern waren anglophob, eine Einstellung, aus der sie keinen Hehl machten. Sie mag sicherlich als Widerspruch erscheinen zu dem, was ich über die englische Literatur – für Kinder oder nicht – gesagt habe, mit der man uns von Kindesbeinen an überschüttete. Aber dies geschah großenteils unter dem Einfluß einer Jugendfreundin meiner Mutter, die in Paris Bucheinbände gestaltete und in ungesicherten Verhältnissen zwischen Bohème und Elend lebte. Diese Henriette Olgiatti, deren Großvater Magnus direkt von Karl dem Großen abzustammen behauptete (so erzählte sie mit zugleich spöttischem und herzlichem Lachen, das sich unvermeidlich in endlose Hustenanfälle verwandelte), war jüdischer Herkunft und sehr vom englischen Geist geprägt. Sie war von lebhafter und brillanter Intelligenz, gebildet, sprach mit ebenso viel Leichtigkeit wie Komik eine sehr literarische Sprache und hat wahrscheinlich eine bedeutende Rolle bei der Entwicklung unserer Sensibilität gespielt, insbesondere was das weite und unbestimmte Gebiet des Humors angeht. Sie verbrachte einen großen Teil ihrer Zeit unter irgendeinem Vorwand zu Hause, rauchte zwei Päckchen Camel am Tag, sprudelte über vor Anekdoten, die sie zu erzählen wußte – und waren es auch nur ihre eigenen Mißgeschicke –, wenn sie uns nicht vorlas (*Les histoires comme ça, Les bébés d'Hélène* oder *Le capitaine Corcoran)*, und Papa mußte sie oft spät in der Nacht vor die Tür setzen, damit endlich alle schlafen gehen konnten.

Der Haß auf England war bei uns also streng politisch, doch war er gewiß nicht erst im letzten Krieg entstanden. Im Gegenteil, unsere gemeinsamen militärischen Niederlagen belebten lediglich alten Groll: Meine ganze Kindheit war begleitet von den Liedern der Marine, die, von *Primauguet* bis *Trente et un du mois d'août,* für unsere Nachbarn jenseits des Ärmelkanals nicht gerade schmeichelhaft sind, und man berichtete uns mit Rührung von jenen auf einer kleinen Insel am äußersten Zipfel der Bretagne vergessenen Fischern, denen die Gendarmen, als sie sie am Ende des Sommers 1914 holen kamen, mit einiger Verspätung die Generalmobilmachung verkündeten, worauf die Fischer, ohne eine Minute über den Erbfeind im Zweifel zu sein, ausriefen: »Diesmal werden wir denen aber das Maul stopfen, diesen englischen Schweinen!« und ganz enttäuscht waren, als sie dann ihren Irrtum erkannten.

Die Art und Weise, wie 1940 die Kämpfe im Norden abgelaufen waren und das Einschiffen von Dünkirchen (»Meine Herren Engländer, Sie haben den Vortritt!« hieß es ironisch), dann die Zerstörung unserer entwaffneten Flotte in Mers-el-Kébir, wo Hunderte bretonischer Matrosen umkamen (die Grabsteine des Friedhofs von Recouvrance am Rand unserer Ebene von Kerangoff legen genaues Zeugnis davon ab), all das schürte plötzlich jahrhundertealte Gefühle des Mißtrauens gegenüber dem »perfiden Albion«, der sie nicht unerwidert läßt, und sie konnten jederzeit in heftigen Abscheu umschlagen.

Noch heute stellt man es bei geringstem Anlaß fest: Das französische Volk jubiliert insgeheim, wenn vor den Inseln, die wir unbeirrt und ausschließlich Malouinen nennen, eine bei uns hergestellte Rakete ein britisches Kriegsschiff versenkt, und wenn es zu einem Volksentscheid käme, würden wir mit Genugtuung diesen falschen Verbündeten aus der EG ausschließen, da er ja nur eingetreten zu sein scheint, um sie leichter torpedieren zu können (ich schreibe diese Zeilen Ende März 1984).

Die deutsche Propaganda arbeitete also auf sehr sicherem Boden, wenn sie bei den Franzosen schamlos den reichen Vorrat an Anglophobie ausbeutete, wobei sie abwechselnd Jeanne d'Arc und Cato den Älteren (»England wie Karthago...«) zu Hilfe nahm und selbst die grausamen Zeichnungen von Willette wieder auflegen ließ oder beleidigende Pamphlete aus den Burenkriegen, über die sich meine ganze Familie sogleich mit grimmigem Vergnügen hermachte. Der heroische Widerstand unserer früheren Partner gegen die Terrorbombardements zählte in unseren Augen nicht: Die Engländer verteidigten wie üblich ihre Interessen und nicht die unseren. Und wenn sie den offenen oder verdeckten Druck gewisser mehr oder weniger germanophiler amerikanischer Geschäftskreise so energisch abwehrten, dann deshalb, weil sie nicht hinnehmen konnten, daß ihr ewiges Schreckgespenst Wirklichkeit wurde: ein europäisches Bündnis. Daß es ein Verrückter namens Hitler war, der das Bündnis betrieb, war für sie im Grunde nur ein nebensächlicher Umstand.

Das war in gewisser Weise vielleicht auch die Ansicht meiner Eltern, denn ihr Nationalismus hinderte sie nicht daran, schon seit langem überzeugte Verfechter eines vereinten, ja sogar vereinheitlichten Europas zu sein (aber ohne Engländer, Gott bewahre!). Wenn sie also mit totaler Überzeugung jenes Wort eines britischen Staatsmannes (Disraeli?) zitierten: »Wenn ich zwischen zwei Lösungen zögere, brauche ich mich nur zu fragen, welche Frankreich am meisten schaden würde«, so konnte ihre Haltung gegenüber Deutschland nur zweideutiger sein. Der preußische Militarismus und sein Eroberungshunger blieben natürlich eine Gefahr; andererseits aber mußte Europa früher oder später geschaffen werden, und zwar mit Deutschland (ob nationalsozialistisch oder nicht). Die regelmäßig wiederkehrenden Kriege an Rhein oder Mosel führten zu nichts, außer daß sie einen tragischen Irrtum fortpflanzten. Vergessen wir diese Grenzstreitigkeiten zwischen zwei Nationen, deren Interessen insgesamt übereinstimmen: Sie sind genauso überholt wie jene des Mittelalters, die das heutige Frankreich gespalten haben...

Es hätte keiner großen Anstrengung bedurft, und mein Vater – trotz eines stets sehr festgefügten Ehrbegriffs – hätte sogar Entschuldigungen für jene (zahlreichen?) Soldaten von 1940 gefunden, die nicht kämpfen wollten. Der Krieg gegen die Deutschen erinnerte ihn allzu sehr an vier Jahre Alptraum: Schlamm, Kälte, Schrapnells, Giftgas, gegnerische Schützengräben, die mit dem Bajonett gesäubert wurden, Sterbende mit aufgeschlitzten Bäuchen, die die ganze Nacht hindurch im Stacheldraht brüllten, und all das für nichts und wieder nichts. Da wir als Sieger versäumt hatten, mit Deutschland zu kooperieren und Freundschaft zu schließen, mußten wir es jetzt als Besiegte tun.

Ein solcher Standpunkt ging zweifellos Hand in Hand mit einem unerschütterten Vertrauen in das Schicksal Frankreichs. Befreit von den Irrtümern der republikanischen Demagogie, würde es seine Seele bald wiederfinden und sein Genie, ergänzt vom Genie der deutschen Vettern, zur Geltung bringen. Schließlich waren wir auch schon von den Römern erobert worden: Oft gewinnen zwei Völker durch die Verschmelzung ihrer gegensätzlichen Eigenschaften.

Mein Vater und meine Mutter glaubten zutiefst an das Paar Frankreich-Deutschland als Kern eines zukünftigen breiteren Bündnisses, während sie als gute Maurrassianer ja eher auf unsere »lateinische Schwester« hätten zählen sollen.

Schon im Gymnasium hatten sie uns als erste Fremdsprache Deutsch lernen lassen und Englisch überhaupt nicht, denn als begabte Schüler waren wir im humanistischen Zweig. Als das Gesetz der Auswahlverfahren dann meine Schwester und mich veranlaßte, eine zweite lebende Sprache zu lernen, wählten wir Spanisch.

Dieser »Kollaborateurgeist« hat sich nach der Niederlage jedoch nie im Handeln niedergeschlagen, weder in Form eines Engagements in irgendeiner Falange noch in der geringsten persönlichen Verbrüderung mit dem Besatzer. Auch bei uns war trotz allem »das Schweigen des Meeres« üblich, das war eine Frage der Würde: Die dem Sieger gereichte Hand war nicht zu verwechseln mit dem Eifer, ihm die Stiefel zu lecken. Aber Papa hatte mit einer symbolischen Geste das Kriegsbeil gewissermaßen begraben: Als die Kommandantur die Zivilisten aufforderte, ihre persönlichen Waffen abzugeben, warf er – todunglücklich, stelle ich mir vor – den nutzlosen Raketenwerfer, den er von der Front mitgebracht hatte, in einen Abwasserkanal.


Meine Eltern waren Antisemiten, und sie sagten es bereitwillig jedem, der es hören wollte (selbst unseren jüdischen Freunden, wenn sich die Gelegenheit ergab). Ich möchte nicht schamhaft über einen so peinlichen Punkt hinweggehen. Fast überall existiert der Antisemitismus noch in unterschiedlichen, mehr oder weniger unauffälligen Formen, und es besteht ständig die Gefahr, daß er irgendwo wieder aufflammt und Verheerungen anrichtet wie das Feuer, das im Aschenhaufen schwelte und auf das man nicht genug geachtet hat. Um eine so diffuse und hartnäckige Ideologie wirksam zu bekämpfen, darf man zunächst einmal nicht ein Tabu daraus machen.

Wie mir scheint, handelte es sich in meiner Familie um einen ziemlich gewöhnlichen Antisemitismus: weder militant (einen Juden der Verfolgung durch die Deutschen oder die Vichy-Regierung auszuliefern, hätte man natürlich entsetzlich gefunden) noch religiös (jener Gott, den *sie* gekreuzigt hatten, war selbstverständlich nicht der unsere), noch verächtlich (wie der Antisemitismus der Russen), noch blindwütig (wie bei Céline), noch allergisch (Juden konnten, genauso wie andere auch, spannend zu lesen oder angenehm im Umgang sein). Der Antisemitismus meiner Eltern, wie seine bösartigen Formen allerdings höchst irrational, war wohl ziemlich genau ein »rechter«, denn seine eindeutige Grundlage bestand in der essentiellen Sorge um die Aufrechterhaltung der moralischen Ordnung, verbunden mit einem tiefen Mißtrauen gegen jeden Internationalismus.

Ebenso wie die Kommunisten immer verdächtigt werden, im Dienst der Sowjetunion zu stehen und diese als ihr wahres Vaterland zu lieben, wurden die Juden zunächst beschuldigt, einer sehr mächtigen übernationalen Gemeinschaft anzugehören, die für sie viel wichtiger sei als ihr französischer Paß. Sie seien nicht wirklich im Hexagon »verwurzelt«, sondern durch ihre Herkunft, auch geistig, an einen anderen »Boden« als den unseren gebunden; und sie selbst würden sich mehr oder weniger immer heimatlos fühlen. Dieser Vorstellung entsprach die Konstruktion eines internationalen Kapitalismus als jüdische Plutokratie, als gäbe es auf der Welt nicht viel mehr arme Juden denn Milliardäre und als wären alle Waffenhändler Juden.

Noch zweifelhafter ist der Begriff der moralischen Dekadenz, deren Keim die Juden in sich tragen sollen. Denn nicht genug damit, daß das hebräische Volk im Exil unserem nationalen Wesen fremd gegenübersteht, es wurde außerdem als ein Immigrant besonders schädlicher Art betrachtet, der im ganzen alten Europa den allgemeinen Zweifel, den inneren Zerfall des Bewußtseins, den familiären und politischen Unfrieden verbreitet, kurz, unverzüglich den Ruin der ganzen organisierten Gesellschaft, den Tod der ganzen gesunden Nation herbeiführt.

Heute möchte ich sagen, und ich bediene mich dabei eines Vokabulars, das damals gewiß nicht das unsere war, daß die Juden eigentlich auf der ganzen Welt ein unersetzliches Ferment der Freiheit sind. Das ist natürlich wiederum nur ein Stereotyp, aber sonst hätten viele großzügige Israelis, wie die meisten zelotischen Rabbiner, auch kein Recht mehr auf den Namen Juden. Wenn wir uns jedoch an dieses Bild halten wollen, so erinnert mich auch noch der morbide Hang zum Unglück, zu Katastrophen und Verzweiflung, den man den Juden gerne unterstellt (wenn man ihnen gleichzeitig auch das Glück vorwirft, das sie sich angeblich auf Kosten der Gesellschaft und als deren Parasiten aufbauen), genau an das, was Heidegger über die Angst sagt: Es ist der Preis, der zu zahlen ist, um endlich die Freiheit des Geistes erlangen zu können.

Hier zeigt sich für mich sehr klar der unauflösliche Gegensatz der Begriffe Ordnung und Freiheit, wie sie in jenen beiden Stereotypen des deutschen Volkes und des jüdischen Volkes grob verkörpert sind. Denn so erklärt sich insbesondere die Xenophobie mit wechselndem Maßstab, auf Grund deren wir die Juden aus der Gemeinschaft ausschlossen, während sie ja oft seit mehreren Generationen Franzosen waren, um den Bund mit den Deutschen zu versuchen, die jedenfalls noch keine waren. Aber sie standen auf der richtigen Seite: auf der Seite der Ordnung.

Meine Eltern stellten sich zur Bekämpfung des gefährlichen Virus der ansteckenden Negation und der metaphysischen Angst (was soviel heißt wie: der Freiheit) gewiß auch nicht im entferntesten irgendeine »Endlösung« vor. Sie begnügten sich vollkommen mit dem »vernünftigen« *Numerus clausus,* den Maurras empfahl. Wie viele anständige Leute während der Besetzung wußten wir natürlich nicht, daß die Nazis im Begriff waren, etwas ganz anderes durchzuführen. Die meisten Juden, die deportiert wurden, wußten es selbst nicht. Meine Mutter hat deren organisierte umfassende Vernichtung immer für so unbegreiflich gehalten, daß sie bis zu ihrem Tod 1975 die Realität des Genozids geleugnet hat. Sie sah darin nur zionistische Propaganda und gefälschte Dokumente: Man hatte ja auch versucht, uns glauben zu machen, daß die Deutschen für das systematische Massaker an den polnischen Offizieren, die in den Massengräbern von Katyn entdeckt wurden, verantwortlich seien.

Die sträfliche Duldsamkeit gegenüber dem (als schicksalhaft angenommenen) Unglück und der alltäglichen Verzweiflung fanden wir in einer Romanprosa wieder, nach der wir sehr begierig waren (vielleicht vor allem meine Mutter und ich) trotz des Ausdrucks »jüdische Literatur«, mit dem sie zu Hause bezeichnet wurde. Ich nenne hier aufs Geratewohl einige der Bücher, die munter mit diesem Etikett versehen wurden und deren Autoren gewiß nicht alle jüdischen Ursprungs sind: *Dusty Answer* von Rosamond Lehmann, *Tessa* von Margaret Kennedy, *Fortune carrée* von Kessel, *Jude the Obscure* von Thomas Hardy und auch die gewaltige Trilogie von Jakob Wassermann (*Der Fall Maurizius, Etzel Andergast, Joseph Kerkhoven*) oder auch *Rebecca* von Daphne du Maurier. Ich denke, Louis-Ferdinand Céline hatte Glück, daß er offiziell als rechts und antisemitisch anerkannt war, sonst wären *Voyage* und *Mort à crédit,* die für mich seine beiden großen Bücher bleiben, unweigerlich mit den anderen in einen Topf geworfen worden, was übrigens kein Hinderungsgrund gewesen wäre, sie mit Genuß wiederzulesen, ganz im Gegenteil...

An diesem Punkt meines Berichts jedoch wird es für mich zunehmend schwierig, weiterhin »wir« zu sagen, wenn ich von der Familienideologie spreche. Ich wollte hier die Romane Kafkas anführen, und sogleich wird mir klar, daß ich sie erst nach dem Krieg gelesen habe und daß ich da nicht mehr derselbe war. Man ist natürlich nie ganz und gar derselbe von einem Jahr zum anderen, von einer Stunde zur folgenden. Das Jahr 45 aber war in meinem Leben ein wirklicher Einschnitt. Denn mein persönliches Verhältnis zur Ordnung wandelte sich gründlich mit der Befreiung und vor allem nach dem Einmarsch der alliierten Truppen in Deutschland, der tagtäglich von ungeheuerlichen Enthüllungen über die Realität der Lager und das ganze finstere Grauen, dieses verborgene Gesicht des Nationalsozialismus, begleitet war. (Ob Gaskammern oder nicht, ich für meinen Teil sehe da keinen Unterschied, wenn doch Millionen von Männern, Frauen und Kindern dort starben, die keine Schuld hatten, außer daß sie Juden, Zigeuner oder Homosexuelle waren.)


Ich selbst bin Ende Juli 1944 (oder auch Anfang August, ich weiß es nicht mehr genau) nach einem Jahr S. T. O.* und einem Monat Lazarett aus Gesundheitsgründen von Deutschland heimgekehrt. Doch mein Aufenthalt in Nürnberg hatte mich nicht über die wahre Natur des Naziregimes aufgeklärt. Dieses Lager von Fischbach war in der Tat ein sehr gewöhnliches Arbeitslager, wo in Massen verhaftete serbische Bauern, mehr oder weniger freiwillige französische Arbeiter, junge Männer aus der Charente und Pariser

---

* Service de travail obligatoire

Studenten, die den Fehler begangen hatten, 1922 geboren zu sein (eine Gruppe von dreißig Agronomiestudenten aus Paris und aus Grignan waren als Arbeiter in einer Rüstungsfabrik angelernt worden wie alle, nachdem sie vergeblich versucht hatten, in der Landwirtschaft zu arbeiten), und viele andere unterschiedlicher Nationalität durcheinandergewürfelt waren, doch das Lager war riesig, und wir kannten nur die Bewohner von drei oder vier benachbarten Baracken aus unserer Reihe, die zur selben Kantine gehörten und dieselben Gemeinschaftslatrinen benutzten.

Selbstverständlich ist es hart, zweiundsiebzig Stunden in der Woche vor einem Drehautomaten zu stehen, vor allem wenn man – jede zweite Woche – zur Nachtschicht gehört, selbstverständlich ist es weder sehr angenehm noch sehr gesund, wenn man sich hauptsächlich von verdorbenen Kartoffeln ernährt, die in einer glibbrigen Soße schwimmen, selbstverständlich war es im Winter kalt, und oft gefror das Wasser in den Flaschen neben den Bettstellen, in deren Strohsäcken es von fetten Wanzen wimmelte, selbstverständlich besaßen wir als Schutz gegen die häufigen nächtlichen Bombenangriffe nur die Löcher, die wir sonntags recht und schlecht in die schneebedeckte gefrorene Erde gegraben hatten. Aber viele Deutsche waren mehr oder weniger in der gleichen Lage, ganz zu schweigen von denjenigen, die an der russischen Front kämpften.

Und wir wurden weder mißhandelt noch saßen wir hinter dem Stacheldraht eines Konzentrationslagers. Es gab zwar in der Gegend verstreut Wachtürme, doch sie dienten zur Beobachtung eventueller Brände in den Tannenwäldern, die den größten Teil des Umlandes bedeckten. Während der allzu kurzen Anlernphase, in der wir über etwas mehr Freizeit verfügten und in der die Arbeit noch nicht sehr anstrengend war, konnten wir sogar ins Konzert in die Stadt gehen oder abends im Dorfwirtshaus essen und auch auf dem Land spazierengehen und die Städtchen der Umgebung besichtigen (unser Passierschein als Fremdarbeiter berechtigte dazu, uns im Umkreis von 100 Kilometern zu bewegen, und sei es auch nur, um wieder unsere Unterkunft zu erreichen, die bereits eine dreiviertel Zugstunde von der Fabrik entfernt war). Es war damals Anfang des Sommers 1943, es war warm, die Leute waren nett, es gab sehr wenig Luftangriffe, die Tannenwälder im Schutz ihrer Schilder »Hier rauchen nur Brandstifter« dufteten nach Harz, und die wilden Hirschkühe waren zutraulich und schauten uns mit ihren großen sanften Augen an, genau wie man es sich im Himmelreich vorstellt.

Aber selbst als der Winter kam und die Arbeitsbedingungen sich verschlechterten, blieb das Bild der Ordnung, die im guten Deutschland herrschte, aufs Ganze gesehen intakt. Die blonden Kinder lächelten immer noch am Wegrand, die Bürgersteige waren immer noch genauso reinlich und die Natur, ob grün oder weiß, genauso sauber, die vorbildlichen Wehrmachtsoldaten marschierten immer noch mit schwerem, festem Schritt vorüber und sangen einstimmig mit tiefer Stimme, die Züge kamen rechtzeitig an, die Vorarbeiter schufteten; aber wenn wir in einem verräucherten Saal des Hauptbahnhofs auf einen Zug warten mußten, der wegen irgendeiner zerstörten und bald wieder reparierten Bahnlinie Verspätung hatte, teilten Offiziere auf Urlaub (auch sie mit müden Gesichtern unter ihren steifen, flachen Mützen) ihre Äpfel mit den französischen Studenten und erzählten ihnen, wie sehr sie Paris, Notre-Dame und *Pelléas* liebten.

Die einzige Unordnung verursachte die englische oder amerikanische Luftwaffe, die, ohne sichtbare Auswirkung auf die Rüstungsindustrie (die Phosphorbomben schienen unsere bescheidenen Baracken der imposanten M. A. N.-Fabrik vorzuziehen), planmäßig die schmucke mittelalterliche Stadt verwüsteten und den wenigen Schlaf in unserem neuen Leben als Zwangsarbeiter empfindlich störten, was dieses noch anstrengender machte. Als ich, am Ende meiner Kräfte, mit akutem Gelenkrheumatismus gelähmt, auf meinem Strohsack lag, brachte man mich in ein unterirdisches Lazarett in einer vom Krieg verschonten Gegend (Ansbach), wo Ärzte und Krankenschwestern sich normal, oft sogar freundlich um mich gekümmert haben.

Vor dem Nürnberger Bahnhof befand sich eine riesige, in düsteren Farben gehaltene Plakatwand, auf der in apokalyptischem Licht Szenen des Verbrechens und des Wahnsinns (Brände, Vergewaltigungen, Morde, Massaker usw.) dargestellt waren. In gotischer Schrift stand darauf: »Sieg oder bolschewistisches Chaos!« Heute wissen wir besser denn je, daß es sich in Wirklichkeit um etwas ganz anderes handelt. Nicht das Chaos herrscht in der UdSSR, ganz im Gegenteil. Auch im Sowjetregime ist es die absolute Ordnung, die das Grauen hervorbringt.


Dann plötzlich bricht alles zusammen. Die rechtschaffenen und großzügigen Militärs, die hübschen, adretten Krankenschwestern, die Äpfel der Freundschaft, die zutraulichen Hirschkühe und das blonde Lächeln der Kinder, all das war nur ein Scherz. Oder vielmehr, es war nur die eine Hälfte des Systems, die von außen sichtbare Hälfte, in gewisser Weise die Fassade; und jetzt entdeckte man bestürzt den Hinterhof, wo die wahnsinnig gewordenen Soldaten stillschweigend (die tonlosen Schreie und das stumme Lachen der Alpträume) Kinder, Krankenschwestern und Hirschkühe abschlachteten.

Dann kann man sich an ein paar Anzeichen erinnern, die uns beiläufig schockiert hatten, feine Risse in der glatten, polierten Oberfläche, schnell zugedeckt mit einem beruhigenden »schließlich ist Krieg!«, das in Wirklichkeit nichts erklärte... Ein Schild in einer Nürnberger Bäckerei, das genauso aussah wie andere Schilder auch (auf denen in Schönschrift Hinweise stehen wie: »Montags geschlossen« oder »Die verehrte Kundschaft wird gebeten, die Ware nicht zu berühren«), teilte seelenruhig mit: »An Juden und Polen wird kein Kuchen abgegeben.« Die Menschen waren in der Tat in verschiedene Kategorien eingeteilt, die nicht dieselben Rechte genossen.

Wir trugen keine besonderen Abzeichen oder Erkennungs-marken auf unserer Kleidung (die Verwaltung begnügte sich damit, einen beträchtlichen Teil unseres Lohnes einzube-halten unter der Rubrik »Sondersteuer für Fremdarbei-ter«, das heißt: die hier auf unsere Kosten leben...), aber die deutschen Juden hatten wie in Frankreich einen gelben Stern auf der Brust (allerdings liefen 1944 nur sehr wenige herum, man kann sich vorstellen, weshalb), die Ukrainer waren mit dem Wort »Ost« (Abkürzung für Ostarbeiter) in weißer Schrift auf einem blauen Quadrat gekennzeichnet, und die Polen, die lieben Polen, die stets die, hier nun einmal einmütige, Seele Frankreichs mit sich tragen, erkannten einander an dem Buchstaben P, der auf ihren Anzug genäht war, und hatten also kein Recht auf Strudel oder die dreieckigen, bunten, mit Buttercremeersatz verzierten Tor-tenstücke... Wenn man die Ordnung liebt, klassifiziert man. Und was man klassifiziert hat, beklebt man mit Etiketten. Was wäre normaler?

Und dann ein Bild aus dem Lazarett von Ansbach... Ich bin nicht mehr in dem kleinen unterirdischen Saal, wo Ster-bende und Krüppel zusammengepfercht lagen, deren Zustand so schlecht war, daß sie bei Alarm die Luftschutz-räume nicht aufsuchen konnten, und wo Grabesstille herrschte und wo man jeden Morgen schamhaft einen Vorhang um die Toten der Nacht herumzog (zu diesem

Zweck war um jedes Bett in zwei Meter Höhe eine Gardinenstange angebracht). In dem langen hellen Saal, wo fünfzig Eisenbetten stehen, eine Reihe an der Fensterseite und die andere an der blinden Wand, liegt mir genau gegenüber ein erstaunlich großer und breiter Mann mit dem Gesicht eines friedlichen Tölpels, der den Eindruck macht, Bärenkräfte zu haben; aber nach seinem ständigen Husten und dem entsetzlichen Auswurf zu urteilen, ist er wahrscheinlich im letzten Stadium der Tuberkulose.

Eines Tages holen sie ihn: vier Soldaten, die sichtlich weder Sanitäter noch Ärzte sind. Der Mann weigert sich aufzustehen und fängt bald an, mit seiner tiefen, hohlen Stimme ein heftiges Gebrüll auszustoßen, unterbrochen von Wörtern in Russisch oder einer verwandten Sprache. Die netten Krankenschwestern wenden peinlich berührt den Kopf ab, sie erklären uns, daß der Mann unheilbar krank sei und daß er in ein anderes Lazarett gebracht werden müsse. Er, der jetzt dasteht, sich kraftlos wehrt, aber immer noch brüllt wie ein Tier, das zur Schlachtbank geführt wird, scheint sehr genau zu wissen, um was für ein Lazarett es sich handelt. Die Soldaten ziehen ihn an und schaffen ihn recht und schlecht weg. Sie reichen ihm nicht einmal bis zur Schulter. Er sieht aus, als gehöre er einer anderen Gattung an als seine Wächter. Auf seinem Mantel das »Ost«-Abzeichen…
Wenn man das ganze Leben der Leute regeln will, muß man sich eben auch darum kümmern, ihren Tod zu regeln.

In der Zeit, als man mich im Krankenrevier des Fischbacher Lagers noch mit Aspirin behandelte, hatten Bauern aus der Charente im Schnee mit der Schlinge eine Hirschkuh gefangen. Das war nur allzu einfach. Vor allem aber war es nicht sehr schlau. Die Rudel wurden im Winter von Förstern, die ihnen Heu- oder Strohbündel brachten, liebevoll bewacht und gezählt. Die Spuren im Neuschnee – vom Opfer wie vom Wilderer – machten die Ermittlung sehr leicht, um so mehr als dieser wie jeder stolze Jäger einen Fuß als Trophäe unter seinen persönlichen Sachen aufbewahrt hatte. Ich weiß nicht, was aus ihm geworden ist, jedenfalls habe ich ihn in Fischbach nie wiedergesehen.

Aber unser Pariser Sanitäter, ein ernster und eifriger Medizinstudent, der beschuldigt wurde, Simulanten aufzunehmen (denn sie waren ja gesund genug, um im nahen Wald zu jagen) und obendrein ihre kriminellen Taten zu decken (denn er hatte den Schuldigen nicht denunziert), wurde auch abgeholt. Einige Monate später, kurz vor meiner Abreise nach Frankreich, tauchte er wieder auf. Er hatte sich so verändert, daß ich ihn nur mit Mühe erkannte. Er war abgemagert, seine Hände zitterten leicht, die Augen waren in der Tiefe der geweiteten Pupillen ständig wie von Grauen erfüllt. Er brachte nur noch zögernd wenige Worte hervor und wurde vollends stumm, sobald es um die Frage ging, was ihm in der Zwischenzeit widerfahren sei. Er ähnelte jenem englischen Offizier in der Erzählung von Kipling, der nach Srinagar zurückkommt, nachdem er Gefangener der Russen gewesen war ... Seinen Freunden, die ihn bedrängten, gestand der ehemalige Sanitäter schließlich diesen einen Satz zu: »Ich habe eine andere Art Lager kennengelernt.«


Das war immerhin noch ein Lager, aus dem man zurückkehren konnte. Im Lauf jenes Jahres 1945 haben wir also erfahren, daß es auch andere gab, aus denen eine Rückkehr nicht vorgesehen war. Zwischen dem Lager von Fischbach und den Lagern der *Nacht* und des *Nebels* aber konnte man zweifellos, planmäßig klassifiziert und registriert, alle Zwischenstufen finden. Ein sehr nebensächliches Detail hat mich sofort vielleicht über Gebühr verblüfft: Alle bestanden aus den gleichen Baracken, in denen die gleichen Bettstellen aufgereiht waren ... Noch verwirrender: Das Lager, in dem ich selbst gelebt habe, hatte früher dazu gedient, die Kongreßteilnehmer zu beherbergen, die bei den grandiosen Feiern des Regimes anläßlich der Reichsparteitage aufmarschierten. In ein paar Kilometer Entfernung erhoben sich immer noch die gewaltigen, bombastischen Bauten (im typischen Hitler-Stalin-Stil).

Der Familienverband hielt zwar wie in der Vergangenheit eng zusammen – bis auf den Umstand, daß meine Schwester mit ihrem frischen Diplom aus Grignon jetzt auf einem großen Bauernhof der Seine-et-Marne die Viehaufzucht leitete –, doch der Schock der deutschen Niederlage und des neuen Lichts, das plötzlich auf die der staatlichen Ordnung verpflichteten Systeme fiel, ist sicher nicht von allen Mitgliedern des Clans gleich empfunden worden. Für meinen Vater und meine Mutter blieb die Situation so klar wie zuvor, und es bestand kein Anlaß, die politischen Entscheidungen zu ändern. Meine Mutter weigerte sich ganz einfach zu glauben. Während mein Vater ruhig erklärte, daß Deutschland, hätte es gewonnen, bei den besiegten Feinden alle nur wünschenswerten Kriegsverbrechen hätte finden können. Das internationale Recht ist dasjenige des Stärkeren. Unrecht hat der Verlierer. Der Umstand, daß Sowjetrußland, auf dem bereits mehr lastete als nur ein Verdacht, sich mit unschuldsvoller Miene auf der Seite der Tugend befand, konnte solche Aphorismen natürlich rechtfertigen. Und es war auch normal, sich gewisse Fragen zu stellen, was den humanitären Nutzen jener beiden in letzter Minute auf Nagasaki und Hiroshima abgeworfenen Bomben betrifft.

Bei der Befreiung von Paris hatte Papa angeekelt den grotesken Tanz der F.F.I.-Kämpfer* der letzten Stunde

* Forces françaises de l'intérieur

betrachtet und die Willenlosigkeit des guten Volkes, das sich plötzlich mit der gleichen Begeisterung, mit der es vorher Pétain und den Waffenstillstand begrüßt hatte, gaullistisch und kriegerisch fühlte, genau wie jene Mädchen – ob aus Proletariat oder Bürgertum –, die ihr Bett mit den noch warmen Laken sofort den neuen siegreichen Soldaten anboten. Da war auch die laxe Haltung jener Kaugummi kauenden amerikanischen G.I.s, die zur militärischen Steifheit unserer Besetzer, selbst auf der Flucht noch, einen starken Gegensatz bildete, und zwar – in den Augen meines Vaters zumindest – einen ganz und gar unerfreulichen.

Ich bin sicher, er erlebte das alles, als hätte er eben selbst den Krieg ein zweites Mal verloren. Alles was er verabscheute, würde jetzt erst richtig anfangen: die Nachlässigkeit, die Demagogie, der individuelle Profit, die parlamentarische Maskerade, die »Politik des toten Hundes« (der mit dem Bauch nach oben in der Strömung treibt) und der Niedergang Frankreichs. Er erging sich jedoch nicht in Beschimpfungen oder Klagen, aber ich erinnere mich an diese einfache Prophezeiung: »Wenn wir diesmal Korsika behalten, Kinder, dann haben wir Glück!«

Gegen die Amerikaner hatte er keineswegs Vorbehalte, die vergleichbar wären mit dem, was ich über England gesagt habe. Für dieses ferne Volk empfand er sogar eine gewisse Sympathie, die vielleicht auf La Fayette und den gemeinsamen Sieg über den englischen Feind zurückging. Doch die rücksichtslose Art und Weise, mit der die amerikanische Luftwaffe unsere Städte und Dörfer in der Bretagne und in der Normandie zerbombt hatte (das Städtchen Aunay-sur-Odon, fünf Kilometer von hier, wurde am Tag nach dem Abzug der Deutschen »versehentlich« dem Erdboden gleichgemacht, während die ganze Bevölkerung ihre neue Freiheit feierte), gab ihm das Gefühl, daß die deutsche Armee vor allem durch eine ungeheure industrielle Maschinerie besiegt worden war, wobei er vergaß, daß vier Jahre zuvor die Panzer-Divisionen und die Luftwaffe eine vergleichbare Rolle gespielt hatten. Paradoxerweise wurden die deutschen Panzer dem mutigen Wiedererstarken einer fleißigen Nation gutgeschrieben, während die Tanks und die Bombenangriffe der Vereinigten Staaten allein von der (verachtenswerten) Macht des Geldes zeugten.

Ich war dreiundzwanzig, heute aber habe ich den seltsamen Eindruck, damals gerade erst der Kindheit entwachsen gewesen zu sein. Man sagt, die Bretonen seien nicht sehr schnell. Zu Hause, wo ich nach dem bayerischen Zwischenspiel wieder wohnte, gab es weder Auseinandersetzungen noch Reibereien. Doch sah ich die Dinge jetzt anders, auch wenn ich es mir nicht immer ausdrücklich klarmachte. Ich verstand zwar die Reaktionen meines Vaters oder meiner Mutter sehr gut, in gewissen wesentlichen Punkten aber konnte ich sie unmöglich mehr teilen.

Insbesondere das Wahren der Ordnung um jeden Preis konnte mir, gelinde gesagt, nur noch starkes Mißtrauen einflößen. Man hatte ja gesehen, wohin das führte. Wenn man diese Kehrseite der Medaille auch akzeptieren mußte, war das entschieden zu teuer bezahlt. Denn ich für meinen Teil glaube nicht, daß Hitler oder Stalin Unfälle der Geschichte sind: selbst wenn sie klinisch verrückt waren, stellen sie doch im Gegenteil das logische Ergebnis der Systeme dar, die sie verkörperten. Und wenn man wirklich zwischen jenem und dem Tohuwabohu wählen muß, dann wähle ich ohne jeden Zweifel das Tohuwabohu.

Ich behaupte indessen nicht, daß das ideologische Bedürfnis nach Ordnung und Klassifizierung damals mit einem Schlag aus meinem traumatisierten Geist verschwunden ist. Dieses Bedürfnis bleibt in jedem von uns lebendig, neben der

Sehnsucht nach Freiheit – seinem Gegenteil –, das ebenfalls jeder besitzt. Dies sind zwei antagonistische Kräfte in uns, die beide in unserem Bewußtsein und zugleich in unserem tiefsten Unbewußten unablässig wirksam werden. Wenn sich die Menschen in dieser Hinsicht unterscheiden, so nur wegen der besonderen Dosierung, die jedes Individuum aufweist, das heißt wegen der besonderen Torsionsspannung in ihm. Mein Vater selbst scheint mir ein typisches Beispiel für diesen nie gelösten inneren Widerspruch gewesen zu sein: mißtrauischer Individualist, der aber bei Gelegenheit faschistoide Glaubensbekenntnisse ablegte, Anarchist in der Seele, aber entschlossener Anhänger einer absoluten Monarchie von Gottes Gnaden (jedoch gemäßigt durch den Königsmord), aufrichtiger Marschallist – dem es nicht mißfiel, das »Freiheit, Gleichheit, Brüderlichkeit« der Republik durch die Devise der neuen Ordnung »Arbeit, Familie, Vaterland« zu ersetzen –, aber instinktiv ein Feind jeder Einreihung, welche es auch gewesen sein mag.

Diese Dosierung änderte sich also in mir: die beiden unversöhnlichen Kräfte wirkten in meinem Kopf nicht mehr in der gleichen Weise wie früher, und die neue Spannung, die entstand, konnte sich nicht mehr in so einfachen Positionen ausdrücken. Es ging nicht darum, das Statistische Institut durch den terroristischen Kampf oder durch linke Agitation zu ersetzen. Doch das problematische Experimentieren mit der Materie des Romans und ihren Widersprüchen drängte sich mir ganz natürlich (heute – ich sage es noch einmal – nehme ich so mein eigenes Abenteuer wahr) als das günstigste Feld auf, um diese erbitterte Auseinandersetzung zwischen Ordnung und Freiheit, diesen unlösbaren Konflikt zwischen rationaler Klassifizierung und Subversion oder auch Unordnung in ihrem andauernden Ungleichgewicht darzustellen.

Die konformistische Linke hat mir in den fünfziger bis

sechziger Jahren das »Desengagement« meiner Texte und sogar ihren »demobilisierenden Einfluß auf die Jugend« sehr vorgeworfen. Zunächst kam ich von weit her, und ich fühlte mich nicht unbedingt auserwählt, meinen Mitbürgern in bezug auf die Institutionen und ihre mögliche (revolutionäre oder nur reformistische) Veränderung öffentlich Lektionen in Moral zu erteilen; ich war wenig geneigt, meine zahlreichen exstalinistischen Kollegen nachzuahmen, die nicht aufhören, uns im Namen ihrer eigenen Irrtümer (die sie im übrigen meist nur ungern gestehen) von neuem zu indoktrinieren. Aber da ist noch mehr. Ebenso wie man kaum zwanzig lange Jahre (lang, weil voller unablässig neu entstehender Fallen und vor Nattern wimmelnd) in der KPF gewesen sein kann ohne unbedingte Militanz, das heißt eine Parteilichkeit, die bereit war, alles zu schlukken, so glaube ich auch, bei mir eine sehr alte Ablehnung jeden militanten Glaubens festzustellen, ganz besonders jenes Engagements, wie es Sartre definiert hat.


Schon in der Zeit meiner jugendlichen Unterwerfung unter die Codes der moralischen Ordnung und der politischen Rechten habe ich mich, so fürchte ich, immer mehr oder weniger als Amateur, als Dilettant gefühlt. Selbst mein damaliger Nationalismus – das traditionelle Attribut der Rechten, das man am leichtesten eingestehen kann – scheint mir eher suspekt gewesen zu sein. Ich erinnere mich, daß meine Mutter, die die Geschehnisse viel leidenschaftlicher erlebte und mit Vehemenz darüber sprach, mir am Anfang des Krieges vorgeworfen hatte, vom überwältigenden Vormarsch der Deutschen in Polen offenbar wenig erschüttert zu sein. Ich hatte mich verteidigt, doch in gewissem Sinn muß sie recht gehabt haben. Denn im Juni 40, im Augenblick der dramatischen Auflösung unserer eigenen Truppen, habe ich mich zwar betroffen gefühlt, vielleicht aber doch nur wieder wie hinter einer Glasscheibe.

Seit der allgemeinen Mobilmachung lebten wir in Kerangoff und waren zum Schulbeginn im Oktober nicht nach Paris zurückgekehrt, denn im Lycée Buffon sollten die Abiturklassen nicht wieder zusammenkommen (übrigens auch in keiner anderen Pariser Schule, glaube ich). Mama war zum Glück wieder ganz und gar gesund, seitdem sie sich hatte »radiographieren« lassen (wie der väterliche Ausdruck hieß, den wir alle sogleich übernahmen: die Idiolekte der kleinen geschlossenen Clans beinhalten notwendigerweise die systematische Verwendung von erfundenen oder sinnverdrehten Wörtern). Und wenn sie auch einen Teil der Nacht damit verbrachte, die von Papa aus Paris nachgeschickten Zeitungen zu lesen, so entfaltete sie in der ganzen übrigen Zeit doch eine beträchtliche Aktivität, kochte und führte den ganzen Haushalt, zu dem außer Großmutter, der Patin (die die Einkäufe machte), meiner Schwester und mir noch unsere beiden Cousins gehörten, die wie wir ins Gymnasium von Brest geflüchtet waren, und ein Freund in unserem Alter, der bei uns in Pension war.

(Nach dem Krieg hat die oft schlummernde Energie unserer Mutter ein neues Betätigungsfeld gefunden, das sie aufblühen ließ, und in Kerangoff noch einmal: sie hat den ganzen Wiederaufbau des großen Familiensitzes, der von den Bombenangriffen der Alliierten fast vollständig zerstört worden war – nach dem Gutachten der Departementsbehörden »hundert Prozent ausgebombt« –, allein geplant und geleitet. Mama zog, wie sie sagte, den kleinen Alltagsarbeiten die großen Unternehmungen vor. Sie fühlte sich dabei wohler.)

Nein, ich war nicht gleichgültig, das ist überhaupt nicht das, was mir in Erinnerung geblieben ist. Aber in meinem tiefsten Innern war es zweifellos nicht ich, der diese Schlacht zu verlieren im Begriff war. Seit langem daran gewohnt, daß unsere Regierenden Hampelmänner, unsere gegenwärtigen Generäle Unfähige und unsere Armee von der Volksfront zugrunde gerichtet waren, hatte ich große Mühe, mit einem so total abgelehnten Frankreich plötzlich eine ungeschmälerte Solidarität zu empfinden. Ich war nur verurteilt zu empfangen, was andere seit langem für mich verdient hatten. Natürlich konnte ich nicht behaupten, auch nur irgend etwas in der anderen Richtung versucht zu haben; doch was hätte ich mit meinen siebzehn Jahren denn tun sollen? Die von offizieller Seite verbreiteten, dümmlich beruhigenden Nachrichten vergrößerten noch dieses Gefühl der Ohnmacht und der Verlassenheit. Man belog uns wie Kinder.

Es ist wahrscheinlich, daß die in mir fest verankerte Überzeugung, zu einer ganz kleinen, in der Masse insgesamt absolut nicht aufgehenden Gruppe zu gehören, ein Glaube, den die Ideologie des Clans ins Extrem steigerte (die Leute warfen uns, den Robbe-Grillets, vor, den Rest der Welt als einen Haufen von Idioten zu betrachten), die plötzliche nationale Einigkeit, die man von mir forderte, auch nicht gerade begünstigte. Schließlich war da die große Entfernung der Schlachtfelder. Dieses Ende von Finistère war meilenweit weg von der Weichsel. Rhein, Maas oder Somme waren kaum näher. Ich lebte woanders. Ich war gut in der Schule (»eindeutig der Beste«, sagt mein Zeugnisheft, aber Lernen hat mich immer begeistert, es begeistert mich heute noch), ich machte gewissenhaft meine Hausaufgaben, ich legte erfolgreich meine Prüfungen ab... Ich war eine entmilitarisierte Zone, ein einsamer Beobachter ohne Auftrag, vergessen in einer offenen Stadt...

Der Krieg kam brutal zu uns, und dies in unerwarteter Form: mitten am Tag wurde Papa am Gartentor abgesetzt von einem Militärfahrer in einem verbeulten Wagen, dessen

Karosserie grob mit dunkelbrauner Farbe überstrichen war, damit er von den feindlichen Flugzeugen weniger leicht entdeckt werden konnte, der nichtsdestoweniger aber an mehreren Stellen von den großen schrägen Einschlägen der Maschinengewehre der Stukas durchlöchert war. Papa war blaß, und er ließ sich seine natürliche Nervosität viel mehr als gewöhnlich anmerken. Er erzählte in kurzen, spröden, dürren Sätzen, so knapp wie möglich.

Nachdem er im Hof des Ministeriums das nutzlose Archiv unserer Armee verbrannt hatte, war er mit dem Zug in Richtung Süden aufgebrochen und bald im Flüchtlingsstrom untergegangen, wo keiner, weder Zivilisten noch Soldaten, mehr wußte, wohin es ging. Die Loirebrücken waren zerstört, man mußte eine andere weiter im Westen suchen. Da er fühlte, daß er in diesem Chaos, das er nur noch schlimmer machen konnte, zu nichts mehr nütze war, hatte er beschlossen, nach Brest und zu den Menschen, für die er allein zu sorgen hatte, zurückzukehren, was vergleichsweise bequem war, weil diese Straßen viel weniger von Flüchtenden verstopft waren. Hatte er seinen Posten verlassen? Es gab ja keinen Posten mehr! Jedenfalls hatte unser Vater einmal erklärt, daß er zu allem fähig gewesen wäre, selbst zum Töten, um seine eigene Familie zu schützen.

Er sagte an jenem Tag auch, daß der Krieg hoffnungslos verloren sei, daß wir weder Material noch eine Armee, noch Alliierte, noch irgendeine Zuflucht mehr hätten... Zeitweilig war seine Kehle so zugeschnürt – vor Angst oder durch die unterdrückten Tränen der Niederlage oder vor Rührung, weil er uns immerhin wiedergefunden hatte –, daß er kein Wort herausbrachte. Mama sagte immer wieder: »Bist du sicher?« Sie wollte nicht glauben, daß es aus war, daß es keine mögliche Reaktion mehr gab und kein Wunder zu erwarten war... Sie weinte vor Empörung...

Der Fahrer ist mit dem Autowrack abgefahren, um zu versuchen, durch die deutschen Kolonnen hindurch sein eigenes Heim zu erreichen. Es ist nicht verwunderlich, daß Marschall Pétain mitten in einem solchen Desaster wie ein Stern am Himmel aufgegangen ist.


Das war also die Besatzung, allgegenwärtig, aber ohne großen Wirbel, gut geschmiert, nach außen recht zurückhaltend, abgesehen von einigen Aufmärschen mit Musikgeschmetter, die man eher ein bißchen komisch fand. Die deutschen Soldaten waren höflich, jung, lächelnd; sie machten einen ernsthaften, gutwilligen, fast liebenswürdigen Eindruck, als wollten sie sich dafür entschuldigen, daß sie so, ohne eingeladen zu sein, unseren friedlichen Boden betreten hatten. Sie strahlten Disziplin und Sauberkeit aus. (Die sehr wenigen Vergewaltiger oder Plünderer waren von ihren Vorgesetzten sofort streng bestraft worden.) Ob sie grün oder schwarz gekleidet waren, die Leute betrachteten diese großen blonden Jungen, die Wasser tranken und im Chor singen konnten, zuerst wie seltsame Tiere. Auf einem großen Propaganda-Plakat (das das »Wir werden siegen, weil wir die Stärkeren sind« von Paul Reynaud ersetzt hatte) nahm einer von ihnen ein kleines Mädchen an der Hand und half ihm, die Straße zu überqueren; die Aufschrift lautete: »Vertraut dem deutschen Soldaten«. Soviel ist gewiß, daß 1940-41 dieses Bild und dieser Text keineswegs als skandalöse Provokation erscheinen. Wenn man diese Zeit nicht gekannt hat, ist es schwierig zu verstehen, daß der berühmte Roman von Vercors, den die Editions de Minuit heimlich druckten, ein Buch des Widerstands war. Die Leute sagten nur: »Jedenfalls sind sie korrekt.« Frankreich stieß einen Seufzer der Erleichterung aus.
Und auch mir paßte dieses Ins-Abseits-Geraten im Grunde

recht gut. Wir gehörten nun weder dem einen noch dem anderen Lager an, waren die Engländer los, aber ohne wirkliches Engagement an der Seite Deutschlands. Dank des Marschalls waren wir plötzlich wie durch ein Wunder ein neutrales Land geworden wie die Schweiz... Sogar noch besser: entwaffnet! Unsere eventuellen Sympathien für das eine oder andere Lager waren ausgeklammert; unsere Meinungen, selbst die leidenschaftlichen, stellten nur noch bei Diskussionen unter Freunden, in der Familie oder im Café am Eck oder in süßsauren Wortwechseln unter gehässigen Hausnachbarn ein Thema dar.

Ich konnte ruhig weiterhin ein unparteiischer Amateur, ein unbezahlter Zeuge auf Urlaub sein. Die Besetzung, das war ein bißchen wie die *drôle de guerre:* es geschahen schreckliche Dinge auf der Welt, und es bestand die Gefahr, daß sie von kapitaler Bedeutung für unsere Zukunft waren, aber wir waren bis auf weiteres davon ausgeschlossen. Wir kannten all das nur von fern, aus den Zeitungen, in denen man meist zwischen den Zeilen zu lesen verstehen mußte, und aus dem Radio, dessen schwerfällig katechistische Parteilichkeit nicht einmal verschleiert wurde. Die abwartende Haltung, die Pétain zugestanden wurde (die echten Kollaborateure machten sie ihm sehr zum Vorwurf), gab sich zugleich als politische Weisheit und nationale Berufung.

Was sollte man sonst auch tun? Den Kampf mutig wieder aufnehmen, im Untergrund oder indem man den Ärmelkanal überquerte, um England dabei zu helfen, uns eines Tages zu befreien? Uns im harten europäischen Kreuzzug gegen die kommunistische Hydra engagieren? Ich habe ein paar wenige Jungen gekannt, die sich auf das eine oder andere dieser Abenteuer einließen. Sie galten eher als Haudegen denn als Helden. Wie eine Figur Samuel Becketts sagen würde: »Tun wir nichts, das ist sicherer!«

Die Familie war nach Paris zurückgekehrt. Zwei Jahre lang habe ich mich im Lycée Saint-Louis in derselben Klasse wie meine Schwester auf den Aufnahmewettbewerb für die Landwirtschaftsschule vorbereitet; und im Herbst 1942 bin ich auf einem guten Platz in die Hochschule eingetreten. Da Brest verboten war, verbrachten wir unsere Sommer nun in Guingamp bei unserer Tante, Mathilde Canu, die in einem städtischen Gymnasium Arithmetik unterrichtete. Ringsum war *bocage,* das alte bretonische Land, wo Eiche und Farn wachsen. Eine Erinnerung unter anderen: die kleine Straße, in der wir wohnten, führte zum Friedhof, ein Trupp grau-grüner Soldaten geht unter unseren Fenstern vorüber und entfernt sich in diese Richtung; die ersten sechs tragen einen Sarg auf den Schultern, die anderen folgen mit schwerfälligem Schritt in ihren klobigen Stiefeln, die auf dem unebenen und glänzenden Pflaster der Straße hart aufschlagen. Das sind nicht mehr die schönen jungen Männer der Invasion, sondern Reservisten, die sicher kaum geeignet sind, die Prüfungen der Ostfront zu überstehen. Mit tiefer, gedehnter, völlig hoffnungsloser Stimme singen sie im Chor »Ich hatt' einen Kameraden...« Auf die magere Kolonne, die ihren Weg in der Straßenmitte fortsetzt, und auf die ganze Stadt fällt ein feiner endloser Nieselregen, der dem Heimweh in dem alten Lied von jenseits des Rheins zur Erinnerung an die toten Gefährten eine keltische Note gibt.

Die Hauptstadt war ebenfalls nicht sehr fröhlich, aber auch sie war frei von jedem Automobil und still, was ihr eine neue Schönheit verlieh. Und man kann nicht sagen, daß die deutschen Truppen sie mit Patrouillen oder Touristen überschwemmt haben: sie hatten offenbar anderes zu tun. Der Pariser Fußgänger genoß in dieser Leere eine Art Freiheit: die Freiheit der Wüsteneien oder der Verlassenheit oder des Schlafes. Wir machten große, ziellose Fußmärsche durch die Geisterstadt. Einmal haben mein Vater und ich auch einen geliehenen Handkarren vom einen Ende der Stadt zum anderen geschoben, um einen unverhofften Sack Kohle nach Hause zu schaffen. Denn in den Häusern kam zum ständigen Problem der knapp gewordenen Nahrungsmittel im Winter auch noch das Problem der Kälte hinzu, so daß die gewöhnlichen Existenzsorgen oft alles übrige verdrängten. Papa widmete sich mit Leib und Seele dem materiellen Unterhalt des Clans.

Nachdem ich in der landwirtschaftlichen Hochschule erst einmal angenommen war und damit endlich den Beweis für die erfolgreiche Absolvierung meiner langen, kostspieligen Ausbildung hatte, arbeitete ich mit etwas weniger Überzeugung, oder vielmehr, ich wählte die Fächer, die mich interessierten (wie die Biologie der Pflanzen, Genetik, Biochemie, Geologie ...) und vernachlässigte ganz und gar die anderen (landwirtschaftlicher Maschinenbau, landwirtschaftliche Architektur oder industrielle Technologie). Ich ging oft ins Konzert und in die Oper. Dort gab es zwar viele deutsche Offiziere, und in den Orchestersesseln mancher namhafter Konzertsäle, ganz besonders im Palais Garnier, waren sie sogar in der Mehrheit. Doch sie störten mich nicht: das waren sehr stille Zuhörer, fast durchsichtig in ihren steifen Uniformen; und liebten wir nicht dieselbe Musik, sie und ich: Bach, Beethoven, Wagner, Debussy, Ravel? Auf jeden Fall waren die Plätze, die sie einnahmen, für mein bescheidenes Taschengeld viel zu teuer: paradoxerweise war ich es, der auf sie herabsah.

Am agronomischen Institut gab es »Zirkel«, kleine Gruppen von Studenten, die sich für die gleichen Freizeitbeschäftigungen interessierten: Bridge-, Schach-, Tanz- oder Reitzirkel. So hatte ich mit ein paar Freunden den »musikalischen Zirkel der Agro« gegründet; aber da die meisten Mitglieder offen Pétainisten waren, nannten uns die Kommilitonen, die so taten, als hielten sie uns für abscheuliche

Kollaborateure, – übrigens freundschaftlich – »Gruppe K«. Mit dem Kriegseintritt der Vereinigten Staaten und den Schwierigkeiten der Deutschen an der Ostfront wurden die Gaullisten zahlreicher. Doch all das blieb im Bereich der Spekulation und führte nicht zu Haß oder wirklicher Abkapselung zwischen den gegensätzlichen Parteien.

Eines Tages hatte ich jedoch aus Kinderei (es hat mir immer Spaß gemacht, Mitstudenten zu ärgern) einen Stoß Dokumente stibitzt, den zwei »anglophile« Studenten ganz oben im Hörsaal mit geheimnisvollen Mienen durchgesehen hatten. Verblüffung: es waren detaillierte Pläne der Verteidigungsanlagen von Paris! An ihren plötzlich ängstlichen Gesichtern habe ich erkannt, daß sie doch aktiver – wenn nicht gar wirksamer – Widerstand spielten, als ich gedacht hätte. Noch erstaunter war ich, als ich begriff, daß sie eine mögliche Denunzierung von meiner Seite befürchteten. Ich habe ihnen die kompromittierenden Papiere sofort zurückgegeben. Diese von meinem Standpunkt aus ganz natürliche Geste hat bewirkt, daß mir eine ähnliche Nachsicht zuteil wurde, als ich im Herbst 44 mitten in der hysterischen Jagd auf Kollaborateure auf den Bänken des Hörsaals für unser zweites und letztes Studienjahr meine Kameraden wiedertraf, die im Widerstand oder auch nur Drückeberger gewesen waren.

Im späten Frühjahr 43 haben alle 1922 geborenen Studenten persönliche Einberufungsbefehle für den S.T.O., den Pflichtarbeitsdienst, erhalten. Er sollte den Militärdienst ersetzen, von dem dieser Jahrgang zwangsläufig ausgenommen war, gewährte aber den Studenten keinen Aufschub, auch nicht wenige Monate vor dem Diplom; der Vorwand für diese zivile Mobilmachung war die »Ablösung« unserer Soldaten: wir würden in Deutschland arbeiten, um dort die

Kriegsgefangenen zu ersetzen, die so dank uns nach drei Jahren Gefangenschaft Mann für Mann heimkehren könnten.

Haben wir daran geglaubt? Ein bißchen bestimmt. Es war jedenfalls Bauernfängerei. Aber der alte Marschall verlangte es von uns. In den Zeitungen sah man erbauliche Photos, auf denen die Familie eines Soldaten mit Glückstränen den nach so langer Abwesenheit wieder nach Hause zurückgekehrten Vater und Gatten empfing. Außerdem versprach man uns Stellen in der Landwirtschaft, aus der just ein großer Teil der entlassenen Gefangenen komme. Wir konnten also diesen Zwangsaufenthalt als eine Art Praktikum betrachten, vergleichbar mit dem, was wir bereits im Jahr zuvor zwischen den bestandenen Prüfungen des Wettbewerbs und dem Beginn des Studienprogramms unter dem Namen Landarbeitsdienst auf französischen Bauernhöfen absolviert hatten. Der Leiter der landwirtschaftlichen Hochschule trat persönlich vor die beiden aus diesem Anlaß in der großen Aula versammelten Jahrgänge, um uns zum Gehen zu drängen. Ich erinnere mich an seine Schlußworte: »Geht nach Deutschland, junge Leute, ihr werdet ein großes Land kennenlernen.« Bei der Befreiung war er seit langem im Widerstand und hat also problemlos seine Stelle behalten. Und ohne jede Verlegenheit hat er uns auch wieder mit einer Gelegenheitsrede in der Schule empfangen.

Die Gruppe K ließ sich natürlich verführen. Aber auch viele andere. Entziehen konnten sich vor allem diejenigen, die auf Grund ihrer starken ländlichen Bindungen die Hoffnung hatten, in der Provinz günstigere Bedingungen für ein Überleben in der Illegalität zu finden. Wir, die Angeworbenen, erhielten als Gegenleistung für unsere Unterwerfung eine Fahrkarte nach Bayern, ein Paar neue Holzschuhe, eine Dose Ölsardinen und eine Karte, mit der wir, ich weiß nicht mehr in welchem riesigen Pariser Konzertsaal, Edith Piaf hören konnten... Wir gingen die Soldaten ablösen, die Piaf sang für uns, Pétain lächelte unter seinem weißen Schnurrbart... Ich habe die Holzschuhe angezogen, Mama die Sardinen gebracht und brav der winzigen, pathetischen Edith Piaf ganz dort unten, am Ende einer Unzahl von Stuhlreihen, auf denen die abfahrtbereiten Dienstverpflichteten saßen, zugehört.

Darauf habe ich mich mit den anderen Landwirtschaftsstudenten aus Paris und Grignon in Nürnberg, der Stadt des Hans Sachs und der Meistersinger, wiedergefunden, als Dreher in einer Rüstungsfabrik, die insbesondere die berühmten *Panther* herstellte. Doch in den zwei Monaten Anlernzeit waren wir dort fast wie in Ferien. Da die Arbeit für die Anfänger erst mittags begann, verbrachten wir unsere freien Vormittage in den Tannenwäldern und auf den Wiesen um das Lager. Mit Hilfe der von den Familien, so gut es ging, geschickten Vorräte spielte man auf kleinen, um die Baracken herum improvisierten Kochstellen Mittagessenszubereitung. Die Theoriekurse in der Fabrik bestanden darin, daß uns Grundzüge der Mathematik eingetrichtert wurden, was offenbar mehr unsere jugoslawischen Kameraden anging, deren Kenntnisstand auf dem Gebiet nicht eben dem von Ingenieurstudenten einer Hochschule entsprach. Unser Lehrer, der Türke war (und dessen angebliche sprachliche Kompetenz der Grund für diese auf den ersten Blick seltsame Mischung in der Klasse sein mußte), redete mit uns in einer so merkwürdigen Sprache – genau nach den Strukturen der deutschen Grammatik gebildet und mit einem Wortschatz, der einen überwiegenden Anteil an mehr oder weniger gallizisierten deutschen Wörtern enthielt –, daß wir nicht immer unterscheiden konnten, in welchem Augenblick er vom Französischen zum Serbokroatischen überging. Zum Glück wiederholten sich manche Sätze täglich, und wir erfaßten schließlich ihr Funktionieren.

Zum Beispiel lautete der rituelle Anfang jeder Erläuterung zum Gebrauch des Drehautomaten: »Le premier, normal, que faites-vous? Ci, messieurs, recevez-vous matérial en patin-foutre…«, das heißt: Sie befestigen das Stück im Patten-Futter. *Mandrin* heißt im Deutschen *Patten-Futter*; was das Wort *recevoir*, bekommen, angeht, das in der Umgangssprache für alle möglichen Gelegenheiten paßt, ein wenig vergleichbar mit dem amerikanischen *to check*, so machte unser Lehrer einen um so ausgedehnteren Gebrauch davon, als es ihm ungemein an Wortschatz fehlte.

Sehr schnell aber, wenn er der Meinung war, unser feixendes Unverständnis schon zu lange ertragen zu haben, zog er es vor, sich der serbischen Hälfte der Hörerschaft zu widmen. Der Schlüsselsatz, der uns ankündigte, daß der »französische« Unterricht beendet sei, hieß: »Ci, messieurs, reprenez-vous privat travail«, was bedeutete, daß wir nun in aller Ruhe die Briefe an unsere Eltern weiterschreiben durften. (Die meinen, lang und ausführlich, müssen auch auf dem Speicher mit den zu niedrigen Balken in Kerangoff – an Regentagen Lieblingstummelplatz für unsere Kinderaugen – liegen, zusammen mit den zärtlichen und unleserlichen täglichen Berichten, die mein Vater während ihrer zeitweiligen, jahreszeitbedingten oder unvorhergesehenen Trennungen an Mama schrieb, und auch mit den älteren und rareren Briefen – die Postschiffe verkehrten am Ende des letzten Jahrhunderts nicht sehr häufig –, die Großvater Canu aus China, aus Tonkin oder Valparaiso schickte.)

Gleich danach weckte das Signal »*Akotomaserbé*« die andere Seite des Raums; aber wir konnten uns genausogut vorstellen, daß es sich wieder um unsere falsch ausgesprochene Sprache handelte: »Ecoutez-moi, Serbes!« Nie sicher zu sein, ob wir wirklich verstanden, was vor sich ging, ständig zu interpretieren, die Vermutung, den Zweifel, die Zweideutigkeit, den Bruch als normale Beziehung zur wirklichen Welt anzuerkennen, das gehörte jetzt zu unserem Leben und in gewisser Hinsicht auch zu seinem exotischen Reiz. Es waren im Grunde meine ersten Ferien im Ausland, denn die Grenze zum Waadtland hatte früher nur wenig sprachliche Fremdheit erzeugt.

Was unsere praktische Arbeit, mit Schlosserwerkzeug diesmal oder dann an den Maschinen, betraf, so war der Werkmeister von einem solchen desillusionierten Wohlwollen, daß er es mit einem hilflosen Lächeln akzeptierte, zur richtigen Zeit unsere Anwesenheitskarten für uns in die Stechuhr zu stecken, wenn wir, Dufour und ich, die Fabrik früher verlassen wollten, um den Anfang eines Konzerts nicht zu verpassen. »Franzosen, große Lumpen!« schloß er philosophisch, was mir insbesondere gestattet hat, in der Katharinenkirche – ein bezaubernder, für Kammermusik ausgestatteter Saal in einer kleinen, ganz weißen und goldenen Barockkirche – die Sonaten für Klavier und Violoncello von Beethoven zu hören.

Ich hatte wirklich den aus Leichtsinn und einem Gefühl der Abwesenheit und der Vorläufigkeit bestehenden Eindruck, nur ein Tourist zu sein. Die Handhabung der Feilen, des Schraubstocks, der Drehbank oder der Bohrmaschine erschien mir um so mehr wie ein Spiel, als ich die Handarbeit liebe und sogar angefangen hatte, zu meinem Vergnügen Schachfiguren aus Stahl herzustellen, ein Unternehmen, das leider wie viele andere unvollendet geblieben ist. Doch als ich ein paar Wochen später in den Arbeitsprozeß integriert und dem beschleunigten Takt unterworfen war, der keinen Augenblick Ruhe oder Träumerei zuließ, als ich täglich zweimal fünfeinhalb Stunden hintereinander vor meinem Drehautomaten stand, um dort auf fünfhundertstel Millimeter genau – ohne daß Abweichung oder Erfindung möglich gewesen wäre – die ungeheuren Kurbelwellen der Sturmpanzer zu schleifen (die so schwer waren, daß ein Elektrozug nötig war, um sie hochzuheben), und mein Leben sich also plötzlich grundlegend geändert hatte, hielt sich das tiefe Gefühl, mich da nur als Tourist zu befinden, trotzdem (noch) genauso stark.

Das Leben eines angelernten Arbeiters ist trostlos, doch die Trostlosigkeit berührte mich keinen Augenblick: ich war nur vorübergehend hier, ohne wirkliche Verbindung mit dieser Fabrik, weder in der Zukunft noch in der Erinnerung, ohne Ziel, ohne einen anderen Grund als den Zufall, sozusagen irrtümlich. Und wenn am Samstagabend ein Anschlag mit Hakenkreuz über den Stechuhren uns mitteilte, daß am Sonntag nicht frei sei, ... für das deutsche Vaterland, die Wehrkraft, den Endsieg usw., dann übersetzte ich recht und schlecht den Text bis zur fettgedruckten Schlußformel: »Dein Führer verlangt es von dir!«, ohne einen Augenblick das Bewußtsein zu haben, ich sei irgendwie betroffen. Natürlich würde ich den ganzen nächsten Tag wie meine Kollegen am Band, die Bayern, Schwaben oder Franken, arbeiten müssen, aber im Gegensatz zu ihnen – und der Unterschied war an den müden Gesichtern ablesbar – fühlte ich mich in keiner Weise in diese Sache verwickelt, weil diese Arbeit niemals die meine hätte sein sollen: ich war kein richtiger Arbeiter, ich war kein Deutscher, das war nicht mein Führer; und auch dieser eventuelle Sieg wäre in keinem Fall meiner.
Ich sah um mich her viele Kameraden, die offensichtlich unendlich geeigneter waren, sofort in die Rolle zu schlüpfen, die man sie so, aus dem Stegreif, spielen ließ; sogar erklärte Gaullisten arbeiteten in diesem feindlichen Rüstungsunternehmen mit einer Überzeugung, wie ich sie

für meinen Teil gar nicht aufbringen konnte; das ließ mich das Ausmaß der *Fremdheit* besser begreifen, die meinem Verhältnis zur Welt zugrunde lag und zweifellos ernster war als die bloße Feststellung einer Expatriierung. Während es mir ohne Sabotageabsichten, ohne die geringste Böswilligkeit nie gelungen ist, korrekt die normgerechte Anzahl von Stücken herzustellen (ich habe geschickte Hände, außer an Maschinen), waren jene in ein paar Tagen echte Dreher oder Fräser oder sonst etwas geworden.

Als ich einmal auf der Krankenstation lag, wo ich mit Entzücken *Die Abenteuer des Julio Jurenito* von Ilja Ehrenburg in der Erstausgabe las (der Vorrat verramschter Bücher, der die französische Bibliothek des Lagers ausmachte, schien im wesentlichen von den Autodafés der Nazis zu stammen), wollte ich einem jungen französischen Bauern, der, genesen, wieder zur Arbeit geschickt werden sollte, beibringen, daß man die Angabe eines Fieberthermometers genau bestimmen kann, wenn man die Quecksilbersäule mit Hilfe einer Wollsocke zart reibt. Aber der Junge hat mir erwidert, er wolle lieber an seine Maschine zurückkehren wegen »der Frau und den Kindern, die vor Hunger krepieren in La Roche, Indre-et-Loire«, ein doppelt absurdes Alibi, denn das für diese Zeit sehr entwickelte Sozialversicherungssystem hätte ihm erlaubt, als Kranker denselben Lohn ausgezahlt zu bekommen, und außerdem – das habe ich später erfahren – hatte er weder Frau noch Kind. Er wartete hoffnungsvoll auf die Landung der Alliierten, doch er hing schon zu sehr an seiner Stellung als deutscher Arbeiter. Er sehnte sich nach seiner Bohrmaschine.

Das Gefühl des Außenstehens dagegen – fast sogar der Exterritorialität –, das ich so nachdrücklich empfand (nicht betroffen zu sein, nur zufällig da zu sein, auf Grund irgendeines Mißverständnisses, das eher Anlaß war zu lächeln als zu dramatisieren), das behielt ich sogar nachts, wenn uns die Sirenen, sogleich gefolgt vom dumpfen Brummen der Bomber, aus unserem kostbaren Schlaf rissen und wir, ohne eine Minute zu verlieren, von unseren Bettstellen herunterspringen mußten, um die Baracken zu verlassen, von denen bald einige in Flammen stehen würden. Der Himmel war hell erleuchtet von den glühenden Trauben, die langsam auf uns niedergingen (um die Ziele zu erhellen?) und einen intensiven rosa Schein verbreiteten, in den die kurzen grellen Blitze der Flak krachten, während die brennenden Tannenwälder (»Hier rauchen nur Brandstifter!«) bereits mehrere große Abschnitte des Horizonts in einem rußigen Orange färbten.

Die Tatsache, daß wir nicht in der Stadt waren, erhöhte sicherlich noch die Wirkung des Schauspiels. Das Lager war übersät von Phosphorstäbchen, die zischend am Boden abbrannten wie Fehlschläger eines Feuerwerks. Und selbst wenn das Pfeifen der dicken Bomben uns bäuchlings ins kurze Gras warf in Erwartung des dumpfen Schlags der Schlußexplosion, die man sich gaz nah vorstellt, so sehr scheint die Erde zu zittern, dann war es trotz der Gefahr wiederum so, als hätte die Tatsache, daß ich irrtümlich da war, eine entscheidende Rolle für meinen Schutz gespielt: ich führte keinen Krieg gegen diese Flugzeuge dort, ihre Bomben zielten nicht auf mich; selbst wenn ich dabei mein Leben lassen müßte, würde ich immer noch als Überzähliger auf der Verlustliste stehen: ein Toter zuviel, genauso wie ich ein Phantom-Metallarbeiter war, und nur aus Versehen in die Produktionsstatistiken geraten.

Nur morgens vielleicht, zurück in der geschundenen Stadt, empfand ich nicht so sehr den Verlust von etwas als das endgültige Aufgeben eines Stücks von mir oder zumindest eine schmerzliche Sympathie – zwar nutzlos in ihrer Ohnmacht und also ohne praktischen Inhalt – angesichts der unförmigen Trümmer einer hübschen, jahrhundertelang liebevoll gepflegten Barockkirche oder der verkohlten Reste der aus dem Mittelalter stammenden großen Holzhäuser mit den blühenden Balkonen, die das klare Wasser der Pegnitz säumten. Jede Nacht wurde so ein Stück des alten Europa zu Staub oder Rauch... Aber gehört die Ruinen-Nostalgie – selbst wenn es neue sind – nicht auch zu den traditionellen Bestandteilen der Reise außerhalb des Gewohnten?

Und dieses Gefühl, nur ein Besucher hinter seiner Scheibe zu sein, isoliert und geschützt, finde ich wenige Jahre später im Lager von Divotino wieder, in den grünen Hügeln Bulgariens, mitten in Mais und großen blühenden Sonnenblumen, als ich zusammen mit Daniel Boulanger (den ich einen Monat zuvor bei einem großen Schwindel-Kongreß »der demokratischen Jugend« in Prag kennengelernt hatte) und Claude Ollier (den ich im Sommer 43 in Nürnberg getroffen hatte) als Freiwilliger bei den »internationalen Brigaden des Wiederaufbaus« auf der zukünftigen Eisenbahnlinie Pernik-Volouiek diesmal mit Hacke und Schaufel des Erdarbeiters hantiere. Bei meiner Rückkehr habe ich in einem 1950 in einer Zeitschrift für Ingenieure erschienenen und 1978 von *Obliques* nachgedruckten Text von der vollkommenen Absurdität der Arbeit auf dieser Baustelle erzählt, von dem undurchdringlichen Geheimnis, das über der Art und Weise lag, wie die jungen bulgarischen »Brigadiere« rekrutiert wurden, von dem Geschwafel der marxistisch-leninistischen Propaganda (für den Frieden, selbstverständlich, und die Freundschaft der Völker), das wir im Chor begleiteten, indem wir die Namen der Helden »Stalin! Thorez! Tito! Dimitrov!« so lange skandierten, bis wir nicht mehr konnten vor Lachen, und von dem immer tieferen Graben, der innerhalb der französischen Delegation zwischen den echten Kommunisten und den anderen entstand. Ob rechts oder links, meine Versuche, mich zu engagieren, mißlangen mir entschieden.

In derselben Nummer von *Obliques* hat François Jost einige Beweisstücke – Photos, Zeitungsausschnitte, Zitate aus Büchern usw. – zu einer anderen biographischen Episode zusammengestellt, in der ich wiederum eine bemerkenswerte (anormale?) Distanz zu einem – höchst dramatischen – Ereignis, das ich erlebe, zeige. Es handelt sich um ein Flugzeugunglück. Ich befand mich mit meiner Frau in der ersten Boeing 707 der Air France, die abgestürzt ist: die Maschine Paris – Tokio, direkt beim Start nach der Zwischenlandung in Hamburg. Es war der Anfang der Flüge über den Pol im Sommer 61.

Im Hotel Atlantic, wo man die unverletzten Passagiere, die ihre Reise mit dem nächsten Langstreckenflugzeug fortsetzen wollten, untergebracht hatte, wurde ich von einem Journalisten der *Agence France Presse* am Telephon interviewt, und ich berichtete, so genau ich konnte, wovon ich gerade, ganz hinten an einem günstig gelegenen Fenster sitzend, Zeuge geworden war: die Maschine, die nicht auf der Mittellinie der Rollbahn startet, der grasbewachsene linke Rand, der immer schneller näher kommt, während die Maschine noch rollt, die Tragfläche, die sich plötzlich auf dieser Seite neigt, eines der Triebwerke, das den Boden streift und Feuer fängt, das Flugzeug, das in die andere Richtung kippt und sein Fahrgestell verliert ebenso wie ein zweites Triebwerk, aber trotzdem auf dem Bauch weiterrutscht in einem keineswegs mehr flachen Gelände usw.

Die Reste des in drei Stücke zerfallenen Rumpfs sind in Form eines Z liegengeblieben. Flammen von mindestens zwanzig Meter Höhe schlagen aus den Kerosintanks. Catherine und ich, die wir unsere Plätze beide im hinteren Teil der Maschine hatten, finden uns ohne einen Kratzer in einem halb verschütteten Stück Kabine wieder. Stumpfsinnig halte ich mich damit auf, zwischen den Sitzen, von denen sich die meisten aus ihrer Verankerung gelöst haben, ihre Handtasche – die gar nichts Wertvolles enthält – zu suchen, während draußen Stewardessen brüllen: »Laufen Sie! Es explodiert!« Doch die Japaner in Söckchen, die zwischen den verschiedenen Bruchstücken und Trümmern über die lehmige Erde hasten, drehen sich trotzdem noch mehrmals nach der Feuersbrunst um und machen Photos, die den unbestreitbaren Höhepunkt ihres Europa-Ausflugs bilden werden.

Etwas später, als die Sanitäter noch nicht alle Schwerverletzten befreit haben (es hat keine Toten gegeben, denn das Flugzeug war fast leer und alle Sitze an den verschiedenen Bruchstellen waren zum Glück unbesetzt), die Feuerwehrleute noch nicht sicher sind, die vielen Brandherde gelöscht zu haben (die Explosion hat letztlich nicht stattgefunden), und immer noch ein dicker schwarzer Rauch in Spiralen aus dem reichlich verteilten Kohlensäureschnee hervorquillt, parkt ein kleiner Lieferwagen der Air France neben dem Wrack, ein Maler in weißem Kittel steigt aus, sehr professionell, zieht seine Schiebeleiter auseinander, lehnt sich gegen den kaputten Rumpf, erklimmt mit seinem Gerät die Sprossen und fängt seelenruhig an, das allzu berühmte Seepferdchen der Gesellschaft zu überpinseln. Die zerschellte Boeing ist für einen sachkundigen Amateur einigermaßen zu erkennen, aber alle 707 gleichen sich, und von den Passagieren, die wieder auf dieser Rollbahn starten und mit großen Augen die beunruhigenden Reste anschauen, braucht keiner zu wissen, wem diese Maschine gehörte.

Der Maler, die Feuerwehrleute, die Sanitäter... Noch ein Wagen kam unter den ersten, die sich einen Weg durch die unbefahrbare Heide um den Flughafen bahnten, nämlich der, der den Überlebenden eine sogenannte Stärkung brachte: ein graublauer Kastenwagen, der innen voller Regale mit Kognakschwenkern war... Der Erste-Hilfe-Barkeeper zitterte so vor Ergriffenheit, daß er die Hälfte seines Kognaks danebengoß... Noch ein Bild, das hartnäckig wiederauftaucht: der wüste Abhang, den wir erklimmen mußten, nachdem wir die weit offenstehende Tür überwunden hatten, um aus diesem Loch herauszukommen, und wo die hochhackigen Schuhe von Catherine steckengeblieben sind...

Mein Journalist am anderen Ende der Leitung denkt zweifellos, daß es mir ungemein an Talent für das Sensationelle fehlt: mein Bericht erscheint ihm zu Recht ziemlich objektiv, aber eher farblos, während es seine Aufgabe wäre, den Unfall so dramatisch wie möglich darzustellen. Ohne zu zögern, legt er mir also in der am nächsten Morgen von allen Korrespondenten der *Agence France Presse* verbreiteten Meldung einen völlig anderen, von schwülstigen Metaphern und stereotyper Emotion strotzenden Bericht in den Mund. Ich lese das zwei Tage später in Japan und muß eher lachen. Aber nach einer Woche ist meine Geschichte auf einer ganzen Seite des *Express* zu einem angeblichen literarischen Skandal geworden. Trotz des witzelnden Tons des Artikels spürt man sehr wohl, daß sein Verfasser wirklich glaubt, ich hätte mich bei dieser Gelegenheit demaskiert, und der Bericht, den man mir zuschreibt (und den er vorgibt, für authentisch zu halten, obwohl er selbst lange Jahre Reporter bei einer auflagenstarken Zeitschrift war und also die wenig skrupelhaften Sitten der Branche kennt), beweise, daß mein Schreiben als Romancier nur Künstelei und Lüge sei, da ich ja unter dem Eindruck der Angst plötzlich anfinge, so zu reden wie jedermann und »schlicht und einfach den Unfall erzählte«!

Schlicht und einfach sprechen wäre also dies: »Mit einem Höllenlärm verließ das Flugzeug die Rollbahn und begann, wie ein Pflug große Furchen in das Land zu ziehen« usw. Selbst unter den Redakteuren des *Express* sehe ich nicht, wer sich im Alltag auf diese Weise ausdrücken könnte, und sei es auch nach einer Flugzeugkatastrophe. Aber das Komischste passiert, als einige Monate später *Das offene Kunstwerk* in die Buchhandlungen kommt, ein spannender Essay über die moderne Literatur, in dem Umberto Eco mit übrigens ganz und gar treffenden Argumenten (die Sprache des Schriftstellers, sagt er, ist nicht dieselbe, die er in der Alltagskommunikation verwendet) mich namentlich gegen den sarkastischen Pamphletisten verteidigt und so meine alleinige Urheberschaft an dem schillernden Text von *Agence France Presse* ebenso wie die tiefe Verwirrung, die mir der Grund dafür gewesen sein soll, endgültig bestätigt.

Wenn ich mich hier damit aufhalte, noch einmal die aufeinanderfolgenden Stadien des Abenteuers zu schildern, so zunächst, um einmal mehr darauf aufmerksam zu machen, daß der schlimmste Zola-Abklatsch in den Augen des großen Publikums, und wenn man seinen offiziellen Wortführern glauben darf, die natürlichste Art zu sprechen wie zu schreiben darstellt. Aber ich tue es auch, um mich nach meinen tatsächlichen Reaktionen im Augenblick dieses Fehlstarts zu fragen. Einerseits bin ich sicher, wachsam genug gewesen zu sein, um hinter meiner Scheibe Sekunde um Sekunde den verschiedenen Phasen des Unfalls zu folgen. Andererseits behaupte ich, daß all das viel zu schnell geht, als daß man die Zeit hätte, Angst zu haben. Doch Catherine, die zwei oder drei Reihen weiter vorne saß und sich nicht in unmittelbarer Nähe eines Fensters befand, weil sie der Landschaft ein Buch vorzog, versichert im Gegenteil, daß eine solche Reihe von Erschütterungen unendlich lange dauere und daß die im Lauf dieser gedehnten Augenblicke verspürte Angst sie noch lange Jahre hindurch verfolgt habe.

Nachdem sie, wahrscheinlich unter zwangsweise verabreichten Drogen, akzeptiert hatte, am nächsten Tag auf dem Luftweg nach Tokio weiterzureisen (wir hatten diesmal nicht die Zeit, mit der Transsibirischen Eisenbahn zu fahren, denn wir mußten zum Festival von Venedig zurück sein, wo sich das Schicksal von *Marienbad* – das war seine letzte Chance – entscheiden würde), und dann mit mir in kleinen Etappen über Hongkong (wo uns über dem Chinesischen Meer ein unangenehmer Taifun schüttelte), Bangkok, Delhi und Teheran (wo ihre ganze Familie väterlicherseits lebte) nach Rom zurückgeflogen war und jede neue Strecke ihr immer mehr Angst gemacht hatte, selbst wenn die Maschine – wie der Pfeil Zenons – unbeweglicher war als die ruhigste Pariser Metro, so daß es ihr sogar gelungen war, ihre Angst durch osmotische Ansteckung auf mich zu übertragen, mußte sie zehn Jahre lang aufs Fliegen verzichten, was uns ermöglicht hat, den alten und den neuen Kontinent auf allen Breiten mit der Eisenbahn zu durchqueren sowie die Ozeane des Südens und des Nordens auf luxuriösen, heute verschwundenen Überseedampfern zu durchpflügen.

Bei einer unserer letzten Fahrten New York – Cherbourg an Bord der riesigen, doch bereits industrialisierten *Queen Elizabeth II* ruft ein Zwischenfall noch einmal die gleichen Phänomene hervor: Gefahr, unmittelbares Schauspiel, spürbare Enttäuschung der Journalisten angesichts jeder unpathetischen Erzählung, metaphorische Verzerrung des auf die Emotion der Massen abzielenden dramatisierten Berichts. Wir sind den dritten Tag auf See, Catherine, meine

Schwester Anne-Lise und ich, ungefähr gleich weit entfernt von Amerika und der französischen Küste. Wir kommen aus dem Kino, einem großen, den Champs-Elysées würdigen Saal, wo wir einen Spielfilm gesehen haben (auf englisch, das keiner von uns dreien versteht), in dem ein Linienflugzeug während des Flugs ernsthafte Schwierigkeiten bekam, ich erinnere mich nicht mehr, welcher Art. Es ist mitten am Nachmittag; wir fahren mit einem der großen Aufzüge, die elf oder zwölf Stockwerke miteinander verbinden, bis zum Oberdeck, um Luft zu schnappen.

Das Schiff ist vollkommen reglos; wir kennen die Ursache nicht, aber wir wissen wohl, daß es außergewöhnlich ist. Die großen Motorboote sind in Alarmstellung: auf ihren Drehkränen nach außen über das Wasser geschwenkt, als wolle man sie für eine Übung hinunterlassen. Einige Dutzend Matrosen machen sich an ihnen zu schaffen. Sie tragen alle ihre Schwimmwesten und haben den breitkrempigen Südwester auf wie Neufundländer im Sturm. Der Himmel ist grau, ziemlich tief. Das Meer ist so ruhig, wie es mitten im Nordatlantik nur sein kann. Besorgte Spaziergänger tauschen in unterschiedlichen Sprachen ihre Vermutungen aus.

Mannigfache Gerüchte gehen um, und bald teilt uns eine offizielle Meldung des Kapitäns mit, daß sich Bomben an Bord befänden, an einer unbekannten Stelle deponiert von Terroristen, die ein enormes Lösegeld von der Gesellschaft Cunard fordern und drohen, falls es verweigert wird, alles in die Luft gehen zu lassen; wir erwarten die Spezialisten, die aus England kommen, um die Bomben rechtzeitig zu entschärfen. Sofort stürzen alle Passagiere in ihre Kabinen, doch nur, um mit Photoapparaten und Filmkameras wiederzukommen, die sie rasch, ohne eine Minute zu verlieren, geholt haben: sie werden – welches Glück – die Ankunft der Militärflugzeuge, das Abspringen der Froschmänner sowie

das Abwerfen der Entschärfungsgeräte photographieren
können, und mit ein bißchen Glück vielleicht sogar die
Explosion, den Schiffbruch, ihren eigenen Tod…
Der ganze Anfang der Operation läuft ihren Hoffnungen
entsprechend ab. Die drei Maschinen kommen aus den
Wolken und stoßen nacheinander in mehreren Sturzflügen
auf den Dampfer hinab, wahrscheinlich um seine Position
genau auszumachen. Dann werfen sie vier Männer in
schwarzen Taucheranzügen und zahlreiche Container ab,
alle mit orangefarbenen Fallschirmen versehen. Drei mit
ihrer Besatzung zu Wasser gelassene Boote werden sie dann
problemlos auffischen, allerdings in so beträchtlicher Entfernung, daß man vom Promenadendeck kaum die Einzelheiten der Bergung aus den Wogen verfolgen kann.
An die acht Stunden lang wird die weiträumige *Queen* –
immer noch bei stehenden Motoren – mit den ausgetüftelt-
sten Geräten systematisch von oben bis unten abgesucht.
Mitten in der Nacht verkündet uns schließlich eine neue
Mitteilung des Kapitäns, daß die Nachforschungen verge-
bens gewesen seien, daß man jedenfalls in der Nähe der
wesentlichen Organe des Schiffs nichts gefunden habe und
daß wir also unseren Kurs wiederaufnehmen könnten:
wenn es wirklich Bomben gibt, können sie nur von recht
unbedeutendem Kaliber sein und werden eher in den Kabinen versteckt sein (die nicht durchsucht worden sind), so
daß ihre eventuelle Explosion die Fahrt des Dampfers nicht
beeinträchtigen kann. Man weiß nicht so recht, ob diese
letzte Erklärung unter englischen Humor einzuordnen ist.
Immerhin wird die restliche Überfahrt mit Festen zum
Ruhm der *good fellows* vergehen, die uns unter Einsatz
ihres Lebens gerettet haben.
In Cherbourg, der ersten Station, werden wir von allen
Fernsehsendern Europas und Amerikas ebenso wie von
allen Tages- und Wochenzeitungen, allen Radios usw.

empfangen. Die Reporter stürzen sich auf uns, aber sie sind sichtlich enttäuscht von unseren Berichten über das Drama: nein, es hat keine Panik gegeben; ja, es wurde photographiert; nein, man hatte nicht richtig Angst, man hat weiter gegessen, getrunken, Abenteuerfilme angeschaut, jack-pot und Lotto gespielt; ja, alles in allem hat man sich gut amüsiert... Aber angesichts des Aufmarschs der Massenmedien, die uns von allen Seiten filmen und uns mit Fragen bedrängen, spüren wir wohl, daß wir den Umständen nicht gewachsen sind. Manche von den Interviewern werden fast böse; fast hätten sie uns noch vorgeworfen, daß wir nicht, zerrissen von den Sprengkörpern, untergegangen sind mit dem Choral auf den Lippen: »Näher zu dir, mein Gott, näher zu dir...«

Schon in Hamburg hatte ich mich letztlich schuldig gefühlt, als mein Journalist, der am anderen Ende der Leitung immer aufgeregter wurde, schließlich sein vorgetäuschtes Mitleid ablegte, um mir unumwunden vorzuwerfen, ich würde mich von dem Unfall nicht betroffen genug zeigen. Ich erinnere mich insbesondere an ein Detail: er wollte unbedingt, daß ich bei der Katastrophe »alle meine Manuskripte verloren« hätte. Wenn es schon keine verkohlten Leichen oder durch den Schock wahnsinnig gewordene Überlebende gab, konnte zumindest dies eine annehmbare Sendung abgeben: man stelle sich die Verzweiflung der Familien in den Palästen und Hütten quer durch Frankreich vor, wenn sie erfahren, daß der einzige Entwurf von *L'immortelle* und die gesamten Vorarbeiten zu *La maison de rendez-vous* mit hunderttausend Litern Kerosin auf immer in den Flammen verschwunden sind...
Als ich versuchte, ihm verständlich zu machen, daß ein Schriftsteller es im allgemeinen vermeidet, mit solchen

wertvollen, lästigen und schweren Dingen zu reisen, besonders wenn er zu den ersten Diskussionen über ein Filmprojekt auf die andere Seite des Erdballs fliegt, erwiderte mein Gesprächspartner, der sich nicht mehr zu helfen wußte, wütend: »Also, es ist Ihnen vollkommen schnuppe, daß Sie Ihr ganzes Gepäck haben brennen sehen!«

Um ihn zu beruhigen, sah ich mich gezwungen, ihm als mageren Knochen ein kleines persönliches Geheimnis preiszugeben: ich hatte in meinen Sachen, vor Catherine versteckt, eine hübsche Goldkette, die ich ihr am Jahrestag unserer ersten Begegnung im Orientexpreß unterwegs nach Istanbul, am 4. August genau vor zehn Jahren, schenken wollte, das heißt weniger als eine Woche nach diesem mißglückten Abflug, bei dem wir beide eben fast umgekommen wären.

Zehn Jahre schon. Heute dreiunddreißig... Im Sommer 51, als ich auf der vierzigsten Seite von *Les gommes* hoffnungslos feststeckte, hatte ich in einem plötzlichen Entschluß bei der Lektüre einer kleinen Anzeige in *Combat,* die eine (sehr billige) Türkeireise für Studenten anbot, Brest verlassen. Alte flaubertsche Fata morgana der orientalischen Fluchten, wo die Zeit plötzlich stehengeblieben ist... Über das dumme Rätsel der Sphinx nachdenkend, wartete Wallas vor dem trüben Wasser seines Kanals, daß die Klappbrücke sich wieder schließe... wartete seit Tagen, seit Jahren... Die strahlende Sonne Kleinasiens über den uralten Ruinen, der Schatten der Minarette von Sinan auf den Plätzen mit den unebenen Steinplatten, wo an einer bronzebeschlagenen Säule kauernd, in seinen Kaftan gehüllt ein einsamer Wächter meditiert, die verträumten Strände, die unter Feigenbäumen das reglose, klare Marmarameer säumen, die Kaiks, die durch die langen Strahlen der untergehenden Sonne hindurch das Goldene Horn hinaufkommen, die Hauptstraße von Pera im milden Licht der Dämmerung, die schon erleuchtet ist von den Schildern der Bajaderen, und die Scharen schweigender Männer in dunklen Anzügen, das Gymnasium von Galatasaray, wo uns in großen Schlafsälen aus weißem Marmor die quälende Wiederkehr der süßlich-sehnsuchtsvollen Melodien *alla turca* in den Schlaf wiegte, die unzähligen kleinen Dampfer mit schmucken schwarzen Rauchfahnen, die im verwaschenen Morgenlicht den Bosporus durchquerten mit ihren wie versteinerten, Fez und große Schnurrbärte tragenden Fahrgästen, mit ihren in Teppiche eingerollten Ballen, ihren Schafen und ihren ambulanten Teeverkäufern, der melancholische Ruf der Joghurthändler, der Geruch nach gegrilltem Fisch und das Pfirsicheis, von dem sich Catherine fast ausschließlich ernährte...

Sie sah zu jener Zeit noch so jung aus, daß sie alle für ein Kind hielten. Dreizehn, »O Romeo, Julias Alter!« Und man betrachtete sie als meine Tochter, während sie leichten Schrittes die ländlichen Gäßchen von Kadiköy und Uskudar hinaufstieg und nach Spuren ihres richtigen Vaters suchte, der als kleiner Junge den armenischen Massakern entkommen war. All dessen gedachte die im Gepäckraum der Boeing verschwundene Kette.

Ich hatte vor unserer Abreise Wochen damit zugebracht, sie liebevoll auszusuchen, und nun sollte sie dem kleinen Mädchen meiner Träume nie zum Geschenk gemacht werden, ein kleiner sentimentaler Schatz, der für immer zwischen bittersüßer Erinnerung und Vergessen verloren war. Doch im *Express* der folgenden Woche war aus meinem sträflichen Geständnis folgendes geworden: wenn ein Autor des *nouveau roman* sein ganzes Gepäck verliert, dann tut es ihm nicht um die zu Asche verbrannten Manuskripte leid, sondern nur um »den Schmuck seiner Frau«!

Zu guter Letzt und entgegen aller Erwartung wurden uns ein paar Stunden später unsere ebenfalls anläßlich dieser Reise gekauften schönen neuen Koffer wiedergegeben, die sich mitten in einem Haufen verschiedener, aus weniger soliden Gepäckstücken herausgefallener Gegenstände befanden. Dafür aber hat die Filmkoproduktion, wegen der wir nach Japan flogen, nie das Stadium des technischen Drehbuchs überwunden, denn die reiche japanische Gesellschaft hollywoodschen Zuschnitts, die mich mit hohem Kostenaufwand engagiert hatte, ahnte sicher in keiner Weise die Heterodoxie der Erzählstrukturen, die ich immerhin schon seit einigen Jahren entwickelte. Diese Leute beriefen mich nur infolge eines totalen Mißverständnisses, das ein französischer Produzent aus dunklen Gründen schürte und das ein ganzes Semester lang angedauert hat.

Über die spektakuläre Erpressung der *Queen Elizabeth* wurde dagegen einige Monate später tatsächlich ein aufwendiger Film gedreht. Die französische Fassung hieß *Terreur sur le Britannic*. Allein schon der unheimliche und grandiose Klang »...itanic« läßt an den größten Dampfer der Welt denken, der nach dem tödlichen Stoß Schlagseite bekam. Der Kapitän war Omar Sharif persönlich, dessen angelsächsisches Aussehen allerdings recht fragwürdig erscheinen mag, und er hatte ein Liebesabenteuer mit einer schönen blonden Passagierin aus der ersten Klasse, die allerdings, wie es sich gehört, verheiratet war. Drohungen der Terroristen auf offener See, aus England herbeieilende Rettungsflugzeuge, Winkelzüge der Gesellschaft, ihre Angst bezähmende Passagiere (keine Rede von Photographieren), spannungsvoll schweigende Blicke usw.

Doch der Absprung der Froschmänner und der Abwurf ihrer Geräte fand in einem wilden Sturm statt, was viel lohnender ist, so daß mehrere Matrosen auf den Fallreeps von den Wogen fortgespült wurden oder als sie die in der

Gischt hin und her geworfenen wertvollen Kisten an Bord der großen Motorboote hievten, die zwischen dreißig Fuß tiefen Wellentälern auf den Kämmen tanzten. Und diesmal waren »wirklich« Bomben im komplizierten Inneren des Schiffes versteckt. Die ersten verursachten sogar ernsthafte Schäden, als sie trotz des Könnens und des Muts der glorreichen Spezialisten explodierten. Am Ende der vorschriftsmäßigen hundert Minuten Projektionsdauer war die Katastrophe gerade noch vermieden worden. Der durch die Prüfung hart gewordene Omar Sharif beschloß nichtsdestotrotz zähneknirschend, die hübschen Passagierinnen von nun an ihren Ehemännern zu überlassen.

Von den wirklichen Einzelheiten unseres Abenteuers war eines der bemerkenswertesten, das doch einen guten Ausgangspunkt für Tragik geboten hätte, vom Drehbuchautor vollständig weggelassen worden: die *Queen* transportierte auf jener Fahrt einen ganzen Kongreß reicher amerikanischer Paralytiker in ihren vernickelten Rollstühlen... Aber der Film war nicht von Buñuel.

Wenn die Probleme der pathetischen Formulierung und der geschwätzigen Metapher für mich – zumindest vorläufig – in den sechziger Jahren geregelt waren, so sah es zur Zeit meines literarischen Debüts fünfzehn Jahre früher, als ich *Un régicide* schrieb, gewiß anders aus. Ich kann sogar mit einem gerührten Lächeln an mehreren Stellen dieses lange unveröffentlicht gebliebenen ersten Romanversuchs ganze Passagen aufzeigen, die zweifellos weder mein Interviewer von *Agence France Presse* noch der Berichterstatter des *Express* mißbilligt hätten.

Der sichtbarste der inneren Konflikte, die die Struktur dieser Erzählung bilden, ist eben der stilistische Gegensatz zwischen Feststellung und Expression, das heißt zwischen einem »neutralen« Schreiben und dem systematischen Rückgriff auf die pathetischen Reize der Metapher. Schon unter diesem Gesichtspunkt reiht sich die Hauptfigur des Textes – Boris, das einzige und stark personalisierte erzählerische Bewußtsein, das sich die Hälfte der Zeit sogar in der ersten Person ausdrückt – in die Familie ein, die im letzten Jahrzehnt von Camus' Meursault und Sartres Roquentin vertreten wurde.

Kämpft nicht der Held von *L'étranger* in Wirklichkeit verzweifelt gegen die Adjektivität der Welt? Und macht nicht dieser (vielleicht von vornherein verlorene) Kampf die historische Bedeutung des Buches aus? Jedenfalls spürt man von den ersten Seiten an sehr wohl die humanisierenden Metaphern, die der allerdings aufmerksamen, schmucklosen Erzählstimme auflauern, wie das berühmte »verschlafene« Kap, das Sartre in einem vorschnellen Urteil dem Autor als Flüchtigkeitsfehler vorhält. Es sind diese Metaphern, die jedesmal heimtückisch an Boden gewinnen, wenn die militante Unempfindlichkeit einer sehr kampferprobten phänomenologischen Technik zu sinnlichem Genuß aufweicht. Und sie sind es selbstverständlich auch, die in der langen Szene des Verbrechens schließlich die letzten Dämme dieses absichtlich geläuterten, wenn auch für natürlich erachteten Stils überfluten, so daß dessen Anwendung dann wie die Maske einer schönen unglücklichen Seele erscheint, die – ohne Zweifel aus obskuren moralischen Gründen – so tut, als sei sie ein reines husserlsches Bewußtsein und nichts anderes.

Was die Philosophengestalt von *La nausée* angeht, so stellt nach ihrer eigenen Aussage die aggressive und klebrige Kontingenz der die äußere Welt bildenden Dinge, sobald man ihnen die dünne Schicht der Brauchbarkeit (oder auch nur des Sinns) entreißt, die uns selbst schützt und die Kontingenz verschleiert, zugleich den Ursprung ihres metaphysisch-dumpfen Mißbehagens, das Objekt ihrer leidenschaftlichen Faszination sowie den anfänglichen Anreiz dar, von nun an ein Tagebuch der »Ereignisse« (anders gesagt, ihrer Beziehung zur Welt) zu führen, also zu erzählen. Die beiden schriftstellerischen Kräfte, die hier in einen Kampf auf Leben und Tod treten, werden, man erinnert sich, einerseits der – mutige, doch abstoßende – Versuch sein, die fraglichen Ereignisse zu umreißen, andererseits das alte, sehr weise Projekt, nach balzacscher Art, die vollständige und endgültige Geschichte des abenteuerlichen (und gleichzeitig, ach, auch rätsel- und lückenhaften) Lebens des Marquis de Rollebon zu schreiben, eine gesunde und beruhigende, aber zutiefst unehrliche Schreiberei, der Sartre-Roquentin auch jene *Eugénie Grandet* zuordnet, von der er als Anti-Ekel-Medizin eine ganze Seite abschreibt in Erinnerung an die glückliche Zeit, da man noch glauben konnte, die Adjektive seien unschuldig, das Wirkliche ohne Brüche und Makel und seine Repräsentation keine Falle. Das Mittel wirkt übrigens nur sehr vorübergehend, ein einziges historisches Perfekt fließt in der Folge Balzacs in den Text ein! Mit seinen berühmten Paten (Roquentin und Meursault) teilt Boris auch den undeutlichen Eindruck eines Schnitts zwischen sich und der Welt – Dingen und Menschen –, der ihn hindert, wirklich verbunden zu sein mit dem, was ihn umgibt, mit dem, was ihm geschieht, und sogar mit seinen eigenen Handlungen; daher sein Gefühl, umsonst da zu sein, überflüssig, wie zufällig und ohne daß ihn je die geringste Sanktion – außer eine gesellschaftliche – verurteilt oder rechtfertigt. Sein Entschluß, den König zu töten, weniger (oder mehr) als ein bloßer sexueller Impuls ödipaler Art, erscheint mir zunächst als letzter Versuch, diesen Abgrund zu überwinden, diese ebenso unerbittliche wie durchsichtige Wand zu durchbrechen, um endlich jenen diphtherischen Pfropfen loszuwerden, der sogar noch seine

Atmung bedroht. (Ich denke, man wird merken, wie sehr ich dennoch darauf achte, die Äußerung eines solchen Begehrens zu sexualisieren.)

Aber der Königsmord bedeutet natürlich auch den Tod der Inschrift: der Inschrift des Gesetzes auf den Tafeln (der Gesellschaft), die Inschrift des Todes auf meinem eigenen Grab. Die anagrammatische Umkehrung »ci-gît Red«*, die kurz nach dem Attentat in allen Briefen auftaucht, stellt in dieser Hinsicht die Selbstauslöschung des obersten Verbrechens dar und also das (im voraus feststehende Mißlingen) des Projekts der Freiheit. So bin ich kaum in der Lage, diesen letzten Stein auf das angeprangerte Scheitern von Sartre und Camus zu werfen, wenn er nicht bewußt zu meinem persönlichen Tumulus hinzukommt.


Und ich möchte das ausnützen, um noch einmal auf jenen *Etranger* zurückzukommen, von dem ich nahezu sicher bin, daß er meinen Eintritt in die Literatur stark geprägt hat. In den intellektuellen Milieus, die mit der Mode gehen, gehört es nicht gerade zum guten Ton, den Einfluß von Camus' erstem Roman auf eine ganze Generation und sogar weit darüber hinaus anzuerkennen. Die enorme Menge von Kolloquien und Doktorarbeiten, die ihn seit vierzig Jahren auf der ganzen Welt ehren, machen ihn heute zusammen mit seinem allzu großen unmittelbaren und dauerhaften Erfolg, zu schweigen von seiner endgültigen Aufnahme in alle Lehrbücher für Gymnasien, fast zu einer schlechten Empfehlung.

Von den Schriftstellern meines Alters und selbst den viel jüngeren bin ich jedoch nicht der einzige, der ihn an erster Stelle unter den Begegnungen, die seine Entwicklung

* »hier liegt Red«, Umkehrung von *régicide,* Königsmord. (A.d.Ü.)

bestimmten, nennt. Und wenn ich Mitte der fünfziger Jahre munter gegen ihn zu Felde zog, wie auch gegen *La nausée*, so tat ich das ebenso sehr, um meine Schuld dem einen und dem anderen gegenüber zu bezeugen wie um, indem ich mich von ihnen freimachte, die Richtung meiner eigenen Arbeit zu definieren. Jedesmal übrigens, wenn ich die Lektüre (besonders von *L'étranger*, denn der Text von *La nausée* schien mir immer von sehr viel weicherer Beschaffenheit) wiederaufnehme, wirkt seine Kraft unvermindert von neuem.

Wenn man zu Beginn der Geschichte jenen verschlafenen Kaps erst oberflächlich Aufmerksamkeit geschenkt hat und sie dann, wie Sartre es tat, der zerstreuten schönen Literatur zur Last legt, hat man das schockierende Gefühl, in ein lediglich nach außen gewandtes Bewußtsein eingedrungen zu sein, ein unbequemes und paradoxes Gefühl par excellence, denn dieses Bewußtsein hätte eben kein »Innen« und bewiese seine Existenz in jedem Augenblick – ohne Dauer – nur in dem Maße (und in der Bewegung selbst), wie es sich unablässig außerhalb von sich projiziert.

Es ist wiederum Sartre – in einem zu derselben Zeit geschriebenen kurzen Essay –, der uns, um das Denken Husserls zu veranschaulichen, erklärt, daß wir sofort, wenn wir uns aus Versehen in ein solches Bewußtsein einschleichen würden, in hohem Bogen hinausgeworfen würden, mitten auf die Straße in die pralle Sonne, in den trockenen Staub der Welt, in ihr blendendes Licht... (Ich zitiere aus dem Gedächtnis, was durch den bewußt subjektiven Charakter meines gegenwärtigen Unternehmens ganz und gar gerechtfertigt ist.) Erkennt man da nicht, als wäre es Absicht, das algerische Dekor unserer ersten Seiten wieder: die Busfahrt zum Altersheim von Marengo, den langen Fußweg bis zum Friedhof, die drückende Hitze der vom Sommer verbrannten Ebenen der Mitidja? Der trockene

Staub und das blendende Licht, das ist zweifellos die physisch-metaphysische Welt von Meursault.

Durch einen erstaunlichen Glücksfall (oder Geniestreich) wird Camus also diese heimatliche Landschaft, die für ihn der Ort der größten *Vertrautheit* ist, in die Metapher für *Fremdheit* schlechthin verwandeln oder, genauer, in ihr »natürliches« Korrelat. Und die Stärke des Buches kommt zuallererst aus dieser *verblüffenden* Gegenwart der Welt durch die Worte eines von sich selbst abwesenden Erzählers hindurch, einer spürbaren Welt, an die man vollkommen glaubt, ohne das geringste Zögern, »als wäre man darin«, oder sogar noch mehr, nämlich derart, daß man die Lektion vergessen könnte: wie die Dinge einfach so vor dem Blick eines leeren Bewußtseins auftauchen, das überrascht uns mit solcher Heftigkeit, daß man kaum merkt, daß dies die perfekte, fast didaktische Verführung der phänomenologischen Erfahrung nach Husserl ist.

Albert Camus und die Sonne… Albert Camus und die Strände des Mittelmeers… Das Land, in dem der Orangenbaum der goetheschen Seele blüht, dürfte nicht fern sein, denkt man ganz getränkt von kantischem Humanismus und stillem Glück. Das ist doch der gleiche heitere Himmel, das gleiche freundliche Meer, das gleiche Licht, die gleiche Wärme, in der die goldenen Früchte langsam reifen… Nein! Plötzlich ist alles verändert. Man könnte sogar sagen, daß sich jedes dieser Zeichen verkehrt hat: wir sind ganz woanders. Algerien ist gewiß nicht die Toskana und auch nicht die Campagna, doch vor allem hatte Goethe, hervorgegangen aus den nordischen Nebeln, aus seinem Italien das ideale Klima gemacht, in dem die Vernunft blüht. Die Mittelmeerkultur, das war für ihn trotz ihres trockenen Bodens und ihrer grellen Helligkeit der Mutterbauch, die feuchte, warme Höhle im Schatten des Gesetzes, die natürliche Wiege des Maßes, des schönen Gleichgewichts, der ewigen Weisheit... Und nun ist hier alles (das Licht, die Trockenheit, die Sonne, die Hitze) drückend, unmäßig, unmenschlich, bedrohlich geworden.

Tatsächlich verschlimmern sich die Dinge bald, während Meursault sich als das Gegenteil eines leeren Bewußtseins erweist; und genau das verraten von Anfang an die paar anthropozentrischen Metaphern, die seiner Aufmerksamkeit entgangen sind. In Wirklichkeit hat auch sein Bewußtsein ein volles, transzendentes Inneres kantischer Art: es birgt *a priori* eine reine Vernunft, die es schon immer erfüllt, denn sie ist früher als jede gelebte Erfahrung. Was dieses Bewußtsein brauchte, war, sich von der äußeren Welt zu nähren, sie Tag um Tag zu verschlingen, sie zu verdauen und schließlich selbst Welt zu werden, ohne noch etwas aus sich herauszulassen.

Aus einer Art moralischem Puritanismus will Meursault darauf verzichten, seinerseits eine solche gesellschaftliche Reproduktion der vorgefertigten Gefühle, der üblichen Worte und der kodifizierten Gesetze zu gewährleisten. Aber er muß die umgekehrte Bewegung der leiblichen Aneignung dann gegen sein Innerstes vollziehen: nämlich im Gegenteil unermüdlich seine Seele leeren, indem er sich aus sich selbst vertreibt, als würde er endlos ein undichtes Boot ausschöpfen und gleichzeitig, um es zu entlasten, die armseligen Reichtümer aus seinem Kielraum über Bord werfen.

Er tut es aber, ohne darauf zu achten, daß diese Entleerung (dieses Abstoßen) dem Übervollen draußen jeden Tag ein bißchen mehr hinzufügt, während sie parallel dazu in seinem unglücklichen Bewußtsein allmählich einen großen Hohlraum schafft, der zum Preis einer immer größeren Energieverschwendung erhalten wird und dessen Wände nach allen Seiten bersten. Außerdem verstehen wir jetzt, daß diese Art Leere nur die Parodie dessen darstellt, was ein echtes husserlsches Bewußtsein wäre, das keinerlei Innen hätte und nie eines gehabt hätte; es wäre – in der Bewegung der Projektion nach außen – bloß der Ursprung der die Welt bildenden Phänomene, während Meursault gegen jene Welt einen tragischen Kampf auf Leben und Tod führt.

Sehr schnell ahnt man das unvermeidliche Drama; dieser falsche Fremde wird sich zu irgendeiner Verzweiflungstat hinreißen lassen: einem Schrei, einem Attentat, einem absurden Verbrechen. Oder vielmehr, das wird ganz von allein geschehen, ohne daß er die Kontrolle darüber hätte (welcher Hohn!), denn die Sonne, der trockene Staub und das blendende Licht werden das Verbrechen durch seine sich verkrampfende Hand begehen.

Die vier kurzen Schüsse genau in der Mittagszeit auf dem ausgestorbenen und überhitzten Strand knallen wie eine erwartete Implosion. Das gefährliche Ungleichgewicht zwischen der übervollen äußeren Welt und diesem entleerten Bewußtsein – nicht ohne Innerlichkeit, wie es gerne wäre, sondern im Gegenteil mit einem Hohlraum im Innern, in dem es ein Vakuum geschaffen hat – konnte nur zum Knall führen: im Bruchteil einer Sekunde wird die Seele, am Ende ihrer Kraft, die ganze abgestoßene Welt mit ihren Adjektiven, ihren Gefühlen, ihren Leidenschaften, ihrem Wahnsinn wieder absorbieren, und augenblicklich ist sie in tausend Stücke zerbrochen.

Und ich erwache, nachdem ich implodiert bin, sogleich auf der Rückseite jener Welt, wo ich bisher gelebt habe: ich, der ich behauptete, nur existieren zu können, indem ich mich nach außen projiziere, bin jetzt durch eine grausame topologische Umkehrung des Raums in einer Gefängniszelle eingemauert, etwas Geschlossenem, Kubischem, Weißem aller Wahrscheinlichkeit nach, und innerhalb dieser vier Mauern, die nun mein einziges mögliches Außen darstellen, gibt es nichts, weder Möbel noch Leute, noch Sand, noch Meer, nichts als mich.

Seltsame Karikatur des Mutterbauches, dieses Loch ohne Sonne, das wie das Vorzimmer meiner nahen Exekution ist, denn – ich weiß wohl – ich werde wegen Implosion zum Tod verurteilt werden. Durch eine kleine quadratische unerreichbare Öffnung ganz oben in der senkrechten Wand betrachte ich mit neuer Intensität und einer heute akzeptierten Gefühlsregung, ohne eine Nuance zu verlieren, die wechselhaften Farben, die der Himmel in der Abenddämmerung annimmt; und in diesem schönen, wolkenlosen Azur, der unmerklich in Rosa, Mauve, Grün, Jade übergeht und von dem ich jedes Quentchen »mit den Augen verschlinge«, erkenne ich diesmal die lateinische Milde: von der anderen Seite meines lächerlichen Fensters (der für immer verlorenen Seite) winkt mir wieder Goethe zu.

Wenn ich nicht den Himmel anschaue, weil die Nacht vollkommen schwarz ist oder während der allzu starren Helligkeit der Mittagsstunden, versuche ich mich zu erinnern: ich strenge mich an, mir bis ins kleinste alle Gegenstände vorzustellen, die mein früheres Zimmer enthielt, in ihrer genauen Position und ihrem wirklichen Zustand, und bemühe mich hartnäckig mit aller notwendigen Langsamkeit, wieder die geringsten Einzelheiten vor mir zu sehen, ihre Form, ihre Farbe, ihr Material sowie die zufälligen, unerklärlichen winzigen Makel oder Unebenheiten der Oberfläche, abgeblätterte Farbe, Kratzer im Holz, leichte Schrammen im Metall, unregelmäßige Glasur, die echte Dinge aus ihnen machten und nicht abstrakte Modelle. Oft, wenn ich zum Beispiel die genaue Form eines von einem Möbelstück abgerissenen Stückchens Furnier suche, sage ich mir, daß ich das vielleicht erfinde, aber ich habe das alles mit solcher Deutlichkeit, mit solcher Schärfe vor Augen, daß ich immer weniger verstehe, wo der Unterschied liegen soll. Und manchmal sogar fehlt nicht viel, und ich denke, das Wirklichste ist genau das, was ich von vorn bis hinten konstruiert habe.

Zur Erholung lese ich noch einmal den Zeitungsausschnitt. Es ist eine Meldung, die ich vor sehr langer Zeit den Lokalnachrichten entnommen habe: wahrscheinlich ein Sexualverbrechen (doch der Anstand hat dem Redakteur verboten, die Dinge offen zu berichten), das von einem gewissen Nicolas Stavroguine an einem kleinen Mädchen begangen wurde. Die Beschreibung des Zimmers sowie die Zeitungsnotiz, die wegen der Abnützung des minderwertigen Papiers an den Faltstellen schwer leserlich geworden ist, befinden sich jetzt in meinem dritten Roman, *Le voyeur*. Was das abgesplitterte Furnier angeht, so war im vorliegenden Werk bereits davon die Rede, wenn ich mich recht entsinne.


Doch bisweilen vermute ich auch in meiner Gefängniszelle, wo ich Zeit habe, über diese Probleme nachzudenken, daß ich bei manchen in gewisser Hinsicht ähnlichen Gelegenheiten ihrer zweifelhaften politischen Abenteuer Henri de Corinthe mit dem Marquis de Rollebon verwechselt habe, auf den gerade ein paar Seiten weiter vorn bezüglich *La nausée* angespielt wurde. Diese Verquickung hat ihren Ursprung sicher vor allem in den geheimnisvollen Reisen des Grafen Henri – wie ihn mein Vater stets nannte – nach Rußland und Deutschland Ende der dreißiger Jahre oder ganz zu Anfang der vierziger, ungefähr hundertfünfzig Jahre nach denen Rollebons also.

Genau wie Stawrogin in Dostojewskis Roman ist Corinthe fast immer auf Reisen in dieser fieberhaften und erbarmungslosen Zeit. Sein ungewisses Treiben spielt sich außerhalb der Grenzen ab, und man kennt nur schwierig zusammenzutragende Bruchstücke davon, meist allein dank der (manchmal übereinstimmenden, andere Male sich widersprechenden, in den meisten Fällen völlig zusammenhanglos scheinenden) Berichte Dritter, von denen viele selbst nicht in direktem Kontakt mit ihm gestanden haben. Zumindest einer dieser wenig vertrauenswürdigen oder eindeutig verdächtigen Zeugen, Alexandre Zara, hatte überdies ein offenkundiges Interesse zu lügen, was seine eventuellen Beziehungen zu den anderen internationalen Agitatoren anging: wir wissen jetzt tatsächlich, daß er selbst ein Nazi-Agent war und seit Jahren in London arbeitete und daß er nach seiner Festnahme durch die britische Spionageabwehr am Ende des Krieges unablässig versucht hat, die Spuren zu verwischen, und nicht gezögert hat, Unschuldige zu kompromittieren, besonders wenn sie ein gewisses Ansehen genossen.

Im September 38 ist Corinthe in Berlin – das scheint eine unbestreitbare Tatsache zu sein –, und er trifft dort zwei wichtige, dem Kanzler sehr nahestehende Persönlichkeiten, eine davon mehrmals. Doch die deutsche Presse der Zeit stellt ihn bereits als Schwerkranken dar, der sich den größten Teil des Tages ausruhen muß. Gerüchte gehen um und werden von den Zeitungen wiederholt: über ein Duell mit dem Säbel, bei dem er an der Kehle so schlimm verletzt worden sein soll, daß es den Chirurgen nicht gelungen sei, ihn wiederherzustellen. Am 24. desselben Monats besucht ihn ein Berichterstatter im Hotel Astoria in der Nähe der Wilhelmstraße, um ihn über die europäischen rechtsextremen Ligen zu interviewen, und findet, wie er sagt, einen sehr geschwächten Mann vor, »mit einem dicken weißen Mullverband um den Hals, der eine Stützschiene, aber genausogut irgendeine von einem Unfall herrührende Wunde oder eine bösartige Geschwulst verbergen könnte«.

Indessen ist er Anfang Oktober (also direkt nach dem Münchner Abkommen über das Sudetenland) in Prag, wo er am 7. abends eintrifft (mit der Eisenbahn aus Krakau kommend, so glaubt man), das heißt kaum ein paar Stunden vor der Explosion eines Güterzugs aus Deutschland, die den berühmten Wilson-Bahnhof oben am Wenzelsplatz in der Innenstadt erheblich beschädigen wird. Ein solcher Zug in jenem damals hauptsächlich dem Personenverkehr vorbehaltenen Bahnhof bedeutete bereits ein ernstes Problem. Andererseits haben dann die zahlreichen Unwahrscheinlichkeiten, die in den übrigens wenig aufeinander abgestimmten offiziellen Verlautbarungen der folgenden Tage von seiten der tschechoslowakischen Behörden festgestellt wurden, den unsinnigsten Vermutungen Tür und Tor geöffnet. Und noch heute, fast ein halbes Jahrhundert später, gibt die Art des in den Waggons transportierten Materials sowie der technische Ursprung des Unglücks, das fast allen wie ein Attentat vorkommt, den mit diesen Präliminarien des Zweiten Weltkriegs befaßten Historikern Anlaß zu so manchem Streit.

Corinthes Anwesenheit am Ort des Geschehens scheint jedenfalls kein Zufall zu sein, denn in einem handschriftlichen Brief, aller Wahrscheinlichkeit nach vom Tag der Katastrophe, dessen Adressaten man aber leider nicht kennt (man hat den Brief nach dem Sieg der Alliierten in den Kisten des Archivs der Geheimpolizei in Dresden gefunden), macht Comte Henri eine sehr genaue Aufstellung der an den Eisenbahnanlagen entstandenen Schäden, und zwar in einer unpersönlichen Sprache, die den deutlichen Eindruck hinterläßt, es handle sich um einen Auftragsbericht, ohne daß man allerdings erfährt, welcher Art der Auftrag war, noch für wen er ausgeführt worden ist.

Bleibt, daß die – vielleicht freundschaftlichen, auf jeden Fall herzlichen – Beziehungen zwischen Henri de Corinthe und Konrad Henlein (Anführer der pronationalsozialistischen Partei im Sudetenland und in Nordböhmen) bezeugt zu sein scheinen durch ein Photo, das weniger als zwei Jahre zuvor bei der Einweihung des deutschen Pavillons auf der Welt-ausstellung 1937 in Paris aufgenommen wurde. Darauf erkennt man in einer Gruppe deutscher und französischer Persönlichkeiten eindeutig die beiden Männer, die zusammen lachen und ihre Gläser erheben.

Ich war fünfzehn, und ich erinnere mich mit Bitterkeit an das Gefühl von einem grotesken Desaster, das in Frankreich mit diesem Tag angerichtet wurde: am vorgesehenen Datum der Ausstellungseröffnung waren nur zwei Pavillons fertig, derjenige Hitlerdeutschlands und der Sowjetruß-lands, die sich übrigens merkwürdig glichen. Die beiden massiven, klotzigen, wuchtigen, mit kolossalen Statuen verzierten Bauwerke, deren pompöse Nüchternheit für uns heute den faschistischen Stil kennzeichnet, standen einan-der am Pont d'Iéna auf dem rechten Seineufer gegenüber, ein riesiges Hakenkreuz vor dem heftig geschwenkten Wahrzeichen von Hammer und Sichel. Alles übrige, vom Hügel von Chaillot bis zur Militärakademie, war nur eine ungeheure Baustelle aus Schutt und Schlamm – die vorher-sehbare Folge der wiederholten Streiks der Volksfront –, in der ein paar verlorene Minister herumwateten. Einzig die UdSSR und Deutschland hatten es vorgezogen, nur auf ihre eigenen Arbeiter und Techniker zu vertrauen. Die Kom-mentare in meiner Familie an jenem Abend kann man sich vorstellen.


Doch ein paar Wochen später, am Anfang des Sommers, erinnere ich mich an glückliche heiße Tage und lange begeisterte Bummel durch die endlich fertige Ausstellung, wo wir in der unkenntlichen Landschaft dessen, was das Marsfeld und die Quais sein mußten, auf den kleinen schattigen Plätzen zwischen unglaublichen, bezaubernden, erstaunlichen oder auch nur ungereimten Bauten die Kühle der Bäume suchten, ein paar Minuten neben einem fächerförmigen Wasserstrahl ausruhten, den Saft exotischer Früchte tranken, scharfe oder süßsaure Speisen kosteten, bevor wir zu neuen Entdeckungen aufbrachen, immer in Begleitung der Mutter, die für das labyrinthische Flanieren durch Anlagen und Pavillons viel begabter war als Papa. Zweifellos kannte ich wenig, hatte einen großen, träumerischen Hunger, so viel wie möglich zu entdecken, und geriet über alles in Entzücken. Mama, immer verfügbar, aufmerksam, voller (oft schimärischer) Pläne, war der ideale Gefährte für diese Besuche ohne Programm. Danach sprachen wir noch lange von irgendeinem polnischen Haus, dessen Außenseite innen war, von den tunesischen Merguez, die ich zum erstenmal probierte und die so köstlich waren, daß ich seither ihren durchdringenden Geruch nach Orient in der Nase habe, und dann von unbekannten Pflanzen, japanischen Schritten, Terrassen, Glaswänden oder auch einer ganzen Reihe großer venezolanischer Lampenschirme aus zweifarbigem dunklem Holz, so dünn, daß sie durchscheinend waren. Ich erinnere mich auch an warme Abende – als hätte sich selbst das Pariser Klima aus diesem Anlaß geändert – und die grellen Lichter von übernatürlichem Grün zwischen dem Laub der Edelkastanien, die metallisch glänzende Strahlen auf diese neue Phantasiewelt warfen.

Die Wichtigkeit dieser Dinge – gewürzter dünner Würstchen oder im Blattwerk versteckter Glühbirnen – liegt natürlich nicht in ihrer eigentlichen Bedeutung, sondern in der Art und Weise, wie sie sich in unser Gedächtnis eingeprägt haben. Und die stärksten Bande zwischen einander nahestehenden Menschen machen vor allem – das ist bekannt – kleine unbedeutende Dinge aus. So bin ich sicher, mit meiner Mutter während meiner ganzen Kindheit und weit darüber hinaus ein dichtes Netz gemeinsamer Vorlieben, die wahrscheinlich von ihr ausgingen, besessen zu haben, aber auch ein festes, obwohl ungreifbareres Geflecht kleinster Ereignisse und winziger Empfindungen, die wir Tag für Tag in übereinstimmender Weise erlebten.

Als Beispiel sollte ich unsere gemeinsame Liebe zu Gärten und Gartenarbeit anführen, eine ausgeprägte Begabung für kulinarische Erfindungen am Herd, unsere Neigung, im Kopf komplizierte und genaue Pläne aufzustellen (von der einfachen Strecke zwischen einem Punkt in Paris und einem anderen bis hin zur vollständigen Umwandlung eines Hauses oder eines Viertels), auch eine Leidenschaft für unnütze Diskussionen über irgendeinen nicht weiter interessierenden Gegenstand oder sogar ganz einfach unsere bemerkenswerte Eigenschaft, mit Nichtstun Zeit zu verlieren. Doch all das wären noch relativ grobe Züge, in gewisser Weise globale Optionen, während das Wertvollste, an dem wir uns gemeinsam erfreuten, sicher viel bescheidenere Ausmaße hatte und so ohne jeden allgemeinen Charakter, so bruchstückhaft, so augenblicklich, so vergänglich war, daß es mir nur von geringem Interesse zu sein scheint, heute emsig die besten Kostproben davon zusammenzusuchen. Bläuliche Flaumfedern, die ein Vogel verloren hat, Silberpapier, in das Schokolade eingewickelt ist, der neue Trieb an einem Steckling, ein zitronengelber Strohhalm im Straßenstaub, eine rote Ameise, die ein Stückchen Keks transportiert, ... ich könnte aufs Geratewohl irgendeine Einzelheit von irgend etwas nehmen, denn das Wesentliche besteht in der Aufmerksamkeit, die man ihnen schenkt und vor allem darin, wie sie miteinander verwoben sind.

Papa sagte, meine Mutter und ich liebten die kleinen »*coinsteaux*« (ist das ein altmodisches Argot-Wort oder

Familienjargon?), womit er sagen wollte, wir seien weniger berührt von einer weiten Landschaft als von irgendeinem einzelnen, unauffälligen, etwas marginalen Element: dem aus der Höhe eines Gebirges betrachteten großen See zögen wir die zufällige Anordnung dreier bemooster Steine am Rand eines Wasserlochs vor. Zärtlich machte er sich manchmal lustig über Mamas Kurzsichtigkeit wie auch über ihre Nase, die er gigantisch fand. Aber ich selbst sah ganz normal und zeigte dennoch die gleiche Neigung, die Welt aus äußerster Nähe zu betrachten, um immer feinere Unterschiede zu entdecken, selbst wenn sie keinen Sinn bilden.

Und es ist wahrscheinlich, daß auf mich wie auf sie sehr kleine Gegenstände eine besondere Anziehung ausübten. Meine ganze Kindheit hindurch habe ich mir winzige Spielzeuge aus zartesten Materialien gebastelt. Oft hat man mir diese Geschichte erzählt: als mich meine Eltern einmal gegen Ende des Jahres fragten, was für ein Spielzeug mir am 25. Dezember vor dem schwarzen Marmorkamin, wo wir am Abend zuvor aufgeregt unsere Schuhe aufstellten, Freude machen würde, hatte ich mir ganz ernst gewünscht, der Weihnachtsmann möge »abgebrannte Streichhölzer« bringen. Unsere Geschenke waren zwar bescheiden, aber so nun auch wieder nicht!

Damals habe ich ein ganzes Sortiment dünner Stäbe und Leisten aus Pappelholz bekommen (von ein oder zwei Zentimeter Stärke) sowie Schreinerwerkzeug für kleine Jungen, das aber ähnlich aussah wie das für Erwachsene: Säge, Hammer, Raspel und Feilen, Winkel usw. mit passenden Nägeln. Voller Schaffensfreude, die lange Monate und sogar mehrere Jahre angedauert hat, fing ich sogleich an, Miniaturhäuser – romanische, etruskische oder byzantinische – zu bauen, wozu ich mich von der Tafel »Wohnen« des zweibändigen Larousse inspirieren ließ.

Ich verbrachte auch ganze Tage damit, in kleine Pappschachteln, die ich mit dem gleichen Ernst etikettierte, wie es die hinter den Glastüren einer Museumsvitrine waren, ordentlich auf ein Wattebett Zangen von Krabben einzusortieren oder auseinandergenommene und mit peinlicher Sorgfalt gesäuberte Seeigel, ebenso wie bunte Kollektionen wertloser Dinge: Dornen verschiedener Sträucher, Käfer derselben gewöhnlichen Art mit metallisch glänzenden Flügeln in vielfältigen Schattierungen, versteinerte Nummuliten, die rundum gespalten waren und die spiralförmigen einstigen Behausungen der Protozoen sehen ließen, zerbrechliche, durchscheinende Muscheln mit einem Saum wie Rosenblätter, gesammelt entlang der Strände und, wenn sie trocken waren, nach ihren zarten perlmuttschimmernden Fleischfarben ausgewählt.

Aber ja doch: ich besaß auch zwei einige Zentimeter hohe Porzellanpuppen, die ich an- und auszog. Man sah wohl, daß das keine Babys, sondern bereits kleine Mädchen waren. Ich bin ihnen sicher sehr lange treu geblieben, denn sie sind – wehrlos, versteht sich – in den Genuß meiner ersten bewußten erotischen Übungen gekommen. Tatsächlich waren meine perversen Neigungen so frühzeitig entwickelt, daß sie mir, wenn ich es recht bedenke, sogar noch vor jedem heterosexuellen Bewußtsein dagewesen zu sein scheinen: ich stellte mir oft ein Massaker unter meinen Klassenkameraden vor (die Grundschulen waren nicht gemischt), doch die, die mir häßlich und unsympathisch vorkamen, wurden so schnell wie möglich exekutiert, nur damit sie weg waren, während die anmutigen Körper mit zarten hübschen Gesichtern, gefesselt an die Kastanienstämme im Pausenhof, ein Recht auf lange Qualen hatten.

Pingelig, sadistisch und obendrein sparsam, gebe ich hier vor dem guten Doktor Freud zu, daß ich von Kindesbeinen an eben jene drei Attribute in mir vereinigt habe, aus denen er einen seiner Lieblingskomplexe gebildet hat. Und für seine gegenwärtigen und zukünftigen Nachfolger weise ich hier außerdem für alle Fälle darauf hin, daß ich bis zum Alter von über zwei Jahren an der Mutterbrust getrunken habe und daß ich so, als ich schon laufen und fast fließend sprechen konnte, in klaren Worten diese exklusive Nahrung fordern konnte mit einem zu Hause legendär gebliebenen Satz: »Nicht Milch aus der Tasse, Milch von Mama.«

Mama verwandte auf ihre geringsten Aufgaben dieselbe Sorgfalt und dieselbe Geduld, und sie besaß auch die Fähigkeit, die meisten in ein Spiel zu verwandeln. Ihre Liebe zu den ganz kleinen Dingen war unter Verwandten und Freunden so bekannt, daß jeder ihr von seinen Reisen welche mitbringen wollte. Und in einem Glasschrank von Kerangoff gibt es immer noch eine bunt zusammengewürfelte Sammlung, die von ein paar Millimeter großen Küchengeräten aus den Cevennen bis zu japanischen Figuren aus Reiskörnern reicht.

Dagegen trennten uns aber radikal alle Fragen unverhohlen geschlechtlicher Art oder auch nur stark erotischen Inhalts. Ich hatte sehr bald herausgefunden, daß dies kein Gebiet möglicher Übereinstimmung war. Und so schwieg ich, der ich alles erzählte, instinktiv über meine grausamen Phantasien und meine nächtlichen Vergnügungen. Abgesehen von lesbischen Beziehungen – ob nur gefühlsmäßiger oder auch viel weitergehenderer Art, weiß ich nicht –, denen gegenüber ihre Nachsicht mir immer augenfällig erschien, wurden sexuelle Verirrungen jeder Art, sobald man darauf anspielte, lächelnd angeprangert (in ihren Äußerungen zumindest) als schmutziger denn andere Dinge, und vielleicht gehörte der sogenannte normale Koitus auch dazu.

Dennoch bin ich überzeugt, daß keine Spur von Puritanismus oder Prüderie an ihr war. Die Sinnlichkeit ihres Verhältnisses zur Welt war offenkundig und gab keinen Anlaß zu scheinheiliger Verschleierung. Übrigens sprach sie mit einer für die Zeit sehr großen Freiheit über alles, lachte zum Beispiel über die sodomistische Propaganda, die – anscheinend – eine ihrer früheren Freundinnen betrieb, oder gab einem jungen Mädchen derartige Ratschläge: »Es gibt Jungen, mit denen man schläft, die man aber nicht heiratet«, eine Sentenz, vorgebracht mit der Autorität, die sie auch einsetzte, wenn sie gleich bei der ersten Begegnung kategorische und endgültige Urteile über die Leute fällte.

Heute sage ich mir, daß sie ein viel größeres Einverständnis empfinden mußte, wenn es sich um weibliche Lust handelte, da sie der männlichen immer mehr oder weniger vorwarf, gewalttätig, einseitig und grob zu sein. Nachdem sie *La nausée* gelesen hatte wegen des Interesses, das ich dem Buch entgegenbrachte, verurteilte sie Roquentin gnadenlos, weil er von seiner Freundin (was ich nie am Text überprüft habe) oral-genitale Gefälligkeiten verlangte. Sie stand in so direkter und leidenschaftlicher Verbindung zu allem Gegenwärtigen oder Imaginärem, daß ihr ein Romanheld – und sei er der Bote einer neuen Metaphysik – zunächst als Individuum erschien, mit dem zu verkehren sie Lust hatte oder nicht. Kurzum, meine Mutter gab mir zu verstehen: dein Freund Roquentin ist ein widerlicher Kerl, du brauchst ihn gar nicht erst wieder einzuladen! Sie geriet von Natur aus in Feuer. Ich erwiderte lächelnd: »Du übertreibst!« Doch ich verzichtete recht schnell darauf, meine Art, die Literatur zu lesen, mit ihr teilen zu wollen.

Sollte es aber vielleicht im Zusammenhang mit ihr und diesem dunklen Gebiet des Eros irgendein persönliches Schuldgefühl geben, das mein Verständnis verfälscht? Ihre Haltung Männern und deren Phantasien gegenüber schien mir jedenfalls um so auffälliger, als sie mit umfassender

Zärtlichkeit die Paarung von Tieren, Vögeln oder Katzen, beschützte, selbst wenn bestimmte Kater vor ihren Augen eindeutige sadoerotische Neigungen bewiesen. Wie bei allen Manuskripten meiner Anfänge war meine Mutter auch die erste Leserin von *Le voyeur*. Nachdem sie fertig war, äußerte sie, wie schon gesagt: »Ich denke, das ist ein bemerkenswertes Buch, aber es wäre mir lieber gewesen, wenn es nicht mein Sohn geschrieben hätte.«

Bei einem internationalen Kolloquium vor wenigen Jahren habe ich gehört, wie ein beliebter Regisseur – ein Inder oder Ägypter, ich erinnere mich nicht mehr – einem vor Rührung stummen Publikum von Cinephilen erklärte, daß sich die Hauptsorge, die seine Arbeit leite, wenn er eine Szene drehe, in die einfache Frage zusammenfassen lasse: Wird meine Mutter verstehen, wird sie mögen, was ich da mache? Geschichten erzählen, für die seine Mama zugleich der Adressat und der oberste Richter ist, warum nicht? Das ist ein Kriterium so gut wie jedes andere. Doch ich habe meine Romane wahrscheinlich nicht für sie geschrieben und meine Filme nicht in der Hoffnung gedreht, ihr Freude zu machen. Dann also gegen sie? Das glaube ich genausowenig, obwohl man in meiner Voreingenommenheit für eine – scheinbar – kalte Erzählhaltung eine Art Abwehrreaktion auf die allzu hitzige Subjektivität sehen mag, mit der sie ihren Gefühlen Ausdruck verlieh.
Wenn man sich jedoch einen solchen Standpunkt zu eigen machte, könnte man genausogut sagen, daß ich aus Mißtrauen meinen eigenen Veranlagungen gegenüber oder sogar im offenen Kampf gegen mich begonnen habe, auf diese geläuterte Weise zu schreiben (und dann Filme zu machen). Denn diese fragwürdige Vorliebe für eine ganze Literatur der Vehemenz und der Verzweiflung, von der ich

hier schon gesprochen habe, teilte ich reichlich mit meiner Mutter, während Papa wütend seine ihm allzu hitzige Lektüre von *Jude the Obscure* unterbrach, um aufzuspringen und den Band auf den Boden zu werfen, den in einem gesunden Reflex des Selbstschutzes mit Füßen zu treten man ihn gerade noch hindern konnte. Ich begnügte mich damit, mir die Augen auszuweinen, als ich den betrüblichen Schluß von *Fortune carrée* las; und es war für mich kaum ein ausreichender Trost, wenn man mir, um mich in meiner Not zu beruhigen, immer wieder sagte, das sei keine wahre Geschichte und der Autor hätte alles nur erfunden, damit ich ihm in die Falle ginge.

Selbst wenn ich also gegen einen erheblichen Teil meiner Neigungen arbeite, schreibe und filme ich auf jeden Fall allein für mich, und ich muß lachen, wenn ein Filmkritiker in einem Artikel, in dem ich einmal mehr verdammt werde, seinen zahllosen Anhängern mit gelehrter Miene erklärt, daß Robbe-Grillet leider die spezifisch »populäre« Natur der siebten Kunst noch nicht begriffen habe (die dann also keine ist, denn es gibt nur persönliche Kunst). Und auch bei diesem Buch, das sich namentlich an den Leser oder sogar an den Kritiker zu wenden scheint, bin ich nicht so sicher, ob ich nicht wie üblich der einzige Adressat bin. Man erschafft immer für sich, selbst wenn man von weltweiten Auflagen oder brechendvollen Kinos träumt.

Ohne mir dessen bewußt zu sein, hätte ich also Geschichten erfunden, um meine allzu überheblich gewordenen kriminellen Phantasien zu beherrschen (der Geist des Marquis de Sade, der mich im Bett an den Füßen zog), zugleich aber ganz im Gegenteil, um jene übertriebene Empfindlichkeit einer zartbesaiteten, zurückgebliebenen Heulsuse zu besiegen, die fähig ist, tagelang zu trauern wegen irgendeines kleinen, weder aktuellen noch oft wirklich existierenden Leids und es wiederzukäuen, bis die Kehle zugeschnürt ist und die Lider brennen, vor allem wenn es mit sehr jungen Frauen oder kleinen Kindern zu tun hat. Plötzlich kommt ein seit mindestens einem halben Jahrhundert schlecht vergrabenes Beispiel an die Oberfläche...

Unser Vater ist kaum mehr als fünf oder sechs Jahre alt. Es ist im Jura. Die Spielkameraden, Jungen und Mädchen, haben vor, einen Kuchen zu backen, und jeder soll irgendein Gerät oder eine Zutat mitbringen. Mein lieber Papa im Schülerkittel geht ganz zufrieden zu den anderen zurück und hält vorsichtig das kostbare Stück Butter, das ihm seine Mutter für diese große Gelegenheit gegeben hat. Doch als sie wieder alle beisammen sind, streiten sich die Jungbäcker. Schließlich wird gar nichts gebacken. Und das Kerlchen trottet auf demselben Pfad, der sich durch die Wiesen hindurchschlängelt, stolpert über die Steine, schnieft, das Herz plötzlich so schwer von dem Elend der Welt und der Blick für immer verloren in grenzenloser Enttäuschung – trottet ganz allein in der Sonne nach Hause mit dem nutzlosen, schlecht wieder eingewickelten Stück Butter, das allmählich in seiner Hand schmilzt. Warum hat er uns dieses kleine Mißgeschick erzählt? Aus welchem Stoff ist dieser maßlose Kummer gemacht, dessen er sich noch vierzig Jahre später unverändert erinnert?

Heute erbarme ich mich natürlich mit allergrößter Leichtigkeit, vergeblicher Zärtlichkeit und kindischem Mitleid Catherines, da sie ja zugleich meine Frau und meine Kinder ist und ich mich ganz und gar für sie zuständig fühle, verantwortlich für ihr Glück, während sie sehr gut allein zurechtkommt, schuldig an ihrem Schmerz, auch wenn ich gar nichts dafür kann. Und so scheint mir unser gemeinsames Leben durchzogen von winzigen traurigen Geschichten, wo ich plötzlich vollkommen hilflos bin, linkisch, wie entleert angesichts untröstlicher, herzzerreißender, absoluter Verzweiflung, deren Spuren mir noch im verwundeten Gedächtnis bleiben, wenn Catherine sie vielleicht schon längst vergessen hat.

Es war kurze Zeit nach unserer Hochzeit; wir wohnten am Boulevard Maillot in jener ganz neuen Wohnung, die wir der diskreten Freundlichkeit Paulhans verdanken. Ich habe mitten am Nachmittag Siesta gehalten, wie es mir seit meinen fernen »kolonialen« Tagen oft passiert, während meine Kind-Frau die Gardinen von der Reinigung abholte. Als ich aus meinem Zimmer komme, begegnet mein Blick ihren von schlecht unterdrückten Tränen geweiteten Augen in einem verwüsteten Gesicht. Unter meinen besorgten Fragen kann sie sich nicht länger zusammennehmen, bricht in schmerzliches Schluchzen aus (das anzusehen allein schon weh tut) und schafft es kaum, zwischen zwei Verkrampfungen, die in Wellen über ihr Gesicht herfallen, das nicht Wiedergutzumachende zu murmeln: »Sie haben mir meinen Vorhang zerrissen.«

Ein banales Mißgeschick, wird jeder sagen, doch bereits der Anblick des scheußlich ausgefransten Risses in dem fast neuen Musselin läßt mich von ganzem Herzen ihr Unglück teilen. Und dann ist es vor allem Catherine, und ich liebe sie, und das hilft ihr nichts, und sie sieht aus wie ein inmitten von Ruinen verlassenes kleines Mädchen... Es ist die Zeit, wo es einem schwerfällt zu glauben, daß sie kein Mädchen mehr ist, sondern eine richtige junge Frau. Als sie ihr Hochzeitskleid in die Reinigung brachte, noch vor der (keine Angst: intimen und nur standesamtlichen) Trauung, weil die Schneiderin es in einem durch ihre Arbeit etwas mitgenommenen Zustand abgeliefert hatte, erklärte ihr die Frau dort mit dem wohlwollenden Eifer eines Erwachsenen, der fürchtet, sich nicht verständlich machen zu können: »Das nächste Mal, Kleines, sagst du deiner Mama, daß sie zuerst das Futter heraustrennen soll.« – »Ja, Madame«, erwiderte Catherine, ohne verlegen zu werden.

Zu dem Vertreter, der an der Tür klingelt und sie, enttäuscht von ihrer Größe und ihrem Aussehen, fragt, ob niemand zu Hause sei, sagt sie in aller Einfalt und glaubt es fast selber: »Nein, es ist niemand da«, und sie schließt die Tür und dreht den Schlüssel im Schloß, um sich sicherer zu fühlen.

Zwei Jahre später in Hamburg nach einem Vortrag, den ich im Französischen Kulturinstitut gehalten habe, unternimmt es unser Generalkonsul, ein paar liebenswürdige Worte an dieses unter den Erwachsenen verlorene hübsche kleine Mädchen zu richten: »Na, langweilt es Sie nicht, Mademoiselle, Ihren Papa auf seiner Reise zu begleiten?« Aber diesmal versetzt sie mit ihrem charmantesten Lächeln: »Das ist nicht mein Papa, Monsieur, das ist mein Mann!« Der arme Diplomat weiß nicht mehr aus noch ein, während wir beide uns über seinen Irrtum diebisch freuen.

In Wirklichkeit spielt das Alter keine Rolle, so wenig wie das Aussehen oder der Charakter. Nach so vielen Jahren, die wir zusammen damit verbracht haben, Häuser zu organisieren oder die Welt zu durchstreifen, und trotz ihres sehr freien Lebens mit persönlichen Freunden aller Art und dieser glücklichen Eigenschaft, niemanden nötig zu haben, ist Catherine dennoch mein kleines Mädchen geblieben. Und so soll eine erst unlängst erfolgte Szene diesen hartnäckig sentimentalen Abschnitt beschließen.

Ich bin seit einigen Tagen allein in Mesnil; ich erwarte ungeduldig ihre für denselben Abend versprochene Ankunft. Endlich kommt sie, wie immer sehr spät in der Nacht. Ich weiß nicht, was ich tun soll, um ihre Rückkehr zu feiern, trotz des sichtlichen Ärgers, den ihr das Geständnis meiner grundlosen Sorgen bereitet: wenn ich so einen ganzen Abend auf sie warte und aus einem Fenster im ersten Stock nach den Scheinwerfern ihres Wagens zwischen den

Bäumen am Eingang des Parks spähe, stelle ich mir jedesmal wieder vor, daß sie unterwegs verschwunden ist, daß ihr, ich weiß nicht, was, zugestoßen ist, genau wie einst Mama, wenn ich nach dem angekündigten oder von ihr ausgerechneten Zeitpunkt nach Hause kam.

Und da fällt mir, durch eine ungeschickte Bewegung beim Öffnen eines Schranks oder weil zufällig irgendwelche Dinge unglücklich stehen, ein als Lampe dienender durchsichtiger Glasballon herunter, der in einer Ecke auf dem Kirschbaumbüffet der Küche steht. Die zerbrechliche Kugel zerspringt auf den Fliesen in tausend Stücke. Catherine stößt den Schrei eines verwundeten Vogels aus und sagt im Ton ungläubigen Flehens: »O nein!« In der Stille, die folgt, betrachtet sie einen Augenblick regungslos das Desaster zu ihren Füßen; dann bückt sie sich langsam und hebt sachte einige der größten scharfkantigen, traumhaft dünnen Scherben auf, als könnte es noch eine Hoffnung geben, sie wieder zusammenzukleben. Doch bald läßt sie sie entmutigt wieder fallen, um mit ganz kleiner Stimme diesen Satz auszusprechen, der so trostlos ist wie ein für immer verlorenes Glück: »Das war wie eine dicke blaue Seifenblase . . .«

Es war nichts besonders Wertvolles, nur eine alte handgeblasene Flasche von früher, die sie, obwohl die schützende Korbhülle fehlte, wie durch ein Wunder heil im Keller gefunden hatte, als sie nach dem Tod ihrer Großmutter das Häuschen von Bourg-la-Reine aufräumte. Aber ich wußte, daß sie sehr daran hing – vielleicht wie an einer Erinnerung aus der Kinderzeit – wegen dieser außerordentlichen Zartheit des Glases und seiner sehr leichten bläulichen Tönung, während die meisten jener alten Korbflaschen doch aus gröberem Material und von grünlicher Farbe sind.

Nun denn, es ist nicht wiedergutzumachen. Mit all meiner tröstenden Macht nehme ich Catherine in den Arm. Ich weiß wohl, daß ihr das überhaupt nicht hilft. In der Nacht mit dem nun schalen Nachgeschmack lege ich die Scherben des Glasballons ehrfürchtig in das Grab einer Pappschachtel, als Muster (sage ich, um ein Alibi zu haben), das heißt in der Hoffnung – wer weiß –, eines Tages bei irgendeinem Trödler auf dem Land eine ganz ähnliche mit genau der gleichen himmelblauen Schattierung aufzutreiben. Aber bis jetzt habe ich noch nichts gefunden.

Man hat mich oft gefragt, warum es in all meinen Filmen (und schon lange vor dem hier berichteten Unglück) soviel zersprungenes Glas gibt, angefangen mit *Marienbad* bis hin zu *La belle captive*. Im allgemeinen antworte ich, daß dieses Geräusch interessant sei (ein Zusammenklang kristalliner Töne, jedoch von sehr breitem Spektrum, was Michel Fano erlaubt, ihn mit Hilfe eines Synthesizers verschiedenen Transformationen zu unterziehen) und die verstreuten Splitter auch hübsch das Licht widerspiegelten …
Doch ich weiß genau, daß diese Art von Erklärung nie ausreichend ist. Andererseits sehe ich kaum einen gefühlsmäßigen Zusammenhang zwischen den Klangbildern, die ich mit einem solchen ständig in neuen Kombinationen verwandten Material produzieren konnte, und jener (ich wiederhole: sehr viel späteren) bitteren Episode aus der Familienchronik. Doch es *muß* eine Verbindung existieren. Und in struktureller Hinsicht ist sie nun auf jeden Fall hergestellt: durch die Annäherung, die sich gerade unter meiner eigenen Feder vollzogen hat.
Was die heftigen – selbstverständlich inzestuösen – Gefühle von Vaterliebe angeht, die Catherine von unserer ersten Begegnung an in mir auslöste, so wunderte sich (beunruhigte sich zweifellos) meine Mutter, daß sie gleichzeitig mit der Niederschrift von *Le voyeur* auftreten konnten, wo ein frühreifes Mädchen eine ganz andere Rolle spielte. In

diesem Fall hingegen meine ich, daß der Zusammenhang offenkundig ist. Denn dieser Roman, den sie entsetzlich fand, strahlt meines Erachtens trotz allem vor ungeheurer, grenzenloser, glühender Liebesleidenschaft.

*Le voyeur* erschien im Frühjahr 55, ebenfalls bei den Editions de Minuit, nachdem umfangreiche Auszüge in zwei aufeinanderfolgenden Nummern von *La nouvelle N.R.F.*, die gerade das Licht der Welt erblickt hatte, vorabgedruckt worden waren. Anders als *Les gommes*, dessen Veröffentlichung zwei Jahre zuvor sehr wenig Aufsehen erregt hatte und die Beachtung nur weniger Spürnasen wie Barthes oder Cayrol fand, kam dieses neue Buch von Anfang an in den Genuß eines kleinen Skandals mit fanatischen Anhängern und wütenden, beleidigend sich äußernden Feinden, genau das, was man in Paris braucht, um sich in der Republik der Literatur einen Namen zu machen. Daß ich so plötzlich im Rampenlicht stand, verdankte ich hauptsächlich Georges Bataille und dem Kritikerpreis, einer damals wichtigen Auszeichnung, wichtig sowohl wegen des Ansehens der Jury als auch wegen der Preisträger der vorangegangenen Jahre: Camus und Sagan waren zuvor damit geehrt worden.

Der Preis wurde im Mai von einem Gremium von Fachleuten verliehen, unter denen heftige Meinungsverschiedenheiten die Regel zu sein schienen. Für mich waren Bataille, Blanchot, Paulhan usw. und gegen mich die ganzen großen akademischen Kritiker, die in den Tageszeitungen und Literaturzeitschriften ihre Kolumnen hatten, was man damals »*rez-de-chausée*« nannte, weil ihre Artikel das ganze untere Drittel der Seite einnahmen. Als die Modernisten sich nach einem mehrere Stunden dauernden Kampf mit knapper Not durchgesetzt hatten, machten die wütenden Verlierer sogleich für mich die beste Werbung, die sich ein Schriftsteller erträumen kann: Henri Clouard trat mit großem Lärm aus der Jury aus, während der sanfte Emile Henriot in *Le Monde* das Irrenhaus und Amtsgericht, wenn nicht das Schwurgericht für mich forderte!

Dieser ganze Radau und die Lobeshymnen von Roland Barthes in *Critique* und von Maurice Blanchot in der *N. R. F.* (die übrigens unvereinbar waren, denn Blanchot sah nur das Sexualverbrechen, während Barthes es bedenkenlos ignorierte) haben mir natürlich einige Leser und eine kleine aufkeimende Berühmtheit eingebracht. Albert Camus, André Breton ermutigten mich mit herzlichen Worten. *L'Express* öffnete mir seine Spalten für eine Artikelserie über »Literatur heute«, aus der dann die in der *N. R. F.* veröffentlichten »Manifeste« und später der Essay *Pour un nouveau roman* werden sollten.

Das ist auch der Augenblick, da Dominique Aury es nötig findet, das Ablehnungsschreiben, das ich einige Jahre zuvor von Gaston Gallimard zu *Un régicide* bekommen hatte, verschwinden zu lassen. Es handelte sich um ein kurzes, maschinengeschriebenes Briefchen auf kleinformatigem Papier mit dem Briefkopf des Hauses. Ich erinnere mich sehr gut an den Inhalt, wenn nicht gar an den genauen Text, der etwa lautete: Ihre Geschichte ist interessant, aber da sie keiner Art von Publikum entspricht, scheint es uns zwecklos, sie zu drucken. Einige hektographierte Exemplare werden für ihre Verbreitung genügen. Jean Paulhan, der schon immer die fünffüßigen Kälber mochte, ist jedoch darauf aufmerksam geworden und wird Ihnen eventuell mehr dazu sagen...

Als die geschätzte Mitarbeiterin Paulhans mich bittet, ihr dieses Dokument zu borgen, unter dem Vorwand, nachforschen zu wollen, wer es verfaßt hat, kommt mir nicht in den Sinn, daß in den Ordnern in der Rue Sébastien-Bottin doch ein Durchschlag davon existieren muß. Ich vertraue ihr also das Original an, ohne eine Photokopie zu machen, was zu jener Zeit noch kaum üblich war. Und als ich ein paar Monate später meinen Brief zurückfordere, fällt Dominique Aury aus allen Wolken: Welcher Brief? Es kann keine Ablehnung Gallimards von *Un régicide* gegeben haben, denn das Buch war ja nie im Lektorat! Nicht wahr, Jean? – Aber Dominique, erinnern Sie sich: ich habe das Manuskript Ihnen selbst übergeben, als Sie in der Cité universitaire wohnten – Ja, ja, ich entsinne mich; aber ich hatte es bei den Editions Robert Dingsda abgegeben; sie haben es übrigens sofort angenommen... leider kurz bevor sie Pleite gemacht haben usw.

Ich sage nichts mehr. Ich bin wie benommen, so ungeheuerlich ist das alles. Das legendäre Lächeln Paulhans, immer voll reinster Unschuld, liegt auf mir mit amüsiertem, charmantem, undurchschaubarem Wohlwollen: unmöglich, sich zu entscheiden zwischen der ehrlichen Überraschung des Greises, der günstigerweise alles vergessen hat, und dem Frohlocken des Bengels, der sich einen üblen Streich erlaubt hat. Nathalie Sarraute sagte: er ist Talleyrand, Dominique Aury ist Fouché! Dennoch mochte ich beide gern, und für Paulhan – den Menschen und das Werk – hegte ich eine vorbehaltlose Bewunderung, die ich mir seither bewahrt habe. Ich genoß auch seine unnachahmliche Art – der er doch nie zögerte, seinen Schützlingen beachtliche Dienste zu erweisen –, diese mit drei Worten plötzlich in Verlegenheit zu bringen (zum Beispiel indem er mich systematisch für diese oder jene Einzelheiten in meinen Büchern lobte, die gar nicht darin standen). Was Dominique Aury angeht, so hat sie – und das gibt sie gern zu – *Un régicide* nach der Ablehnung Gallimards an Georges Lambrichs weitergegeben, während ich auf den Antillen meine Bananenstauden pflegte. Sie ist in gewisser Weise die Ursache für meinen

Einzug in die Editions de Minuit, und dafür bin ich ihr sehr dankbar. Im übrigen war dieses Verschwindenlassen eines für kompromittierend gehaltenen Briefes im Grunde eher schmeichelhaft für mich.

In jenem Sommer habe ich die Bekanntschaft von Bruce Morrissette gemacht. Der amerikanische Gelehrte und Spezialist für falsche Rimbauds aus Saint-Louis, Missouri, war anläßlich des Erscheinens eines großen Werkes über *La chasse spirituelle* (eine scharfsinnige Analyse, die es fertigbrachte, ihn ebensowohl mit André Breton wie mit Maurice Nadeau und all jenen, deren Name unvorsichtigerweise in diese reizende Affäre verwickelt war, zu entzweien) nach Paris gekommen, und nachdem er mich zufällig in einer Radiosendung über mein Buch hatte sprechen hören, wollte er mich kennenlernen. Wir waren uns gleich sympathisch. Er war intelligent, sehr gebildet, von allen Formen des Modernismus begeistert (er hat mir, glaube ich, als erster von Robert Rauschenberg erzählt, der zunächst vor allem deshalb beachtet wurde, weil er als malerische Geste mit einem Radiergummi eine sehr schöne Bleistiftzeichnung seines Vorläufers De Kooning ausradiert hatte), und er bewies außerdem eine bei den Literaturwissenschaftlern eher seltene Form von Humor, der auf dem Gefühl beruhte, daß die Kunstwerke zum Spielen gemacht sind, daß sie den von Hegel verkündeten »Sonntag des Lebens« darstellen.

Zwei oder drei Monate später fragte mich Morrissette, der wieder in Frankreich war, ob er nach Brest kommen dürfe, in dieses mütterliche Wohnhaus von Kerangoff, von dem ich ihm erzählt hatte. Die ganze Familie empfing ihn dort, wie es üblich war, mit offenen Armen; meine Mutter gewährte ja stets mit einer Großzügigkeit alten Stils, die ich leider nicht von ihr geerbt habe, entferntesten Verwandten wie durchreisenden Fremden Gastfreundschaft. Ich habe mir also meinerseits alle Mühe gegeben, meinen amerikanischen Freund herumzuführen, damit er kennenlerne, was, wie ich glaubte, der Grund für seinen Besuch war: die Klippen, die Dünen, die Heide und die Sandstrände zwischen den Felsen, die meine bretonische Kindheit geprägt hatten und, in Bilder umgesetzt, das Dekor von *Le voyeur* bildeten. Abgesehen von den megalithischen Steindenkmälern aber, auf die wir unterwegs stießen, schien er sich kaum für die Landschaften des Léon zu interessieren.

Dafür unterhielt er sich zu Hause gern mit Mama über jedes beliebige Thema. Ich dachte, das sei eine bloße Höflichkeitsbezeugung. Nach ein paar Tagen hat er mir seinen Entschluß mitgeteilt abzureisen, indem er mir versicherte, sein Aufenthalt sei für ihn sehr positiv gewesen: er habe gesehen, was er suchte. Ich fragte, worum es sich denn handele. Bruce Morrissette antwortete mir ganz schlicht: bevor er sich ganz und gar meinem Werk widme, wolle er sicher sein, daß ich ein wirklich großer Schriftsteller sei; Genies hätten aber notwendigerweise eine außergewöhnliche Mutter gehabt; er wisse jetzt, daß meine eine solche sei! Ich füge hinzu, daß Kühnheit dazugehört haben mochte, so früh auf eine schriftstellerische Arbeit zu setzen, die noch im Entstehen war, denn ich bin erst in den sechziger Jahren – und zum Teil sicher dank ihm – ein Schlager an den Universitäten jenseits des Atlantik geworden.

War unsere heilige Mutter – wie wir sie oft nannten – wirklich »außergewöhnlich«? Bei uns gehörte das natürlich zum Familiencredo. Aber wir hatten die Neigung, uns alle gegenseitig außergewöhnlich zu finden. Wer ist es im übrigen nicht, sobald man ihn ein bißchen genauer anschaut? Der Clangeist entspringt genau dem lebhaften Bewußtsein solcher Besonderheit. Man muß jedoch zugeben, daß Mama im allgemeinen auf die, die in ihre Nähe kamen, einen sehr starken Eindruck machte. Die Tochter dieser Dame Olgiatti, von der ich schon im Zusammenhang mit unserer Erziehung gesprochen habe, nannte sie Patentante, wofür es keinen Grund gab, da sie weder getauft war noch den Vornamen Yvonne trug, und sagte immer wieder bewundernd zu ihr: »Du setzt die Leute in Erstaunen!« Der Satz mit seiner ursprünglichen übertriebenen Betonung der vorletzten Silbe war in den Schatz der Familienanekdoten eingegangen.

Dieser Schatz, der sehr reich war, enthielt in bezug auf sie alle Arten von Geschichten aus dem täglichen Leben, die aber allmählich durch die Legende zur Unkenntlichkeit verändert worden waren. So soll Mama lange schon vor dem Krieg von 14 darauf bestanden haben, das Hinterzimmer des bescheidenen Lebensmittelladens, den ihre Mutter in den ersten Jahren des Jahrhunderts oder ganz am Ende des letzten in der Rue de la Porte in Recouvrance gepachtet hatte, während Großvater Canu im Feld war, umzumodeln, um es wohnlicher zu machen. Der Laden bestand längst nicht mehr und auch nicht das Haus, das 45 von Bomben zerstört wurde, ja nicht einmal mehr die alte Rue de la Porte, die verschwunden war, als nach dem Zweiten Weltkrieg die Bulldozer das unglückliche Brest eingeebnet und begradigt hatten. Doch unsere mythologische Mutter hatte deswegen keineswegs darauf verzichtet, gewisse delikate Probleme ungünstig stehender Wände und schlecht geschnittener Flure zu lösen.

Da war auch die berühmte »Bus-Nummer«. In einem Verkehrsstau in der Nähe des Kaufhauses *Printemps* soll Mama mich und meine Schwester unter einen Bus der Linie CC-28 gestoßen haben, genau in dem Augenblick, als dieser abfuhr. Angesichts des erschreckten Zurückweichens ihrer Kinder soll sie sich über einen so vulgären Selbsterhaltungstrieb lustig gemacht und sehr laut festgestellt haben, es sei auf jeden Fall »besser, jung zu sterben«. Ein anderes Mal bekam ich in dem einzigen Zimmer eines Gasthauses ohne allen Komfort in den Monts d'Arrée, in dem wir alle vier auf einer unserer Fußwanderungen durch die innere Bretagne (*ar coat* auf bretonisch) untergebracht waren, mitten in der Nacht heftige Verdauungsstörungen. Unsere zitternde Mutter, der es zu lange dauerte, bis der von ihr aus dem Schlaf gerissene Gatte eine Kerze anzündete, soll sich, ein großes Messer schwingend, auf ihn gestürzt und ihn damit bedroht haben! Diese Episode wurde unter der Bezeichnung »das Messer von Brasparts« bekannt (und machte so den Namen der Örtlichkeit unsterblich), und Papa erzählte sie, ohne zu lachen, jedem, der sie hören wollte, mit tragischen Akzenten à la Racine, bei welcher Gelegenheit seine Frau zur »blutigen Athalie« wurde.

Die Chronik enthielt auch weniger extravagante, wahrscheinlichere, wenn nicht wahrere Geschichten, die insbesondere Mamas unglaubliche Fähigkeit betrafen, die Zeit zu vergessen, das heißt zu verschwenden (aber ich bin zweifellos der Falsche, um ihr das vorzuwerfen), so daß sie immer und überall zu spät kam und, ohne im geringsten ihre Gelassenheit zu verlieren, das Essen servierte, wenn alle schon im Bett lagen oder die Gäste mit leerem Magen zur letzten Metro gegangen waren. Großmutter sagte zu ihr: »Arme Kleine, dich zieht ein morscher Faden!« Und ich kann auf jeden Fall für die Authentizität des rituellen Phänomens der »Kressesuppe« garantieren, das in regelmäßigen Abständen auftrat.

Bereits sehr spät am Abend fing Mama an, das Bündel Kresse, das ihr Mann von der Arbeit kommend zum Abendessen mitgebracht hatte, zu waschen. Sie bemerkte bald, daß zwischen den mit Bindfaden oder Bast mehrfach umwickelten Stengeln eine Vielfalt von Wasserinsekten, Mollusken, Würmern oder Süßwasserkrebsen saß, wie Wasserskorpione, Rückenschwimmer, Zwergblutegel, Schlamm- oder Posthornschnecken. Vor allem gab es Bachflohkrebse, winzige Amphipoden, die wir fälschlicherweise Daphnien nannten und die wegen ihres ruckartigen Schwimmens unsere besondere Zuneigung genossen.

Mama machte sich sogleich daran, diese noch lebenden Tiere eins nach dem andern einzusammeln und sie in ein Glas mit ein paar harmonisch angeordneten Kressezweiglein zu setzen, so daß ein kleines Aquarium entstand, das ich dann stundenlang hingerissen betrachtete. Papa hatte schon längst seinen Milchkaffee getrunken und Brot und Knoblauchwurst dazu gegessen; mit betont niedergeschlagener Miene (»Schauspieler!« sagte meine Mutter) ging er schlafen, und im müden Ton eines Weisen, der gewohnt ist, in der Wüste zu sprechen, sagte er noch diesen Satz, dessen Herkunft mir unbekannt ist: »Und morgen ist bei Picard alles tot!« Die Kinder, die ihrerseits ganz genauso trödelten mit ihren Hausaufgaben, dem französischen Aufsatz oder der Lateinübersetzung, aßen tatsächlich nicht vor ein oder zwei Uhr nachts und wachten nur mit Mühe auf, um in die Schule zu gehen. Mama aber verbrachte den Rest der Nacht mit Zeitunglesen.

Die fast manische Achtung vor jeder Form tierischen Lebens war sicher einer ihrer vorherrschenden Charakterzüge, und es gab eine Fülle von Anekdoten über dieses Thema. Da war die Geschichte mit den Schleien, die Papa lebend für ein Festessen mitgebracht hatte und die sogleich in einen Kübel mit klarem Wasser gesetzt und mehrere Monate gefüttert wurden bis zu den großen Ferien, als wir sie am Vorabend unserer Abreise im Bassin des Parks Montsouris aussetzen mußten, indem wir uns vor den Wächtern versteckten, die angenommen hätten, wir würden im Gegenteil welche fangen. Die netten Fische aber waren so an ihren Behälter aus goldfarbenem Metall gewöhnt, daß Mama, die ihnen um keinen Preis Gewalt antun wollte, indem sie den Behälter einfach ausleerte, die größte Mühe hatte, sie davon zu überzeugen, nun endlich von allein aus dem tief eingetauchten Kübel zu kommen.

Ich habe bereits die berühmte Krähe erwähnt, die aus irgendeinem Pariser Nest gefallen war und in Freiheit in der kleinen Wohnung aufgezogen wurde, wo sie weitgehend die Tapeten ruinierte, alle schlecht geklebten Stücke abriß, bis man sie nach Kerangoff brachte, wo sie halb wild, halb gezähmt noch lange Jahre leben sollte. Ebenfalls in Paris hatte Mama eine jungen ausgebluteten, von scheußlichen, unter seinen Federn sitzenden Parasiten geschwächten Mauersegler mit Pferdeserum in Ampullen für Rekonvaleszenten hochgepäppelt. Als der Vogel genesen war, kam er noch oft durch das Fenster des »Büros«, das wir extra für ihn weit offen ließen, und besuchte uns. Zwei Kästen auf der schmalen Fensterbrüstung enthielten unsere Miniaturgärten – der eine »Sahara«-Garten, der andere »Jura«-Garten genannt –, deren Pflege beträchtliche Zeit erforderte: Erhalten des hügeligen Profils, Umpflanzen, Beschneiden der allzu üppig wuchernden Gewächse, Harken der Sandwege usw. In dem quadratdezimetergroßen See gab es natürlich die Fauna aus der Kresse sowie Molche. Ihre Freßgewohnheiten, ihre Paarung und ihre Häutung beschäftigten uns ganze Nachmittage.

Eine Fledermaus aber war leider nach wochenlanger Pflege schließlich gestorben. Es war ein ganz kleiner Vespertilio, dessen Kadaver weniger als drei Gramm wog. Da er an Avitaminose litt und zu schwach war zum Überwintern, lebte er unter Mamas Bluse (in dem, was sie ihre *falle* nannte), in direktem Kontakt mit dem warmen Körper, zum großen Entsetzen der nicht vorgewarnten Besucher, die selbst Halluzinationen zu haben glaubten, wenn sie bei Tisch im Ausschnitt zwischen den breiten Revers des weißen Kragens dieser unbeirrbaren Gastgeberin, deren Tee sie mit Anstand tranken, plötzlich das Tier aus seinem Versteck hervor und ungeschickt über Brust und Hals kriechen und seine riesigen schwarzen Seidenflügel ausbreiten sahen.

Eine andere, viel persönlichere, viel ältere Erinnerung taucht jetzt wie ein böser Traum aus der Dunkelheit auf. Ich bin ganz klein, ganz ergriffen, ganz allein, ein bißchen verloren in weiten leeren Fluren mit sehr hohen Decken. Nachdem ich endlich die gewaltige Glastür des Gebäudes, in dem sich die Klassenzimmer befinden, überwunden habe, stehe ich in der frischen, sonnigen Luft des verlassenen Pausenhofs, dessen Kastanienbäume mit ihren dicken, senkrechten, rauhen Stämmen in gegeneinander versetzten schwärzlichen Säulenreihen dastehen. Das muß sich am Ende meines ersten Grundschuljahres in der Rue Boulard abspielen, wo ich von einem netten lächelnden Lehrer mit dem freundlichen Namen Monsieur Clair umhegt werde. Ich habe noch meine langen Locken und mein Mädchengesicht. Wegen irgendeines dringenden Bedürfnisses muß ich wohl gefragt haben, ob ich hinaus dürfe. Der Frühling ist schon weit fortgeschritten, denn die Kastanien haben ihr neues Blattwerk ganz entfaltet, sehr grün und dicht.
Genau auf der Grenze zwischen der Sonne und dem scharf konturierten Schatten des ersten Baums liegt auf dem Kies ein junger Spatz, der weder fliegen noch sich auf seinen Beinen halten kann. Mit angehaltenem Atem und wie halb gelähmt gehe ich die drei schrägen Stufen hinunter, die die Schwelle mit der leicht schiefen Ebene des Hofes verbinden. Der Vogel ist wahrscheinlich verletzt, sonst würde er sich nicht in dieser Weise um sich selbst drehen. Meine Mutter hätte ihn aufgehoben, untersucht, gepflegt, seine Wunden desinfiziert, das gebrochene Glied geschient … Fern von ihr

weiß ich nicht, was ich mit dieser zerbrechlichen Kugel aus Federn, die sich lautlos piepsend wehrt, tun soll.

In einem plötzlichen Impuls, seine Leiden abzukürzen, trete ich mit dem Fuß darauf. Das ist keine ordinäre Schnecke. Es ist viel fester und widerstandsfähiger. Und ich habe auch Angst, diesem Ding, das immer noch lebt, weh zu tun, wenn ich es zerquetsche. Von Panik ergriffen, trete ich schließlich mit all meiner Kinderkraft. Es spritzt weich unter meinem Schuh. Ich habe das Gefühl, einen gemeinen Mord zu begehen. Bald stelle ich entsetzt fest, daß an meiner Sohle Blut klebt und sogar ein bißchen grauer Flaum, den ich nicht loswerde, obwohl ich die Schuhe an dem sandigen Boden abstreife, während ich mich mit weichen Knien und bis zum Hals klopfendem Herzen in die am Ende des Hofes aneinandergereihten Toiletten rette, deren halbhohe Türen nur ein unzulänglicher Schutz sind gegen das Grauen, das mich überwältigt.

Ich werde an diesem Tag an nichts anderes mehr denken können – als hörte mein Schuh nicht auf, den kleinen Vogel zu zermalmen –, bis Mama mich bei Schulschluß am Tor abholt und ich ihr entgegenstürze, um ihr weinend mein unbegreifliches Verbrechen zu erzählen. Letzten Monat habe ich bei der Anlegestelle des unteren Bassins in Mesnil absichtlich mit meinem Stiefel ein Nutriababy zertreten (genauer müßte man wohl sagen: Bisamratte oder Ondatra). Seit dem Krieg wimmelt es in der Normandie von diesen großen, im Wasser und im Boden lebenden Nagetieren, weil, so wird behauptet, während der Kämpfe Zuchten freigelassen wurden, und Catherine macht sich Sorgen, daß sie sich in den Uferböschungen stark vermehren und diese so tief untergraben, bis sie nicht mehr halten und die Bäume umstürzen, zwischen deren Wurzeln die Tiere ihre Baue mit den vielen Gängen angelegt haben. Da erlebe ich unverändert das schreckliche Gefühl von damals wieder, und ich dachte, daß der arme zertretene Spatz eine echte Erinnerung sein müsse und nicht, wie so oft, eine Geschichte, die mir meine Eltern nachher erzählt haben.

Selbstverständlich war es unsere Mutter, die uns Lesen und Schreiben und Rechnen und korrektes Sprechen beigebracht hat. Die Grundschule fiel uns also leicht. Im übrigen habe ich, obwohl von träumerischem und kontemplativem Temperament, was eine Form der Faulheit ist, immer gern gelernt. Das gehört unzweifelhaft zu dem umfassenden Wunsch, die Welt zu besitzen (*haben*, um zu *sein*), genauso wie die Sammlungen von Briefmarken, Pflanzen oder verschiedenen Gegenständen, die Manie, alles ganz ordentlich aufzuräumen, die Unmöglichkeit, irgend etwas wegzuwerfen, die Gewohnheit, in jedem neu bereisten Land Hunderte von Dias aufzunehmen (die dann in Projektionsboxen einsortiert wurden), oder die größtmögliche Menge der Gedichte oder Prosastücke, die ich liebe, auswendig zu lernen. Das ist eine häufige Illusion: der Trieb (Wissen oder was auch immer) zu sammeln ist Teil des Willens zur Macht, was soviel ist wie zum bloßen Überleben. Erst später, sehr viel später merkt man, daß die angehäuften Dinge ihren Platz auf der Seite des Todes haben.

Doch der absolute Wert des reinen Wissens auf allen Gebieten stellte darüber hinaus seit den Lehrer- oder Zöllner-Großvätern eines der wichtigen Stücke der ererbten Familienideologie dar, ob die Generation nun rechts oder links stand. Großmutter Canu hatte ein Lebensmittelgeschäft (das ihr nicht gehörte) in einem armen Viertel, doch sie besaß ihren Schulabschluß.

Ich selbst habe auch heute noch nichts von diesem Bildungshunger verloren, besonders wenn eine Anstrengung für die Intelligenz oder für das Gedächtnis damit verbunden ist.

Und einer der Reize des Lebens als Hochschullehrer, das ich ab und zu in Amerika führe (in New York oder auf einem verlorenen Campus der riesigen Staaten mit den legendären Namen), besteht in meinen Augen darin, daß ich dort sofort wieder zum Lernenden werde. Fleißige Studenten (meine sind im allgemeinen »Graduierte«), theoretische Diskussionen mit anderen Dozenten, die Ruhe am Ort, die behagliche Atmosphäre des kulturellen Ghettos, der Exterritorialität (außerhalb von Nation und Zeit), all das versetzt mich wieder in die begierige, ehrgeizige und zweckfreie Bereitschaft der Jugend, wenn man noch ein ganzes Leben des Lernens vor sich hat. Ich entdecke, ich vervollständige, ich lese mit Eifer wieder und mache Notizen, ich hole das eine oder andere jener großen grundlegenden Werke, die ganz durchzuarbeiten ich aus Mangel an Zeit oder Mut immer auf später verschoben habe, aus der Bibliothek.

Ich versuche auch, denjenigen meiner Studenten, denen er fehlt, den Glauben an die Kultur wiederzugeben, ich rehabilitiere die intellektuelle Lust, den Vorrang des Geistes und sogar, warum nicht, den elitären Stolz. Wir schämten uns früher, in unserem so bescheidenen Heim, nicht zu sagen: *odi profanum vulgus et arceo*. Und ich verdamme ebenso leidenschaftlich die schlaffen Abende vor dem Fernseher wie den herdentriebartigen Konsum des letzten maschinengestrickten Bestsellers oder des von der kalifornischen Filmindustrie mit Hilfe der Massenmedien lancierten teuren Schinkens, in dem der kleinste Gag eine Tonne wiegt, ganz zu schweigen davon, was darin aus den Disziplinen wird, die schon von Natur aus furchtbar schwerfällig sind, wie die Psychoanalyse, die Pfadfindermoral und der soziale Realismus.

Aber auch dort drüben muß ich trotz allem Vorsichtsmaßnahmen treffen. Wenn ich ganz eindeutig und unumwunden sage, daß die meisten Filme von Hitchcock oder Minelli nichts als (mehr oder weniger) gut gemachte Standardprodukte sind, wird man mir nur die Wahl lassen zwischen meiner bekannten Vorliebe für Provokation und meinem Groll über ihren zugleich journalistischen und populären Welterfolg.

Ich war also ein begabter Schüler, der gern lernte, doch war ich ebenso fortwährend – erbliche Belastung oder schon in der Wiege eingefangene ansteckende Krankheit – mit meiner Arbeit im Verzug (das ist seither kaum anders geworden), so daß das schlechte Gewissen stets mein tägliches Los gewesen ist. Wenn um halb fünf Uhr morgens der Milchmann von seinem großen, von zwei Percheronpferden gezogenen offenen Wagen, der gegenüber vor dem Milchladen stand, seine schweren Metallkannen ablud und dann mit dem melodischen Geläute gesprungener Glocken die leeren Kannen auflud, saßen wir sehr oft noch zu beiden Seiten des Doppelschreibtisches büffelnd unter der Lampe; das Signal der Milch aber stellte trotz allem eine nicht zu überschreitende schicksalhafte Grenze dar, auch wenn der französische Aufsatz oder die griechische Übersetzung noch nicht fertig waren.

Nicht zur gewünschten Zeit abgegebene Hausaufgaben, im letzten Moment (auf dem Schulweg) gelernte oder der himmlischen Nachsicht überlassene Lektionen (den ganzen Boulevard entlang die Baumstämme mit dem Finger zu streifen, ohne mit dem Fuß auf ihr gußeisernes Gitter zu treten, war ein wirkungsvoller Schutz gegen das Abgefragtwerden, während ein einziger Baum genügte – vorzugsweise mit glatter Rinde –, wenn man ihn mit der ganzen Hand berührte und dazu ein magisches Gebet sprach, dessen ich mich heute noch ab und zu bediene, um Ängste aller Art zu besänftigen), tadellos ins reine geschriebene

Unterrichtshefte, die jedoch nie auf der Höhe der Zeit waren und deren Abstand zum realen Kalender während des Schuljahrs allmählich zunahm, usw.; all das führte dazu, daß die Ergebnisse nicht immer das Lob der Lehrer fanden.

Als sie nachgerade dürftig wurden, redete mein Vater sofort davon, uns in eine Lehre zu geben, da wir für jene unnötig teure höhere Schulbildung nicht geschaffen seien. Mama setzte sich für uns ein und überredete ihn, uns die Chance eines weiteren Jahres zu lassen. Schließlich konnten wir beide den damals als glänzendsten geltenden Ausbildungsgang – Latein, Griechisch, Mathematik – vorschriftsmäßig und sogar mit einem recht schönen Abschluß beenden.

Ich war, nach einem für schwierig angesehenen Wettbewerb Staatsstipendiat geworden, als Halb-Interner ins Lycée Buffon eingetreten, mit einer Szene, die denkwürdig bleibt. Wie gewöhnlich war mein Haar zu lang. Als ich meine hektische Mutter im letzten Augenblick daran erinnere, denn sie soll mich zu meiner offiziellen Vorstellung ins Büro des Direktors begleiten, höre ich sie erwidern, daß man das nicht sähe, denn ich würde ja meinen Hut aufsetzen (eine Art Melone aus seidigem Filz, die meine runden Wangen und meine Niedlichkeit noch betont). Gut, ich lasse es mir gesagt sein. Wir sitzen also, sie und ich, feierlich vor dem rotgesichtigen, kahlköpfigen Direktor, der mich, seit wir das Zimmer betreten haben, mit seinen Schweinsäuglein fixiert, während Mama ihr Zuspätkommen zu vertuschen sucht und sich alle Mühe gibt, die Verdienste ihres Sprößlings zu rühmen.

»Jedenfalls ist das ein Junge, der sehr stolz auf seine Kopfbedeckung sein muß, denn zweifellos behält er sie deswegen so eisern auf«, spricht endlich hinter seinem imposanten Schreibtisch der dicke Mann mit der glänzenden rosa Haut, der die ganze Zeit darauf verwandt hat, an seiner feinen Anspielung (bilde ich mir ein) auf Charles Bovarys ersten Schultag zu feilen. Entrüstet über meinen Mangel an Erziehung, den sie in diesem Augenblick entdeckt, reißt mir meine Mutter das Corpus delicti vom Schädel und befreit schlagartig die Lockenmasse, die so sorgfältig darunter verborgen war... Wir haben dann mehrere Jahre lang darüber diskutiert, ob sie mir gesagt hatte, ich solle beim Direktor meinen Hut auflassen, oder nicht.

Nun kommt – vielleicht im Jahr darauf – eine viel trübere Geschichte, in der dieselbe Person eine zweideutige Rolle spielt, während ein hochgewachsener Oberaufseher mit starkem, sehr schwarzem, viereckigem Bart die Rolle des methodischen Sado-Pädophilen verkörperte, indem er uns nach einem mysteriösen Vorfall – in der Turnstunde wurden Schultaschen vertauscht – mit dem Lineal mehr oder weniger harte Schläge auf unsere nackten Waden verpaßte (im Lauf von privaten Sitzungen, die in seiner Höhle stattfanden und die er ja nach dem Grad der Prügel »Züchtigung Nummer eins, zwei, drei« nannte). Diese wiederholte Strafe für eine imaginäre Schuld, von der man mir nicht einmal erklärt hat, welcher Art sie war, und die dem reinen (sexuellen?) Alptraum entsprungen zu sein scheint, hat mich monatelang durch ihre Absurdität gepeinigt: die vollständige Abwesenheit von genauen Gewißheiten, von Plausibilität, von kausaler Abfolge, von logischer Anordnung der Prädikate, mit einem Wort, von »Realismus«. Wieder war es dann meine Mutter, die sich, erschüttert von den roten Striemen hinten an meinen Beinen, an die Behörde gewandt hat, um zu versuchen, das Geheimnis aufzuklären, dessen ganzer Ablauf – für mich zumindest – vollkommen undurchsichtig geblieben ist.

Dafür hat sich sehr viel später, in der Sekunda, mein Vater für mich eingesetzt, als ich aus dem Internat geworfen

wurde, weil ich »einem Aufseher ›Scheiße‹ geantwortet«
hatte. In Wirklichkeit hatte ich überhaupt nicht geantwortet, sondern nur ein bißchen zu laut zu mir selbst gemur-
melt: »Scheiße, hier kann man ja nicht mehr arbeiten!«,
weil der bösartige Aufsichtslehrer mir verboten hatte, zu
meinem persönlichen Fach am Ende des Klassenzimmers zu
gehen, aus dem ich ein lateinisches Wörterbuch holen
wollte. Papa, der sein anarcho-libertäres Naturell wieder-
fand, war zu dem verdutzten Aufseher gerannt, um ihm
kurz und bündig zu erklären, daß er annehme, seinen Sohn
in ein Gymnasium gegeben zu haben und nicht zu den
Jesuiten oder in ein katholisches Mädchenpensionat.
So habe ich meine Schulzeit als freier Externer fortgesetzt,
was bedeutet, ohne Aufseher und ohne Speisesaal; aber
damals gab es ein bißchen mehr Geld zu Hause, und Lina,
die derbe Schweizerin, bereitete mir Speisen, die denen der
Internatsküche unendlich überlegen waren. Papa brachte
uns weiterhin jeden Morgen in die Schule, denn unsere
›Pennen‹ lagen nicht weit auseinander; mit großen Schritten, seine beiden Kinder neben sich, marschierte er durch
die Avenue du Maine, den Boulevard du Vaugirard und den
Boulevard Pasteur. Von dort sah man plötzlich über der
Masse der Bäume die Türmchen des Mittelteils der Schulge-
bäude sich gegen den Himmel abheben; die Schieferdächer
glänzten in der Morgensonne, und sie waren verschnörkelt
wie bei einem Renaissance-Schloß, weshalb wir mein Gymnasium *Schloß Buffon* tauften zu Ehren von Chamisso de
Boncour, dessen rührendes Gedicht an das verlorene Vaterland wir, das mittlere Trottoir des Boulevards hinunterge-
hend, auf deutsch deklamierten.


All das ist Wirkliches, das heißt fragmentarisch, flüchtig,
unnütz, so zufällig gar und so vereinzelt, daß jede Begeben-

heit in jedem Augenblick wie beliebig erscheint und jede Existenz letzten Endes bar der geringsten einigenden Bedeutung. Das Auftreten des modernen Romans hängt genau mit dieser Entdeckung zusammen: das Wirkliche ist unzusammenhängend, aus grundlos nebeneinandergestellten Elementen gebildet, von denen jedes einzigartig ist und die um so schwieriger zu fassen sind, als sie ständig unvorhergesehen, ungelegen, unerwartet auftauchen.

Die englischen Essayisten datieren die Entstehung des Romans als Gattung auf den Beginn des achtzehnten Jahrhunderts, nicht früher, als Defoe, dann Richardson und Fielding beschließen, daß die Wirklichkeit hier und jetzt stattfindet und nicht woanders, in irgendeiner »besseren« und zeitlosen früheren, durch ihren starken Zusammenhang gekennzeichneten Welt. Von da an wird die Welt nicht mehr auf die abstrakte (und vollkommene) Idee von den Dingen zurückgeführt, wovon das Alltägliche bis dahin bestenfalls ein blasser Abglanz war, sondern sie ist in den Dingen hienieden selbst, so wie jeder sie sieht, sie hört, sie berührt, sie empfindet gemäß seiner gelebten Erfahrung.

Das Wirkliche, das früher ausschließlich im Allgemeinen und Universellen (die berühmten »Universalien« der Scholastiker) bestand, erweist sich daher plötzlich als so singulär, daß es unmöglich – außer um den Preis stark verkürzender Entstellung – den Kategorien des Sinns untergeordnet werden kann. Was man von nun an *novel* nennen wird, um die Neuheit der Gattung zu betonen, befaßt sich also ausschließlich mit den konkreten (was nicht heißt, objektiven) zersplitterten Details, die mit simpler Genauigkeit erzählt werden, selbst wenn das dem Aufbau eines Gesamtbildes oder irgendeiner anderen Totalität abträglich sein sollte (und es stellt sich schnell und in aller Deutlichkeit heraus, daß es abträglich ist).

So beginnt der Zusammenhang der Welt zu zerbröckeln. Doch scheint die Kompetenz des Erzählers zunächst unangetastet geblieben zu sein; fast könnte man sagen, daß sie zunimmt, da es keine andere Welt mehr zu beschreiben gibt als die, die der Erzähler kennt. Man ist auf die Erde hinabgestiegen, aber mehr denn je zuvor spricht ein Gott-Mensch. Nur hält er es jetzt mehr mit den kleinen unmittelbaren Dingen als mit den großen vermittelten Konzepten.

Man wird auf Laurence Sterne und Diderot warten müssen, damit das Erzählen gleichzeitig seine ganze schöpferische Freiheit und seine weitgehende Inkompetenz beansprucht, indem es bei jeder Abschweifung mit einem komplizenhaften Lächeln behauptet: was all das bedeutet, weiß keiner, ich genauso wenig wie Sie, und überhaupt, was macht das schon aus, ich kann ja sonst was erfinden. Man denke nur an den erstaunlichen Anfang von *Jacques le fataliste,* der so sehr an den fast zwei Jahrhunderte später von Beckett geschriebenen Anfang von *L'innommable* erinnert.

Doch auf diese mitreißende vorrevolutionäre Periode, in der der Begriff der (göttlichen ebenso wie menschlichen) Wahrheit munter in Zweifel gezogen wird, folgt nach dem Chaos der blutigen Revolutionen, der Königsmorde und der angeblichen Befreiungskriege, die unvermeidliche Rückwärtsbewegung: letzten Endes übernimmt die – monarchistische und katholische – Bourgeoisie die Macht in Frankreich. Und die neuen Werte, die sie hochhält, fordern ganz im Gegenteil die absolute Bestimmtheit des Sinns, die bruchlose Fülle der Realität, die chronologische und kausale Gewißheit, den Nicht-Widerspruch ohne jedwede Ausnahme. Weit entfernt sind die Irrungen Jacques' mit ihrem Raum, der sich unvermittelt öffnete, ihren paradoxen abenteuerlichen Einschüben und ihrer Zeit, die sich verzweigte oder lässig rückwärts lief, viel weiter entfernt allerdings als von uns heute. Mit Balzac sind der Zusammenhang der

Welt und die Kompetenz des Erzählers auf ihrem noch nie erreichten Höhepunkt angelangt.

Die »realistische« Ideologie ist geboren, wo die Welt, geschlossen und in endgültiger, schwerfälliger, eindeutiger Bestimmtheit vollendet, gänzlich von Sinn durchdrungen werden kann, wo die Romanelemente klassifiziert und in eine Rangfolge gestellt werden, wo die – lineare – Handlung sich nach den beruhigenden Gesetzen des Rationalismus entwickelt, wo die Charaktere Typen werden: der geizige Alte, der ehrgeizige junge Mann, die sich aufopfernde Mutter usw. Das Universelle kehrt im Galopp zurück.

Und selbst wenn Balzac die entstehende Teilung der menschlichen Arbeit und in ihrer Folge die Teilung der ganzen Gesellschaft sowie jeden individuellen Bewußtseins anprangert (weshalb er vom Marxisten Lukàcs als ein revolutionärer Schriftsteller im Kampf gegen die kapitalistische Industrialisierung und die Entfremdung, die sie hervorbringt, betrachtet wird), tut er es mit einem Text, wo im Gegenteil alles die triumphierende Bourgeoisie bestärkt: denn die unschuldige und gelassene Kontinuität des Erzählens widerlegt für den Leser jeden Verdacht auf einen schweren (strukturellen) Riß im System. Daß eine Klasse die Welt beherrscht und ruhig die Macht über sie ausübt, ist gerecht und notwendig, denn der große Romancier tut das ja auch, im Schutz der gleichen Ideale. Und selbstverständlich folgt auf die erklärte Subjektivität des Enzyklopädisten Diderot die Objektivität oder, genauer, ihre Maske.

Bald erscheint jedoch Flaubert. Der erste große proletarische Aufstand, 1848, bedeutete den Wendepunkt des Jahrhunderts. Das gute Gewissen und die sicheren Werte beginnen schon tüchtig zu verfallen. Das »Wir«, das *Madame Bovary* eröffnet und beschließt (denn die letzten Sätze des

Buches im Indikativ Präsens beschreiben gleichermaßen die Stellung des Autors innerhalb der Welt, die er beschreibt, und nicht mehr in irgendeiner höheren Region des absoluten Wissens), die nach der Ökonomie des Sinns unwahrscheinlichen Gegenstände, wie die monströse Mütze von Charles (o meine hübsche Melone!), die seltsamen Löcher in der Erzählung, auf die wir noch zurückkommen werden, all das zeigt, daß sich der Roman von neuem in Frage stellt. Und diesmal werden die Dinge schnell gehen.

Doch ist es unmöglich, Balzac als ein kurzes Zwischenspiel zu betrachten. Er bleibt zwar ein herausragendes, ein überzeugendes Beispiel (daher die historische Bedeutung, die man diesem monumentalen Werk zumessen muß, selbst wenn es uns durch sein Gewicht aus den Händen fällt) und ist ein Symbol für die vollkommene Leichtigkeit, mit der sein Schwindelsystem, der »Realismus«, funktioniert, aber nichtsdestoweniger hat sich dieses System bis in unsere Tage gegen alle Stürme behauptet; und genau diese literarische Richtung steht heute immer noch in der Gunst des großen Publikums wie der traditionellen Kritik.

In Wirklichkeit entwickeln sich seit der Mitte des neunzehnten Jahrhunderts parallel zwei Familien von Romanciers. Einerseits diejenigen, die sich darauf versteifen – denn die bürgerlichen Werte gelten ja immer noch, in Rom wie in Moskau, auch wenn nirgends mehr jemand daran glaubt –, ein für allemal nach der sub-balzacischen realistischen Ideologie kodifizierte Geschichten ohne Widerspruch und Lücke im Bedeutungszusammenhang zu bauen. Und andererseits die, die, jedes Jahrzehnt noch ein Stück weiter, die unauflösbaren Gegensätze, die Zersplitterungen, die diegetischen Aporien, die Brüche, die Lücken usw. erforschen wollen, denn sie wissen, daß das Wirkliche genau in dem Augenblick beginnt, da der Sinn wankt.

So kann ich, gerührt von der süßen Vertrautheit der Welt,

sehr wohl so tun, als trüge dort alles das Gesicht des MENSCHEN und der VERNUNFT (groß geschrieben). Und in diesem Fall werde ich schreiben wie eine Sagan, Filme machen wie ein Truffaut. Warum nicht? Oder ich werde, ganz im Gegenteil schockiert von der verblüffenden Fremdheit der Welt, bis in die Angst diese Abwesenheit erproben, aus der heraus ich spreche, und ich werde bald erkennen, daß die Einzelheiten, die die Wirklichkeit der Welt, in der ich lebe, bilden, nichts anderes sind als Löcher in der Kontinuität ihrer anerkannten Bedeutungen, während alle anderen Details per definitionem ideologisch sind. Schließlich habe ich die Möglichkeit, mich pausenlos zwischen diesen beiden Polen hin und her zu bewegen.

Es ist über *Madame Bovary* gesagt worden (ich habe vergessen, von wem), daß dieser vorweggenommene »*nouveau roman*« in totalem Bruch zur vorhergehenden Jahrhunderthälfte, wo alles auf Fülle und Geschlossenheit beruht, »ein Knäuel aus Mängeln und Mißverständnissen« ist. Und Flaubert selbst schreibt nach dem berühmten Ball, der doch Emma hätte erfüllen sollen: »Ihre Reise nach Vaubyessard hatte ein Loch in ihr Leben gerissen, so wie im Gebirge ein Gewittersturm manchmal in einer einzigen Nacht tiefe Spalten aufreißt.« Dieses Thema der Leere, des Risses ist an dieser Stelle um so bemerkenswerter, als es gleich auf den nächsten Seiten noch zweimal hintereinander auftauchen wird.

Emma träumt vor dem Zigarrenetui des Vicomte, das sie auf dem Rückweg gefunden hat. Sie stellt sich den Atem der Stickerin vor, der durch die Löcher des in den Stickrahmen gespannten Kanevasgewebes dringt, und die bunten Seidenfäden, die von Loch zu Loch gehen und ihre ständig unterbrochenen Bahnen ineinanderschlingen, um ein Muster zu bilden. Ist nicht genau das eine Metapher für die Arbeit des modernen Romanciers (Flaubert, das bin ich!)

auf der löchrigen Folie des Wirklichen, wobei das Schreiben wie nachher das Lesen von Lücke zu Lücke geht, um die Erzählung zu konstituieren?

Ich behaupte es um so überzeugter, als zwanzig Zeilen weiter Emma, die sich einen Stadtplan von Paris gekauft hat, um Besorgungen in der Hauptstadt zu machen, ohne ihr Zimmer in der Provinz zu verlassen, mit der Fingerspitze auf dem Papier vielfältige, verschlungene Wege nachfährt und auf den sich kreuzenden Linien der Straßen »vor den weißen Rechtecken, die Häuser darstellen«, stehenbleibt. Der Nachdruck, mit dem der Autor das Bild einer imaginären Wegstrecke zwischen »weißen Stellen«, Lücken, wiederholt, läßt uns verstehen, wie sehr seine von ihm proklamierte Identifikation mit der Heldin in der Tat etwas ganz anderes ist als ein vager unbedeutender Scherz.

Ein Text lebt dadurch, daß sich Löcher in seiner Struktur verschieben, genauso wie beim Go-Spiel ein Gebiet nur lebendig bleibt, wenn man dafür gesorgt hat, daß zumindest ein freier Raum, ein leeres Feld bleibt, was die Spezialisten ein offenes Auge oder auch eine Freiheit nennen. Wenn dagegen alle durch die sich kreuzenden Linien bestimmten Plätze mit Steinen besetzt sind, ist das Gebiet tot, und der Feind wird es durch eine einfache Umzingelung erobern.

Man stößt hier auf einen grundlegenden Gedanken Einsteins, der vor einigen Jahren von Karl Popper allgemein bekanntgemacht wurde: das Kriterium der Wissenschaftlichkeit einer Theorie, in welchem Bereich auch immer, ist nicht, daß man bei jeder neuen Erfahrung, die sie in Frage stellt, ihre Richtigkeit verifizieren kann, sondern ganz im Gegenteil, daß man zumindest in einem Fall zeigen kann, daß sie falsch ist. So werden der leninistische Marxismus und die orthodoxe Psychoanalyse von ihren Anhängern zu Unrecht als Wissenschaften betrachtet, denn diese Disziplinen haben *immer* recht. Sie sind in sich selbst geschlossen und lassen keinen Ort unbesetzt, keine Zone der Ungewißheit, keine Bedeutung in der Schwebe, keine Frage ohne Antwort. Hingegen ist die Wissenschaft mit einem solchen totalitären Geist unvereinbar: sie kann nur eine lebendige sein, und dafür muß sie Löcher haben. Mit der Literatur, die mich interessiert, ist es genauso.

So kehrt Nicolai Stawrogin wieder zurück, der »leere Mittelpunkt«, der sich ständig im Innern der *Besessenen* bewegt. Er ist nicht ein Dämon unter anderen Dämonen, er ist der Dämon der Dämonen: der Dämon, der fehlt, der nicht da ist. Vom aktuellen Geschehen des Romans ist er fast immer abwesend, und man kennt seine Umtriebe (außerhalb des Blickfelds, in der Fremde) nur von den dürftigen Fetzen aus zweiter oder dritter Hand, berichtet von fragwürdigen Boten, die nie ihren Sinn enthüllen oder verstehen. Ab und zu bricht er plötzlich in die vordergründige Handlungsebene ein; vor den sprachlosen Zeugen tut er dann etwas Unvorhergesehenes, Sonderbares, sagt ein paar Worte ohne Zusammenhang und Erklärung, für seine Familie oder die Polizei ebenso unverständlich wie für seine Verschworenen, deren Anführer er mehr oder weniger zu sein scheint. Jeder sagt sich, daß es eine tiefe Motivation für sein Verhalten geben muß, vergeblich aber werden, um sie aufzudecken, die vielfältigen Rätsel befragt, die wie aus purem Vergnügen seine Spur begleiten.

Ganz am Schluß des Buches steht heute das verfemte Kapitel, das der russische Verleger ursprünglich weggelassen hatte aus Angst, die guten Sitten zu verletzen, und von dem man nicht mehr weiß, wohin es gehört, da der Autor selbst die übrigen Kapitel durchnumeriert und auf diese Weise das Merkmal des Fehlens getilgt hat. So kehrt Stawrogin, der auf den vorangehenden Seiten schon gestorben ist, in allen neueren Ausgaben zurück, um vor dem Bischof Tikhon die Beichte abzulegen. Er hat sie sogar, um

204

der größeren Genauigkeit seiner Geständnisse willen, in ein Heft geschrieben ..., aus dem er im letzten Moment vor den Augen des erstaunten Bischofs zwei Blätter herausreißt. Und der Leser wird, wie Tikhon, nie erfahren, was diese Blätter enthalten, deren horrende Bedeutung er gleichwohl ahnt.

Um dieses derart verstümmelte erratische Kapitel und also jetzt das ganze Buch abzuschließen (wenn man das sagen kann!), gibt der Erzähler nur folgenden Kommentar ab: es ist schade, daß Stawrogin die beiden fraglichen Seiten entfernt hat, denn sonst hätte man vielleicht endlich den Sinn seines scheinbar inkohärenten Verhaltens und seiner ganzen Existenz verstanden; andererseits hat er vom Beginn seines Lebens bis zum Ende immer gelogen und muß also auch in seiner Beichte gelogen haben; zweifellos log er auf den Seiten, die er herausgenommen hat, ebenfalls.

Ich hatte die *Dämonen* noch nicht gelesen, als ich *Le voyeur* schrieb. Alles sieht jedoch so aus, als hätte ich in meinem eigenen Roman dasselbe verbotene Loch, denselben zentralen Hohlraum, dieselbe Stille reproduzieren wollen, wobei ich mich aber – was bei Dostojewski nicht der Fall ist – dieser Leere als Motor für den ganzen Text bediente. Ich wiederhole in diesem Zusammenhang noch einmal, daß die »leere Seite« in *Le voyeur,* die sich dort (zwischen dem ersten und dem zweiten Teil des Romans) mit meines Erachtens plumper Eindringlichkeit als materielles Zeichen für etwas Fehlendes zu befinden scheint, in Wirklichkeit nur typographische Gründe hat: wenn der erste Teil ein paar Zeilen mehr umfaßt hätte, wäre die fragliche Seite – mehr oder weniger – vollgeschrieben gewesen wie die anderen.


Wir gingen nicht oft ins Kino in meiner Kindheit; die wenigen Filme, die ich damals sah, beeindruckten mich also um so mehr. Einer von ihnen hatte mir sogar den ganzen folgenden Monat und später noch sporadisch solche nächtlichen Alpträume bereitet, daß erneut auf den bromhaltigen Sirup zurückgegriffen werden mußte. Das war *L'homme invisible* mit Franchot Tone, Mitte der dreißiger Jahre. Und ich erinnere mich noch an einige Bilder, wo die schattenhafte Gegenwart eines wahnsinnigen Mörders einen kleinen Jungen tatsächlich in Angst versetzen konnte, einen Jungen, der bereits allzu empfänglich war für die von einer Art Leere in der Kontinuität der Welt begangenen Verbrechen. Zum Beispiel dieser Autofahrer, der sich allein auf einer verlassenen Straße glaubt und, nachdem er endlich am Steuer seines Wagens dem Tod, der ihn verfolgt, entronnen ist, von dem seit der Abfahrt hinter ihm versteckten unsichtbaren Passagier mit dem eigenen Schal erdrosselt wird. Am Schluß versucht der Verbrecher, der in einer Hütte mitten im Neuschnee umzingelt ist, zu fliehen: man sieht nur seine Fußspuren, die sich langsam vorwärts bewegen; die im nahen Gestrüpp versteckten Polizisten schießen; die Form eines abwesenden Körpers drückt sich in den Schnee ein.

Auch Corinthe sprach gegen Ende dieses Jahrzehnts oft von Abschied, ohne daß man genau verstand, ob es sich darum handelte, physisch zu verschwinden, oder um eine unbestimmte metaphysische Auslöschung zum Beispiel durch eine (christliche oder buddhistische oder weiß Gott welche) Religion. Zumindest war er nicht jemand, der sich umbringen wollte. »Ich gehe«, sagte er, »ich verschwinde…«, und manchmal fügte er hinzu: »…innerlich«, was, glaube ich, ein kurzes Zitat aus einem Buch war, das er in seiner Jugend gelesen hatte. Wie viele überschwengliche Intellektuelle damals war er stark beeindruckt von den nationalsozialistischen Zeremonien in Nürnberg. Er hielt feurige, unvernünftige Reden über die Mission des deutschen Reiches, das gegen das von Johannes in der Apokalypse angekündigte rote Tier kämpfe, und in seinem Wahn vermengte er die hitlerschen Großen Messen mit einer Inszenierung von *Parsifal,* die er in Bayreuth gesehen hatte.

Ein glaubwürdiger Zeuge, der ihn damals in Bayern getroffen hat, beschreibt ihn als eine Art Leiche, einen lebenden Toten, ein Gespenst. Blutleer oder vielmehr ausgezehrt sitzt er hinter seinem Schreibtisch, der beladen ist mit einem Durcheinander von Papieren, wohl den ständig umgeschriebenen Entwürfen jenes heute verlorenen Manuskripts (der angesehenste Pariser Verleger soll dafür verantwortlich sein), an dem er schon seit langem arbeitete. Eine Art Plaid umhüllt seine Schultern und reicht ihm wärmend bis zum Hals, obwohl Sommer ist; aus dieser mageren Masse ragt ein knochiges, unbewegtes Gesicht hervor, das aussieht wie eine Mumie, von der man gerade die Binden entfernt hat, so wie es am Anfang des Films geschieht, von dem eben die Rede war; er hat Ränder um seine vom Fieber geweiteten Augen, der Blick ist starr, die schmalen Lippen bewegen sich kaum, wenn er redet. Man muß an das berühmte impressionistische Bild denken, das Edouard Manneret an seinem Arbeitstisch darstellt. Trotz des Ungestüms der Worte ohne die mindeste Geste spricht er zu seinem Besucher an jenem Tag begeistert und verrückt über die ansteigende Flut, die sich bewegenden Algen, die Löcher zwischen den Felsen, wo das Wasser gefährliche Strudel bildet, die kleinen Schaumlinien auf der Oberfläche...

Während ich meine Aufzeichnungen wiederlese, sehe ich auch, daß sein Sohn am Nationalen Agronomischen Institut mein Kommilitone gewesen sein soll. Ich weiß nicht, in welchem Stadium meiner Arbeit ich diese paar hastigen Sätze geschrieben haben mag, die in keinem Zusammenhang zu stehen scheinen. Die Niederschrift dieses Dokuments über einen Gegenstand, der sich mir immer mehr entzieht, ist so lange her, daß es mir oft unmöglich ist, die zahllosen versteckten Anspielungen in den früheren, schon vor fast zehn Jahren geschriebenen Abschnitten zu identifizieren. Ich erinnere mich jedenfalls an nichts, was darauf hinwiese, daß ein junger Corinthe neben mir auf den Bänken des Hörsaals gegenüber den bunten Fresken von Oudot und Brianchon gesessen hätte. Man müßte in einem Jahrbuch die Liste der Schüler durchsehen.

Nichts. Ich finde nichts wieder. Ich knüpfe unablässig die zerrissenen Fäden auf einem Stoff, der sich gleichzeitig auflöst, so daß man kaum noch das Muster sieht. Und was die Absicht angeht, so habe ich schon immer gewußt: »Der echte Schriftsteller hat nichts zu sagen.« Mit diesem Satz begann übrigens mein allererster Artikel über Literatur, der noch vor dem Erscheinen von *Les gommes* in *Critique* veröffentlicht wurde. Er handelte von dem kurzen Roman eines Unbekannten über das ohnmächtige Grauen vor dem leeren Blatt; der Autor (sein Name ist mir entfallen) war damals der persönliche Sekretär Sartres und ist dann jener Journalist des *Express* gewesen, dessen unredliches Eingreifen in meinen Bericht vom Flugzeugunglück ich hier erwähnt habe. Der Anfang meiner Buchbesprechung aber, den die Redaktion von *Critique* schockierend fand, wurde im Satz weggelassen. Jean Piel hat immer behauptet, diese überraschende Zensur sei Georges Bataille zu verdanken, was mich wundert, denn dieser leitete die Zeitschrift in den fünfziger Jahren nur von sehr fern.
Der Gedanke stammt übrigens wieder einmal von Flaubert. Und auch hier vollzieht sich der Bruch in der Mitte des Jahrhunderts. Balzac ist der letzte glückliche Schriftsteller, hat man gesagt, derjenige, dessen Werk mit den Werten der Gesellschaft, die es speist, übereinstimmt, und zwar weil er der letzte naive Schriftsteller ist: er hat etwas zu sagen, und

er häuft noch schnell Dutzende von Romanen, Tausende von Seiten an, ohne daß er sich die geringste Frage zu stellen scheint nach der Begründetheit dieser seltsamen und paradoxen Übung: die Welt zu schreiben. In drei Büchern, für die er sein ganzes Leben gebraucht hat, entdeckt Flaubert zugleich die erschreckende Freiheit des Schriftstellers, die Eitelkeit, die darin besteht, neue Gedanken ausdrücken zu wollen, und schließlich die Unmöglichkeit des Schreibens, das nur aus dem Schweigen kommt und auf sein eigenes Schweigen hinausläuft.

So kann der Inhalt des Romans (etwas Neues zu sagen, dachte Balzac) in Wirklichkeit nur die Banalität des Immerschon-Gesagten sein: eine Aneinanderreihung von Stereotypen, die definitionsgemäß bar jeder Originalität sind. Es gibt nur vom Gesellschaftskörper im voraus begründete Bedeutungen. Dennoch werden diese »Gemeinplätze« (die wir jetzt Ideologie nennen) das einzig mögliche Material bilden, aus dem das Kunstwerk – Roman, Gedicht, Essay – geschaffen wird, eine leere Architektur, die nur durch ihre Form Bestand hat. Gediegenheit wie Originalität des Textes werden allein der Arbeit an der Zusammenstellung seiner Elemente entspringen, die an sich ganz uninteressant sind. Die Freiheit des Schriftstellers (das heißt die des Menschen) besteht nur in der unendlichen Vielfalt der möglichen Kombinationen. Hat nicht die Natur alle lebenden Systeme von der Amöbe bis zum menschlichen Gehirn mit stets denselben acht Aminosäuren und vier Nukleotiden aufgebaut?

Ich erzählte bereits – in *Obliques* oder anderswo – von der Entstehung des Films *L'Eden et après* aus zwölf dem mehrere Jahrhunderte alten zeitgenössischen Repertoire entstammenden Themen (Labyrinth, Tanz, Verdopplung, Wasser, Tür usw.), die sich alle zehnmal wiederholen, aber in unterschiedlicher Anordnung, um zehn aufeinanderfolgende Reihen zu bilden, ein wenig vergleichbar also mit den Schönbergschen Reihen. Die materielle Arbeit (verbunden mit der Phantasie, die sie durch ihre kommunikative Euphorie auslöst) während des Drehens und dann beim Schnitt nährte – und störte – unaufhörlich jenes Grundschema, dessen Strenge im Endergebnis gewiß nicht mehr zu erkennen ist, nicht einmal für mich. Es gab zu Anfang kein Drehbuch, sondern nur die dialogisierte Anekdote einer ersten Reihe, sagen wir zwölf Kästchen; die hundertacht übrigen Kästchen sind in Zusammenarbeit mit dem Team entstanden, insbesondere dank der begeisterten Mitwirkung des Kameramanns Igor Luther und der Schauspielerin Catherine Jourdan, die bald auf ihre eigene Initiative hin der Star des Films geworden ist.

Der objektive Zufall hat sich natürlich sofort eingemischt, indem zum Beispiel infolge eines Bündels unvorhergesehener Umstände unwahrscheinlicher- und wunderbarerweise eine »Doppelgängerin« der Heldin auftauchte, die ihr wie eine Schwester glich und genau wie sie gekleidet war. Und das Thema des »Blutes«, das in den ersten drei Wochen der Dreharbeiten in den staatlichen Studios der Slowakei eine beachtliche Rolle gespielt hatte, nahm plötzlich im Schoß der Realität eine unerwartete Entwicklung.
Es geschieht also Ende August 1969 in Bratislawa. Wir haben sechs Tage lang hart gearbeitet, um mit der Dekoration des Café Eden fertig zu werden: einem labyrinthischen System aus von Mondrian inspirierten Schiebewänden, die auf parallel sich schneidenden, das ganze Set in Quadrate unterteilenden Schienen gleiten und deren Anordnung zwischen allen Einstellungen und manchmal sogar im Lauf der Aufnahmen geändert wird, so daß der Spielraum noch weniger starr ist. Ich nütze diesen Samstagabend, um nach

dem Essen eine Karaffe Wein in einem Stripteaselokal (wie der Vertrag, in dessen Genuß ich komme, eine Folgeerscheinung des Prager Frühlings) zu trinken und dabei eine nackte Statistin auszuwählen, die ich am folgenden Dienstag brauche. Catherine und mein tunesischer Assistent sind müde und verlassen mich bald. Ich bleibe zurück in Gesellschaft Catherine Jourdans (die ich einfach Jourdan nenne, um Verwechslungen zu vermeiden), eines jungen französischen Schauspielers und des Vertreters der tunesischen Koproduzenten.

Während wir gegen Mitternacht lustig und entspannt durch die ausgestorbene Stadt ins Hotel zurückgehen, lassen wir uns zu ein paar – natürlich unnötigen – Scherzen über ein kleines sowjetisches Flugzeug hinreißen, das wie eine Provokation mitten auf der Hauptstraße gegenüber dem Carlton prangt. Vor der großen Eingangstür dieses Baus mit seinem altmodischen Luxus (wir selbst wohnen im Devin, das moderner ist und dreihundert Meter weiter an der Donau liegt) werden wir von einer Polizeistreife aufgehalten; vielleicht haben sie unsere frechen, wenn auch sehr harmlosen Gesten bemerkt.

Da ich mich für das Grüppchen verantwortlich fühle, fange ich an, gutgelaunt unseren späten Spaziergang zu rechtfertigen. Im übrigen gibt es keine Sperrstunde. Der Film, den ich drehe, ist eine französisch-tschechoslowakische Angelegenheit und ganz und gar offiziell in den Händen der staatlichen Filmindustrie. Ein paar Tage zuvor bekam ich sogar die örtliche Auszeichnung, die unserem Arts-et-Lettres-Preis entspricht. Aber da ich kaum ein paar Worte in der Landessprache spreche, begehe ich den Fehler, mich – recht und schlecht – auf deutsch auszudrücken, und da hält man uns wahrscheinlich für österreichische Touristen (Wien ist nur ein paar Kilometer entfernt, auf der anderen Seite des Flusses), die sich hier dank ihrer starken, kapitalistischen und verhaßten Währung ein tolles Leben machen. Obendrein sind meine Haare wieder einmal zu lang, um einem guten Standard-Kommunisten gehören zu können, und morgens hatte ich auch noch versäumt, mich zu rasieren (ich trug zu jener Zeit keinen Vollbart, nur einen ebenso westlichen Schnauzer).

Zwei der Polizisten sind in Uniform, die drei anderen in Zivil. Alle fünf haben einen Bürstenhaarschnitt, den Nacken ausrasiert, sie sind sehr rot im Gesicht, wahrscheinlich betrunken. Es ist genau der Jahrestag des Einmarschs der Truppen des Warschauer Pakts, die dem allgemeinen Schlendrian ein Ende machen sollten, und die Obrigkeit fürchtet Demonstrationen aus diesem Anlaß und hat in dieser Erwartung – so geht das Gerücht – ihre zuverlässigsten Truppen ein bißchen gedopt, in denen gewisse übernervöse Elemente sichtlich den Krawall suchen. Einer der Zivilen verlangt meine Papiere, ich reiche sie ihm.

Doch im selben Augenblick streckt mir sein Nebenmann, dessen Finger der rechten Hand mit einer Art amerikanischem Schlagring versehen sind, mit seiner Linken ein kleines Gasspray entgegen und sprüht mir ein paar lähmende Fontänen ins Gesicht. Sofort fängt er an, mich auf die Kinnpartie zu schlagen. Völlig benommen lehne ich mich mit dem Rücken an die Mauer des Carlton, während ich – wie man mir nachher erzählt hat – mit meinen Unterarmen ganz langsame Kreise in der Luft beschreibe, als würde ich im Halbschlaf Insekten verscheuchen, womit ich natürlich die gezielten Schläge, die weiterhin auf mein Gesicht niederprasselten, in keiner Weise hinderte. Meine beiden männlichen Begleiter, die von den Soldaten in Schach gehalten werden, sehen dem Massaker zu, ohne mit der Wimper zu zucken. Jourdan ist diejenige, die dazwischentritt: sie hält ihr zartes Gesicht wie einen Schutzwall vor das meine und blickt den Angreifer herausfordernd an.

Der Mann zögert einen Moment, dieses hübsche Mädchen zu entstellen. Schließlich fällt seine bewaffnete Faust am Körper herab.

Schweigend gibt man mir meinen Ausweis zurück wie nach einer banalen Routinekontrolle. Und man läßt uns in Ruhe unseren Weg fortsetzen. Alles ist wie in einem Traum geschehen, ohne Erklärung, ohne Schrei, ohne Durcheinander; fast möchte ich sagen, ohne Gewalt, derart scheint mir die Welt in Watte gehüllt, sogar einschließlich der Metallarmierung; von den wiederholten Schlägen gegen meinen Kiefer habe ich verhältnismäßig wenig gespürt, zweifellos weil das Gas betäubt hat. Doch als ich in mein Zimmer komme, merke ich an Catherines Blick, daß die Verwüstungen schlimm sein müssen.

Ich betrachte mich im Badezimmerspiegel: im Oberkiefer vorne links sind zwei Zähne ausgebrochen, ein weiterer wackelt, und im Fleisch über und unter dem Mund habe ich tiefe Risse; mein weißes Hemd ist vom Kragen bis zur Taille zu drei Vierteln rot (die Wunden an den Lippen bluten stark) und erinnert in der Zeichnung der blutigen Rinnsale ironisch an eine grausame Szene, die wir morgens im Studio gedreht haben. Nachdem dank der mit kaltem Wasser getränkten Handtücher meine Geister allmählich zurückgekehrt sind, kommt mir die Form des Zerstäubers, den der Polizist benutzt hat, wieder ins Gedächtnis: er ähnelte merkwürdig einem kleinen Gegenstand (angeblich schlägt er Unholde in die Flucht), der bereits in meinem Filmmaterial vorkommt. (Aber diese Passage ist schließlich nur in die fürs Fernsehen bestimmte anagrammatische Version aufgenommen worden, deren Struktur aleatorisch statt seriell ist und die *N. a pris les dés* betitelt ist.)

Bei Tagesanbruch ist die ganze Produktion in Aufregung. Ich lerne die kostenlose Medizin der sogenannten realsozialistischen Länder kennen: ein Parteifunktionär begleitet mich überall hin, um an die Krankenschwestern, die mich aufnehmen, und an die Chirurgen, die mich untersuchen oder nähen, heimlich Hundertkronenscheine zu verteilen. Und bald beruhigen mich dann die Behörden: ich solle mir keine Sorgen machen wegen eines gewöhnlichen Mißverständnisses, die wachsamen Ordnungshüter haben nur nicht verstanden, wer ich bin! Das bestätigt meinen ersten Eindruck: diese Geschichte, die mir da zugestoßen ist, betraf mich wie gewöhnlich nicht wirklich...

Noch ein Bild, das aus den folgenden Tagen stammen muß: der über mich gebeugte Zahnarzt – der mir übrigens in einem bitteren antikommunistischen Glaubensbekenntnis dringend riet, die notwendige Prothese in Frankreich ausführen zu lassen – schreit mir angesichts des Schneidezahns, der zunächst am wenigsten betroffen zu sein schien und dessen Wurzel er heftig zusetzt, seine Diagnose ins Gesicht: »Ach! Ach! Er wackelt, Herr Ingenieur! Er wackelt!« Mehrmals wiederholte er es unter grimassierendem Gelächter auf französisch.


Ich erinnere mich jener großen Freundin, in die meine Mutter verliebt gewesen sein muß (oder auch umgekehrt) und die in Brest Kieferchirurgin war. Sie hat uns in unserer Kindheit immer behandelt, und ihre wirkungsvolle Sanftheit verband sich mit dem Charme der – für uns sehr luxuriösen – Wohnung, wo sie auf einem Ebenholzflügel *La cathédrale engloutie* spielte. Sie war es, die mir von jener sonderbaren Wunde sprach, die Henri de Corinthe am Hals trug: zwei kleine rote Löcher von ungefähr einem Zentimeter Durchmesser, die sie entdeckt hatte, als sie ihn operierte, um einen Weisheitszahn zu ziehen.

Kurze Zeit später ist Corinthe in Finistère gestorben. Mein Vater ging zu seiner Beerdigung, einer weltlichen Beerdigung mit falscher Messe, die ein suspendierter Priester unter freiem Himmel vor der verschlossenen Kirchentür las. Das geschah in einem kleinen Dorf der Westküste, etwas wie Porsmoguer-en-Plouarzel, wo Graf Henri einsam in einem alten, in die Klippe gebauten, noch von Vauban herstammenden Gefechtsstand lebte (man mußte eine Steintreppe hinabsteigen, um zu den Zimmern zu gelangen), den er dem Staat abgekauft und sehr nüchtern eingerichtet hatte. Er war also exkommuniziert. Seit wann? Wegen welchen Vergehens? Der bescheidene Trauerzug hielt in einer Art Pfarrgarten gegenüber dem stummen Glockenturm. Seit dem Vortag fiel ein feiner, kalter Nieselregen. Es war Spätherbst. Die Männer in ihren dunklen Anzügen knieten auf der aufgeweichten Erde nieder. Als mein Vater, zurück in Roches Noires, davon erzählte, dachte ich, daß das »der Nebel und die Nässe des humanistischen Bewußtseins« sei.

Es war schon fast Nacht. Wir hatten eben Tee getrunken, was jeden Tag zu einer richtigen Zeremonie Anlaß gab. Als mein Vater schwieg, fragte Großmutter, die über neunzig war und allmählich alles vergaß: »Trinken wir denn heute keinen Tee?« Ihre Tochter erwiderte gereizt: »Wir haben ihn doch gerade getrunken! Der Tee ist aus!« Nach einem Augenblick des Nachdenkens sagte Großmutter mit jenem hochmütigen Ausdruck, der von da an immer auf ihren geistesabwesenden Zügen lag, wie zu sich selbst: »Ach was, Dummkopf! Der Tee ist nie aus.«

# Inhaltsverzeichnis

Wiederaufnahme nach sieben Jahren. Wer war Corinthe? Was wollte er bei uns? Die anti-intellektuelle Reaktion in den achtziger Jahren .......................... 7

Über sich sprechen. Theorien nützen sich ab und erstarren. Der Begriff des Autors .......................... 9

Warum ich schreibe. Ich stürze mich hier in ein Abenteuer ... 11

Jura gegen Ozean. Die Meeralpträume. Eine bretonische Kindheit. Nachtgespenster in der Rue Gassendi ........ 12

Roman und Autobiographie. Mit den Bruchstücken fertig werden. Das unmögliche Erzählen. Die Textoperatoren .. 15

Dies ist eine Fiktion. Die Angst. *Geschichten aus Indien* und bretonische Legenden. Vertraute Gegenwart der Geister ........................................ 18

Corinthe und Tristan. Die Romanfiguren sind auch ruhelose Seelen, daher ihre Irrealität ...................... 20

Corinthe besucht meinen Vater. Das Maison Noire. Nächtliche Geräusche. Dumpfe Schläge im Fels ........ 21

Das Haus von Kerangoff und die unterirdischen Tanks. Großvater Canu: Bilder und Versatzstücke (die Krähe). Eine Geschichte konstruieren ..................... 23

Das historische Perfekt ist der Tod. Sartre und die Freiheit. Der *nouveau roman:* der Augenblick, der innere Kampf .. 26

Vermehrung einer Schreibkommode. Verwechslung meiner beiden Ahnen. Mein mädchenhaftes Aussehen. Großvater wartet ............................ 28

Der Vorgarten, die Ebene von Kerangoff, die Reede. Die Haustür. Der alte König Boris. Der Brand der Niederlage. Meine erste Erzählung ...................... 31

Das deutsche Motorrad mit Beiwagen. Kerangoff heute. Franchet d'Esperay ............................ 33

Neues Verhältnis zum Meer. Rolle der Musik. Jenseits ..... 34

Die Oberfläche beschreiben, um gegen die Ungeheuer zu kämpfen. Die genarrte Kritik. Der Fall Barthes. Fallen in *Le voyeur* und in *La jalousie*. Das Loch des Ohrs ........ 36

Wozu diese Fallen? Der Mangel spricht. *Le grand verre.*
Sprache, Sinn und Beliebigkeit . . . . . . . . . . . . . . . . . . . .   38

Bois-Boudran. *Un régicide.* Der Traum von Boris und seine
sexuellen Störungen. Das Dekor der deutschen Fabrik.
Ordnung und Wahnsinn. Zusammenbruch des Reichs  . . .   41

Historische Wahrheit, anerkannte Meinung, gelebte
Erfahrung. Ein guter Sohn. Der Clan. Papa Oberst-
leutnant. Schillers gesammelte Werke . . . . . . . . . . . . . . .   44

Relative Armut. Die Kartonfabrik. Prolongierte Wechsel.
Schuhreparaturen. Spaziergänge auf den Festungsanlagen.
Die *Action Française.* Schlittschuhlaufen und
improvisierte Skier . . . . . . . . . . . . . . . . . . . . . . . . . . . . .   48

Abenddämmerung im Winter. Schreiben und Kindheits-
eindrücke. Wozu sie erzählen? Wie wählt man sie aus?
Kindliche Zärtlichkeit . . . . . . . . . . . . . . . . . . . . . . . . . . .   52

Fragmentierung und Autobiographie. Marc Tansey . . . . . . .   55

Die Ordnung in meinen Romanen. Mein Gegenüber in der
Landwirtschaftskammer. Ich bin ein Hochstapler.
Ich war es schon auf den Antillen . . . . . . . . . . . . . . . . . .   57

Barthes und die Hochstapelei. Ein gleitendes Denken.
Antrittsvorlesung. Wahrheit gegen Freiheit . . . . . . . . . . .   60

Das »Programm« der Sozialistischen Partei. Die Kurs-
änderungen der Freiheit . . . . . . . . . . . . . . . . . . . . . . . . .   62

Sartre, der untergrabene Denker. Barthes und die großen
Systeme. Der Terrorist. Die angebliche Objektivität
meiner Bücher. Der Romancier Barthes . . . . . . . . . . . . .   64

Corinthe in Uruguay (Manneret). Der Krieg von 1914
in den Bildern von *L'Illustration.* Ein Stich. Corinthe in
Reichenfels . . . . . . . . . . . . . . . . . . . . . . . . . . . . . . . . . . .   67

Die Quellen von *L'homme qui ment:* Don Juan, Boris
Godunov, der Landvermesser K. Erzählstruktur
des Films . . . . . . . . . . . . . . . . . . . . . . . . . . . . . . . . . . . . .   71

Papa fördert, ohne daran zu glauben, meine späte literarische
Berufung. Ein guter Vater ist ein verrückter Vater.
Bin ich auch verrückt? Mamas Meinung und Stimme . . . .   74

Papa brüllt unter den Stachelbeerbüschen. Der Minenkrieg.
Papas Alpträume. Begutachtung seiner Verrücktheit . . . . .   78

Streifen im Kopf. *Eine Verkehrsstörung*. Die Küste
   von Brignogan. *Die schönste Geschichte der Welt* ....... 80
Großvater Perrier. Militärdienst seiner Vorfahren.
   Post gegen Prozession .......................... 83
Corinthe hört ein verdächtiges Geräusch und reitet ins Meer.
   Schrecken des Schimmels. Corinthe bringt den Spiegel
   an Land. Das Gesicht von Marie-Ange .............. 85
Corinthe ohnmächtig. Er wird von einem Zöllner wieder-
   belebt. Unverständliches Verhalten des Pferdes.
   Überlegungen des Zöllners ...................... 90
Widersprüche bezüglich Corinthes Rückkehr auf den
   verfluchten Strand. Die blutige Wäsche Marie-Anges .... 93
Das verzauberte Pferd. Ungewißheit, was den Zeitpunkt
   der Episode angeht .......................... 96
Die umstürzlerischen Ligen der Vorkriegszeit. Politische
   Rolle Corinthes. Der Schauspieler ................ 98
Ski in Russey. Arbois. Onkel Maurice in Ornans.
   Meine Eheringe ............................. 100
Ski in La Cure. Der Geruch des Wintersports ........... 103
Mamas Krankheit. Unsere Schweizer »Gouvernante«
   als Wirbelsturm. Papa spielt den Herrn .............. 104
Meine pétainistischen Eltern. Der Haferbrei und
   das Porträt des Marschalls ...................... 106
Familiäre Anglophobie. Frau Olgiatti. Das perfide
   Albion 1940. Europa mit den Deutschen ............. 108
Meine antisemitischen Eltern. Verschiedene Beschuldigun-
   gen gegen die Juden. Die Freiheit des Geistes.
   Angst und Demoralisierung ...................... 112
Die »jüdische Literatur«. Der Schock durch die Entdeckung
   der Vernichtungslager .......................... 115
Der Arbeitsdienst. Arbeit und Freizeit im »guten«
   Deutschland. Bombardierung und Chaos ............. 116
Drei Risse in der Fassade: selektive Kuchen, Verschwinden-
   lassen der unheilbar Kranken, die mit der Schlinge
   gefangene Hirschkuh .......................... 119
Klassifizierung der Lager. Unterschiedliche Reaktionen des
   Clans auf die Befreiung. Mein Vater und die Amerikaner .. 122

Die Torsionsspannung zwischen Ordnung und Freiheit
bringt mich zum Romaneschreiben. Desengagement .... 125

Dilettantismus 39–40. Mama führt Kerangoff. Ich stehe
am Rand. Dramatische Ankunft Papas ............... 127

Die »korrekte« Besatzung. Frankreich im Abseits. Beerdigung in Guingamp. Paris leer. Die landwirtschaftliche
Hochschule. Die Gruppe K ...................... 131

Nach Deutschland. Die Ablösung. Die Fabrik M.A.N.
Die dreisprachige Anlernzeit. Ferien im Ausland ........ 135

Ein Amateurarbeiter. Die Krankenstation von Fischbach.
Die Bombardierungen. Das alte Europa geht in Rauch auf 140

Das Lager von Pernik. Unblumiger Bericht von einem
Flugzeugunglück in Hamburg .................... 143

Journalistische Folgen des Unglücks. AFP, L'Express,
Umberto Eco. Wachsende Angst von Catherine ........ 147

Falsche Erpressung der Queen Elizabeth. Nutzlose Suche.
Enttäuschung der Journalisten ..................... 148

Verlorene Manuskripte. Istanbul 1951. Ein Jahrestag.
Der Schmuck von Madame Robbe-Grillet ............ 151

Wiedergefundene Koffer. Aufgegebener Film. Terreur sur
le Britannic ................................... 154

Metaphorischer Stil von Un régicide. Boris, Meursault,
Roquentin. Der Schnitt und die Auslöschung .......... 155

L'étranger. Ein husserlsches Bewußtsein. Sonne auf der
Mitidja. Das Mittelmeer Goethes. Gefährliche Entleerung
des Humanismus .............................. 158

Meine Zelle nach der Implosion. Goethe kommt wieder.
Mein früheres Zimmer. Der Zeitungsausschnitt ........ 162

Corinthe, Rollebon, Stawrogin. Corinthe in Berlin.
Explosion in Prag. Corinthe und die Naziführer.
Die Ausstellung von 37 ......................... 164

Mit Mama durch die Ausstellung streifen. Gemeinschaft
der unbedeutenden Dinge ........................ 167

Die Liebe zum Kleinen. Basteln. Klassifizieren. Pingeligkeit.
Frühzeitiger Sadismus .......................... 169

Mama und die geschlechtlichen Dinge. Noch einmal
Roquentin. Le voyeur .......................... 172

Für die Mutter schreiben. Kälte und Sentimentalität.
  Für sich schreiben. Papa als Kind .................. 174
Sentimentalität (Fortsetzung): mein liebes kleines Mädchen.
  Ein Unfall. Geringschätzung der Großen. Die zerbrochene
  Flasche ...................................... 176
Zerbrochenes Glas in meinen Filmen. Catherine und
  Le voyeur .................................... 180
Erscheinen des Voyeur. Der Kritikerpreis. Ermutigungen.
  Dominique Aury und das Manuskript von Un régicide.
  Bruce Morissette ............................. 181
Morissette in Brest. Eine außergewöhnliche Mutter.
  Der moderne Lebensmittelladen. Die Bus-Nummer.
  Das Messer von Brasparts. Die Kressesuppe. Die Schleie.
  Die Schwalbe. Die Fledermaus .................. 184
Ein zertretener kleiner Spatz. Das Nutriababy .......... 190
Ich lerne gern. Die Welt speichern. Amerikanische
  Universitäten. Der elitäre Stolz .................. 192
Im Verzug mit den Hausaufgaben. Fetische des schlechten
  Schülers. Meine Melone. Die vertauschten Schultaschen.
  Schloß Buffon ................................ 194
Das Wirkliche, fragmentarisch und vereinzelt. Jacques
  le fataliste. Balzac und der Realismus ............... 197
Flaubert. Die beiden parallelen Entwicklungslinien.
  Die Löcher in Madame Bovary. Die Widerlegbarkeit.
  Stawrogin, der fehlende Dämon. Die leere Seite von
  Le voyeur .................................... 200
L'homme invisible. Corinthe als delirierender Nazi.
  Ein Zeugnis von seiner Krankheit. Sein Sohn in der
  landwirtschaftlichen Hochschule .................. 205
Nichts zu sagen. Flaubert und die Stereotypen. Die Freiheit
  des Schriftstellers. Struktur von l'Eden et après ......... 208
Thema des Bluts. Meine ausgeschlagenen Zähne in
  Bratislawa. Jourdan tritt dazwischen. Ärzte und Zahn-
  ärzte des realen Sozialismus ..................... 210
Die befreundete Brester Zahnärztin. Beerdigung von
  Corinthe. Der Tee ............................. 214

# Filme, Theorie des Kinos
## in der edition suhrkamp und
## in den suhrkamp taschenbüchern

Herbert Achternbusch: Der Depp. Filmbuch. st 898
– Das letzte Loch. Filmbuch. st 803
– Der Neger Erwin. Filmbuch. st 682
– Die Olympiasiegerin. Filmbuch. st 1031
– Servus Bayern. Filmbuch. st 937
Michelangelo Antonioni: Zabriskie Point. Nachwort von Alberto Moravia. Übersetzt von Peter Rosei unter Mitarbeit von Christa Pock. Nachwort zur deutschen Ausgabe von Peter Rosei. Mit 6 Abbildungen. st 1212
Thomas Bernhard: Der Kulterer. Eine Filmgeschichte. st 306
Thomas Brasch: Engel aus Eisen. Beschreibung eines Films. es 1049
Bertolt Brecht: Kuhle Wampe. Protokoll des Films und Materialien. Ediert von Wolfgang Gersch und Werner Hecht. es 362
Max Frisch/Krzysztof Zanussi: Blaubart. Ein Buch zum Film von Krzysztof Zanussi. Herausgegeben von Michael Schmid-Ospach und Hartwig Schmidt. st 1191
Peter Handke: Chronik der laufenden Ereignisse. st 3
Peter Handke: Falsche Bewegung. st 258
Siegfried Kracauer: Kino. Essays, Studien, Glossen zum Film. Herausgegeben von Karsten Witte. st 126
Stanisław Lem: Memoiren, gefunden in der Badewanne. Der Schnupfen. Zwei Drehbücher von Jan Jozef Szcepański. Aus dem Polnischen von Jens Reuter. PhB 226. st 1604
Literaturverfilmungen. Herausgegeben von Volker Roloff und Franz-Josef Albersmeier. stm. st 2093
Adolf Muschg: Deshima. Filmbuch. Mit Abbildungen. st 1382
Ulrich Plenzdorf: Karla. Der alte Mann, das Pferd, die Straße. Texte zu Filmen. st 610
Ulrich Plenzdorf: Die Legende von Paul und Paula. Filmerzählung. st 173
Peter Weiss: Avantgarde-Film. Aus dem Schwedischen von Beat Mazenauer. es 1444

118/1/10.88